KUWEI

酷威文化

图书 影视

潮沙

唯雾 著

四川文艺出版社

CONTENTS 目录

池最终还是，遇见了池的爱情。

第一章
冤家路窄

"气象局发布暴雨黄色预警，预计今天晚间 8 时，本市将会迎来高强度降水，请广大市民做好防范工作……"

言蓁看了一眼窗外，灰蒙蒙的天色沉闷压抑，雨滴连绵不断地往下坠落，织成一张密不透风的网，沉沉地笼住大地。

"你怎么在这儿发呆？嘉宾马上就来了，快点！"身后突然传来一道焦急的声音。

言蓁回过头去，一个穿着西装套裙的干练女人正在向她招手。那女人短发利落，耳朵上别着耳麦，胸前挂着工作人员的牌子，看起来像是场馆内的调度统筹。

言蓁看了一圈周围，疑惑地问："你在说我？"

女人看清言蓁的脸后有一瞬的怔愣，显然是没想到随手一抓的志愿者居然长得这么漂亮，很快她就高兴起来，道："对，就是你。快和我来。"

言蓁这才意识到哪里有些不对。

今天是市投资经济论坛举办的第二天，有众多行业大腕亲临会展中心参加活动。室友蒋宜早早报名当志愿者，在层层甄选中脱颖而出，得到了这个丰富履历的好机会。言蓁本来对这些毫无兴趣，打算周末在家里休息，结果言昭塞给她一张邀请函，非要让她过来学习，于是她只能硬着头皮来当游客，没想到在乱逛的时候遇到了肚子不舒服的蒋宜。

蒋宜将志愿者的马甲和工作证一并递给言蓁，便钻进了厕所，言蓁就在外面等她。

现在看来，这个女人把她当成在场馆角落里偷懒的志愿者了。

她轻轻地蹙起眉头道："其实——"

"蒋宜？"女人上前一步，看到了工作牌上的名字，打断了她的话，"现在很缺人手，休息的话待会儿再说，赶紧把马甲穿好跟我来。"

说完，女人便转身离开，高跟鞋在地面上敲出急切又清脆的声音。言蓁一头雾水，拿出手机给蒋宜发了一条信息。

蒋宜哀号："那个应该是统筹志愿者的负责人。她现在记住我的名字了，我怕给她留下什么不好的印象，蓁蓁你帮我应付一下，我马上就来替你。回去请你吃饭，拜托拜托！"

"你不怕她发现我们不是一个人？"

"不会的，她负责统筹，手下要管的人很多，平时只对接几个负责人，今天不知道怎么了居然被她撞见了，我也太不走运了吧！"

毕竟室友一场，言蓁没办法，只能答应帮忙，跟上了前面女人的步伐。

女人一边走一边问："宁川大学经管学院的？"

"嗯。"

她又上下打量了一番言蓁，问："之前培训的时候你们负责人没说过要穿浅色上衣和深色长裤吗？你是来当志愿者，又不是来社交的，穿裙子给谁看？"

言蓁从没被人这么训过，心里有些不满，但忍住没吭声。

"算了，每年都有几个不听话的。"女人收回了目光，"还好你形象不错，待会儿就负责接待一下和夏资本的陈总一行。我带你到位置上，人来了你负责倒水就行。之前培训的时候要点都说过了，记得机灵一点。"

言蓁的眼皮跳了跳，问："和夏资本？能不能换一个？"

"你当这是菜市场，还能挑来拣去？"女人不悦地拧起了眉头，连语气都加重了，"直接给你安排去嘉宾席坐着好不好啊？"

她的语气带刺，显然是训人训惯了，高高在上，不断施压。如果换作其他普通大学生，大概就不敢再说话了，可言蓁最讨厌阴阳怪气的讽刺。

她停下脚步，冷哼一声，伸手就要脱马甲走人，可指尖刚触到布料，她才想起自己现在顶着蒋宜的身份。言蓁随心所欲，任性惯了，怎么样都无所谓，反正最后有言昭给她兜底，但她不能害蒋宜得罪人，尤其这个志愿者的机会还非常难得。

手指探进口袋，摸着手机犹豫再三，她还是抽出手，认命地妥协了，跟上前面人的步伐。

走进内场，台上一群志愿者正在忙前忙后地调试音响。女人把她带到第一排中间，给她指示："座位上贴着名字，待会儿嘉宾到了会有志愿者把他领进来，坐下来以后你记得及时斟茶。如果冷了就重新倒一杯，绝对不能让客人喝冷的。"

如果说言蓁之前还存了点"虽然是和夏陈总，但和夏也许有很多个姓陈的"的侥幸心理，那么在看到名牌的一刹那，"陈淮序"三个字击碎了她的所有幻想。

真是冤家路窄。

周末不能在家里休息也就算了，冒着大雨跑来听个论坛还要被抓去做苦力，更惨的是，服务对象居然还是她的死对头陈淮序。

让她给陈淮序斟茶？开什么玩笑，她都没给亲哥哥言昭斟过。

女人再三强调这次来的都是大人物，让言蓁不准出差错，交代完了，便把她托付给内场负责人，随后急匆匆地走了。

内场负责人是个戴着眼镜的男生，个子不高。他打量了一番言蓁，推了推眼镜，笑着说："同学，你也是宁川大学的吧，本科生还是研究生？我现在研二。"

言蓁的心情有些郁结，随口应道："本科，快毕业了。对了，这能换人吗？"

"换人？"男生一怔，随后摇了摇头，"这个都是安排好的，我也没办法。"

他看着言蓁蹙起的眉头，又笑道："我还以为你会很高兴呢。和夏的陈总很受欢迎，好多志愿者女孩都是冲着他来的。就是这个倒茶的机会，内场志愿者私下里转手买卖，炒了好高的价，后来被 Tina 姐——就是刚刚那个负责人发现了，她很生气，就去外场抓人来做了。你很走运。"

言蓁勉强扯出一丝笑容。

走运？她今天绝对是倒了大霉。

二十分钟以后，嘉宾陆陆续续地到场。活动还没开始，熟识的、不熟识的互相攀谈，一群西装革履的人站在一起谈笑风生。

言蓁正低着头玩手机，旁边的女孩轻轻地拍了拍她道："嘉宾入座了，到我们干活了。"

她不情愿地起身，拎起水壶就往第一排走去。

场边人来人往，灯光昏暗，但言蓁还是一眼就看见了那个熟悉的身影。

男人一身妥帖的黑色西装，修身利落地勾勒出宽肩长腿，正倚靠在沙发椅上，低头翻阅着手边提前准备好的材料。舞台上的光束从不远处扫过来，清晰地照亮了他棱角分明的侧脸。瞳仁漆黑、鼻梁高挺，不笑时总给人一种拒人于千里之外的冷淡疏离感。

　　周围经过的女孩或多或少都将视线悄悄地投向他，他却没什么反应，正专注地看着文件，仿佛周围的一切都与他无关。

　　对于陈淮序，言蓁的评价一直是：金玉其外，败絮其中。

　　他和言蓁的哥哥言昭在高中时就是好朋友，两个人一起在国外读了本硕，回国后言昭继承家业，而陈淮序选择创业，开了一家风投公司，正是和夏资本。几个月前，著名医药公司怡星完成IPO（首次公开募股），和夏趁势减持，赚得盆满钵满，陈淮序的身价也水涨船高，甚至挤进了宁川市青年富豪榜，一时间风头无两，成为行业内万众瞩目的年轻新贵。

　　可在言蓁看来，陈淮序除了脸和工作能力勉强能拿得出手，没有一点优点。私下里此人性格极其糟糕，假正经而且心眼坏。无奈他实在太会装模作样了，以至于除了言蓁，所有人都对他赞不绝口，夸他年轻有为、人品出众，是不可多得的优秀青年人才。

　　一想到这里，她就有点不太痛快。

　　她走到男人的身侧，面无表情地往杯子里倒水。

　　她察觉到陈淮序的目光不经意间投了过来，随后突然停住，从她手上的动作一点点地转移到了她的脸上。

　　言蓁捏着水壶的指节在发紧。

　　周围一片嘈杂，眼看水快倒完了，低沉冷淡的嗓音才不紧不慢地响起："言昭停你卡了？"

　　言蓁："什么？"

　　陈淮序这个猜测倒也不是没有道理。言蓁大小姐在家里十指不沾阳春水，向来都是需要别人伺候的那个，如今却穿着志愿者的衣服在这儿端茶倒水，除了言昭不给她零花钱，为生活所迫，好像也找不到什么合适的理由。

他话里有一种太阳从西边出来的意味，听得言蓁不悦极了："我就不能主动来当志愿者？"

"嗯，可以。"

言蓁一听他这回答就是在敷衍，于是不满地道："就算我的卡被停了又怎么样？难道你会接济我吗？"

"也不是不可以。"陈淮序慢条斯理地回复，"毕竟我向来好心。有偿地为言大小姐提供一些帮助，也是应该的。"

"居然还有偿……"言蓁极其讨厌他的奸商思维，便没好气地道，"你放心，我死也不会吃你的饭。"

"是吗？"他的语气没什么起伏，目光往一旁示意，"水洒出来了。"

言蓁这才发现，刚刚她光顾着和陈淮序较劲，连水满了都没意识到，还在往里面倒。溢出的茶水把桌面弄得一片狼藉，她急忙抽纸巾去擦，手忙脚乱间听见身后一声轻斥："怎么连倒水的工作都做不好？"

高跟鞋的声音像催命一样靠近，Tina皱着眉头道："你别在这里了，叫小卢过来。"

小卢就是内场负责人，那个戴眼镜的男生。

说着，她转头向陈淮序赔笑道："陈总，真是不好意思，这个志愿者有点笨手笨脚的，把您的资料打湿了，我马上给您重新拿一份过来。"

言蓁本来也不想干了，闻言将湿润的纸巾扔进垃圾桶里，扭头就走。

"等一下。"陈淮序在身后开口。

她的脚步顿住了。

"也不是什么大事，没必要这么苛刻。"他的语气淡淡的，"志愿者都是学生，第一次见到这种场面，有些紧张也在所难免。"

Tina明白他是在替这个志愿者说话，于是立刻会意，朝言蓁开口，用目光施压："再给你一次机会，快去拿份新的资料过来，这下不要再出差错了。"

言蓁拿了一份新的资料过来，Tina 已经走远了。她将资料甩进陈淮序的怀里，"哼"了一声道："假惺惺，别指望我会感谢你。"

"不用。"陈淮序低下头继续翻阅资料，语气有些随意，"只是省得你去祸害其他人而已。"

有那么一瞬间，言蓁真的很想把水从他的衣服后领浇进去。

她就知道不能对这个人有过多的期待！

身后恰好有人经过，她不能发作，只能笑眯眯地咬牙威胁道："是吗？那你可得做好被我祸害的准备，我不会放过你的。"

她刻意加重咬字，白皙的脸颊浮上浅浅的红晕，明明是生气的，可那双明眸太过灵动，看起来倒像是娇嗔。

他抬起头看她，唇边染了一点不易察觉的笑意，道："随时恭候。"

言蓁回到志愿者休息处的时候，一群人正聊得热火朝天。看见言蓁走近了，她们互相推了推手臂，用眼神示意，却迟迟没人敢上前。

最后还是一个看起来很外向的女孩凑了过来，大大方方地问她："你好，请问你是言蓁同学吗？"

她正打算喝点水，闻言抬起头，漂亮的眼睛透着些许迷茫，问："你是？"

"我们都是宁川大学的，学姐你在学校很有名。"女孩笑了笑，"没想到能在这里见到你。"

言蓁刚入学的时候，就因为一张被拍的惊艳照片在学校里火了起来，之后三天两头地就有人拿着偶遇她的照片在论坛上问她是谁。后来又被人扒出她是言氏集团的大小姐，她在学校内就更受瞩目了，连去食堂吃饭都会被周围的人悄悄地打量，也不奇怪这些学妹听说过她。

她不着痕迹地用手遮住胸前的工作牌，轻轻地颔首道："你好。"

因为怕聊多了会暴露自己只是暂替蒋宜当志愿者的事情，言蓁很是寡言。女孩只当她本性高冷，寒暄了几句就又回去了，热闹的议论声再次响起。

言蓁坐在一旁的椅子上，发消息给蒋宜问她好点了没有。

蒋宜没回复。

她正想着要不要打个电话，熟悉的字眼就钻进了她的耳朵里。

"……陈淮序真人比照片上好看。今天我带路领他进来的，走的时候他还和我说'辛苦了'，我当时就被击中了！我之前也接待过很多老总，好多都不理人，更别说和我们这种小志愿者说话了。"

装模作样，收买人心。

"我有学姐在和夏工作，和我们说过，陈淮序的人品和修养都很好，在公司看见员工，不管职级，都会打招呼。虽然很高冷，但礼貌这方面真的没话讲。"

人品好？修养好？她没听错吧？

"在和夏上班也太幸福了吧，老板这么帅，公司前景好，工资又高，我明年秋招想试试，不知道还有没有这个机会。"

"哪有那么容易，和夏现在一年比一年难进，而且陈淮序对工作能力要求又高，我学姐说没觉悟的不要轻易进去。"

"正常……毕竟人家创业才几年就做到这个成绩。而且听说他至今都是单身。"

"忙工作吧，可能压根儿没往那方面想。"

"应该是要求高，还没找到合适的。"

言蓁实在是听不下去了，忍不住加入讨论中："你们难道就没想过，他一直单身的原因其实是——"

周围人的目光齐刷刷地转向她。

"他本人真的很不讨喜吗？"

蒋宜在论坛结束的时候苦着一张脸出现了。

一看见言蓁，她立刻扑了上去，连连道歉："真的对不起，我也不知道会出现这种情况，昨晚就不该和他们出去吃什么烧烤。今天真的麻烦你了。"

言蓁看着她苍白的脸颊，问："好点了吗？"

蒋宜耷拉着眉毛道："好多了。"

言蓁点点头，脱了马甲，又将工作证挂到她的脖子上，道："回去好好休息。"

蒋宜欲言又止，试探着问："你要不和我们一起走？志愿者有大巴统一接送到学校，你混在人群里，上车也没人会查的。"

"我打车就行，今晚回家，不去学校了。"

正说着，手机传来消息提示音。言蓁拿出来看了一眼，是陈淮序发来的微信，只有言简意赅的几个字：三号门，坐电梯下来，停车场。

她回了个问号过去。

很快，那边回复：雨很大，你要是能打到车，那我就先走了。

言蓁原本想很有骨气地拒绝，可看了一眼打车软件，会展中心偏远，又逢暴雨，等了十分钟也没有车接单。

她的指尖在屏幕上踌躇了半晌，倍感屈辱地咬牙打字：等我。

言蓁坐电梯下到停车场，远远地看见陈淮序的车。她张望了一下，确认四周无人，绕到副驾驶座坐了上去。

刚刚处在人群议论中心的人此刻正坐在驾驶座上打电话。他一只手搭在方向盘上，手指修长，骨节分明，腕间昂贵的名表闪烁着精致的光泽。

她看着这表，觉得有点眼熟，然而也没想出到底哪里熟悉。陈淮序用眼角余光看见言蓁上车后，迅速地结束了通话："嗯，那就先这样。"

言蓁的注意力从他的手腕上转移回来，问："你怎么知道我打不到车？万一我自己开车来的呢？"

陈淮序将手机放在一旁，语气闲散地道："不是说被言昭停卡了，你还能付得起油费？"

她是真的很想堵住他那张说不出好话的嘴，便没好气地道："和你开玩笑的，言昭没停我的卡。"

"我知道。"

他也知道，言蓁今天不开车的原因是之前出过事故。虽然没受伤，但受到的惊吓也足够让她不敢再在雨天开车上路。

不过他没说出来，而是问："晚上想吃什么？"

"你要和我去吃饭？"她怀疑自己听错了，"外面下的不会是红雨吧？"

"今天辛苦言小姐替我斟茶了，当然要礼尚往来一下。"

这话太正常了，正常到完全不像是爱和她呛声的陈淮序说出的话。言蓁惊讶于他态度的转变，但半天也没想出个所以然，索性不想了，心情颇好地轻哼一声道："算你识相。"

她拿出手机，一家家地搜索着餐厅，准备挑个贵的好好地宰陈淮序一顿。

"这家好像还不错，之前应抒他们吃过，还给我推荐了。就是要预约，也不知道现在能不能约到……"

她念念有词，没想到陈淮序根本没注意听。他系好安全带，侧头看向她，问："什么？"

她重复了一遍："我是说，这个餐厅要——"

话没说完，因为陈淮序突然俯身过来。

透过挡风玻璃进来的光亮被他的身影遮挡住，言蓁眼前一暗，有一瞬的怔愣。

他身上很好闻，不知道是什么香味，清淡又澄澈，恰到好处地盈满鼻尖，像是一张网，沉沉地笼住了她。

停车场白亮亮的灯光为他的轮廓镀上一层柔软的光。她甚至可以看清他微微扇动的眼睫毛，还有右眼角下方那颗极淡的痣。

即使言蓁十分讨厌陈淮序，她也不得不承认，他确实长得很好看。

两个人初遇时言蓁还在上高中。那时候言昭和陈淮序在国外读书，放假回国后两个人相约一起打篮球。言蓁不想写作业，积极地黏在言昭的身后跟过去，就看见了在篮球场边等待的陈淮序。

他穿着黑色T恤，身材清瘦修长，正低着头看着手机。弯曲的手臂并未怎么用力，却能看出隐隐的肌肉轮廓。夏日的阳光从头顶的树叶缝隙里洒落，半明半暗地勾勒出他线条清晰的侧脸棱角，顺着他被黑色碎发微遮的后颈，落在他挺直的腰背上。

因天气燥热，炙烤得空气都发烫了，蝉鸣声聒噪闹耳，而他气质冷淡，立在那里一动不动，好像周边的喧嚣躁动都与他无关。

言昭叫了他一声，陈淮序转头看过来。

恰巧微风吹过，树叶拂动，光影在他的眉眼间流转，从发梢到唇畔，全都映在了她的眼底。

那年言蓁17岁，陈淮序22岁。

只论第一印象，言蓁绝对是对他有好感的。他那张脸太有欺骗性了，甚至还让她生出了些少女朦胧的悸动。只可惜在后来的相处中，两个人性格中不兼容的部分彻底暴露出来，沦落到了现在相看两相厌的地步。

如今27岁的陈淮序看起来更加成熟了，眉眼间褪去了青涩，取而代之的是强势与陌生的掌控感，周身散发着如利刃般的寒光，锋利而冰凉。那双眼睛不带任何情绪看人的时候，总给人一种冷淡的压迫感。

此刻，他就这样垂着眸子看她。寂静无声里，仿佛有丝般的暧昧在缕缕浮动。

距离太近了，近到只要他略微低头，就可以触碰到她的唇瓣。

言蓁蹙起眉头，不自觉地抿紧了嘴唇，紧张地屏住了呼吸。

以为时间会很漫长，实际上令人无措紧张的对峙只短暂地持续了几秒，陈淮序错开了视线，微微偏头，伸手越过她，从她的身侧拉出安全带，捋顺，随后扣上。

"咔嗒"一声轻响敲碎了刚刚突如其来的旖旎氛围，萦绕在周身的暧昧气息瞬间消散。他带着隐约的笑意道："你刚刚在期待什么？"

言蓁这才回过神来，意识到自己刚刚居然自作多情地认为他是要来吻她，此刻心下又羞又恼。她侧头狠狠地瞪他，试图掩饰自己的尴尬，道："陈淮序，你——"

她下意识地要起身，结果动作太猛，被安全带勒住了，脊背重重地弹回柔软的椅背，撞散了她本来盘旋在嘴边要质问他的话。

陈淮序将西装外套递给她，道："披上。"

初春的天气带着乍暖还寒的凉意，下了雨更是湿冷一片，她的穿着漂亮单薄，刚刚一碰，连指尖都是冰凉的。

她一时噎住了，气急败坏地扔了回去，道："谁要披你的衣服？"

"看来你很热？"他作势要去按控制面板，"那我开冷气了。"

言蓁毫不怀疑陈淮序真的能干出这种事，她被娇养惯了，也不可能为了一点所谓的骨气真的在他的车里受冻。于是只好憋屈地扯过他的外套，咬牙切齿地在心里把这个人大卸八块。

陈淮序看她披好衣服后，便收回视线，踩下油门，车缓缓地驶出停车场。

天色渐晚，路灯早早地点亮，斑驳的灯光被飞驰的汽车拉扯成模糊的光影，又被雨晕染开，映在车窗上。言蓁看向窗外，满脑子都是刚刚的尴尬，耳垂发红，指尖不由地揪紧了他的外套。

可恶的陈淮序。

给她等着，她绝对要报复回来。

最后还是去了陈淮序挑的餐厅，两个人进了一个包厢。

言蓁还是第一次来。餐厅外表看起来不显山不露水的，内里却别有洞天。房屋掩在中式山水园林的院子里，静谧无声。踏雨而入，仿若造访世外桃源。包厢内装潢雅致，盆栽郁郁葱葱，窗外是园林山水，清新幽静，让人的心情都平静下来。

服务员穿着中式长袍，安静地替他们布菜。

言蓁尝了一点，觉得口味很符合她的心意，不禁问："你从哪儿找到这家的？这么好吃的餐厅我居然没听说过。"

"朋友的朋友开的，私人餐厅，来过一两次。"

陈淮序戴着手套在一旁剥虾，剥好后放到言蓁的碗里。她吓了一跳，将信将疑地看着他，问："你没事吧？"

"不吃？"他又伸出手，"那还给我。"

"当然吃！"言蓁没搞懂他这一莫名其妙的举动，但大小姐享受别人的伺候总归是没错的，于是夹起虾就咬了一口。

抬起眸子，恰好对上陈淮序似笑非笑的神色。

"怎么了？"

他总不会是下了毒吧？

"没什么。"他不紧不慢地摘下手套，"只是突然想起来有人下午说，死也不吃我的饭。"

言蓁："……"

怪不得请她吃饭时的语气那么好呢，原来在这里等着她。

她咬牙道："你还真是……"

"斤斤计较、睚眦必报、小肚鸡肠。"陈淮序替她说完这些她说过无数遍的词，好整以暇地看着她，"还有吗？"

台词都被抢光了，言蓁瞪了他一眼，道："你有自知之明就行。"

反正瘾也吃了，她将虾吞进肚子里，破罐子破摔般发号施令："我还要吃，你继续剥。"

"言小姐，雇佣劳动力是要付报酬的。"

又来了。

言蓁是真的很好奇，于是问道："你以后有女朋友了，也要和她算得那么清楚吗？"

他不慌不忙地道："等我有了，你可以问问她。"

恰巧服务员端着新菜推门而入，陈淮序侧身，拆了一双新的一次性手套。

"算了吧。"她"哼"了一声，"就你这种人，找不到女朋友的。"

吃完饭，陈淮序开车送言蓁回家。

路上雨越下越大，雨刮器疯狂地工作都不能将视线变清晰。路段积水严重，甚至需要绕行。言蓁指挥，陈淮序开车，两个人折腾了许久，才终于把车开回了半山上的言家别墅。

保姆崔姨早就在门口等着了，身边还趴着言蓁的爱犬巧克力。巧克力见到言蓁从车上下来，便热情地摇着尾巴扑了上去。

崔姨上前一步道："陈先生，下这么大的雨，辛苦你送蓁蓁回来了。进来喝口热茶吧？"

"谢谢，但有点晚了，明早还要上班，我就不留下来了。"

话音刚落，远处"轰隆"一阵雷响，雨势更急了。

"外面下着暴雨，下山的路肯定不好开车，新闻也报道了路上积水严重，陈先生要不然今晚就在这儿住一晚吧？"崔姨的语气充满关切，"家里有客房，用品都是全新的，小昭有很多没穿过的新衣服，你俩的身材差不多，挑着穿就行。"

言蓁正蹲在地上揉巧克力，闻言抬起头道："我哥没回来？"

"没有。今天暴雨，小昭说开车不方便，就住在浮光苑那边了。"

自从三年前母亲言女士将言氏交给言昭之后，就和言父一起去了欧洲，美其名曰坐镇欧洲分部，实际上是在全世界游山玩水，一年都回不来几次。偌大的别墅里只剩下他们兄妹两个人，全由崔姨照料。而言昭出生之前崔姨就在言家工作了，对言家这两个人来说，崔姨就像亲人一样，因此称呼也亲昵。

言蓁揉着萨摩耶雪白的毛发，想起刚刚开车回来时的坎坷，对陈淮序说："你就住在这儿吧。外面雨太大了，回去太不安全了。"

虽然她讨厌陈淮序，但事关安全，还是不能开玩笑。

眼看这雨一时半会儿停不了，陈淮序也只能答应下来。

崔姨领他去了客房，言蓁就倚在门口看，时不时地说两句风凉话："崔姨，他哪有那么娇气，连熏香都要给他换？"

"睡眠很重要的，尤其陈先生上班很辛苦，就更要注意休息了。"

崔姨语重心长，又转头看向陈淮序，问道："就用蓁蓁房间里的那种可以吗？蓁蓁说那个很助眠。"

陈淮序立在一边，礼貌地道："我都可以，麻烦您了。"

言蓁道："你要是认床睡不着可不准赖我的熏香。"

"还好。"陈淮序回复，"我可没那么娇气，不用熏香也睡得着。"

她又被呛住了，于是不甘心地瞪了他一眼，扭头离开了。

言蓁回房间洗了个澡，穿着睡裙下楼倒水喝。

崔姨正在厨房里洗水果，见言蓁来了先递给她，道："你先拿去吃，待会儿我再洗一盘给陈先生。"

言蓁捏起一颗葡萄，剥开扔进嘴里，含混不清地说："对他那么好干吗？他又不是什么好人。"

崔姨道："人家今天特地送你回来，总该感谢一下。"

言蓁顿时不说话了。崔姨手下的动作渐缓，有意无意地说："蓁蓁，陈先生还是很好的，你不要总和他闹脾气。"

"崔姨你不懂，你和他接触多了就明白了，他其实很坏的，平时都是装乖骗你们呢。"

崔姨摇了摇头，叹了口气，她怎么能不明白。言家在半山上，离陈淮序住的市中心一来一回要一个多小时。有时候下班迟了，言昭都懒得回来，干脆直接住在公司附近。但只要是言蓁开口，无论多晚，陈淮序都会亲自开车送她。

如果只是单纯对待朋友的妹妹，那么这份耐心怎么说都有点过了头。

等崔姨洗好水果，言蓁也差不多吃完了，她便让言蓁上楼的时候给陈淮序带过去。

言蓁不怎么情愿，但还是照做了，站在客房的门口敲了敲门。

门被打开了，陈淮序似乎刚洗完澡，头发还没干透，发梢垂下来遮住了额头，一贯冷淡的眼神里竟意外地多了几分柔和。

"崔姨为什么也这么喜欢你，真是搞不懂。"言蓁嘀咕起来，把东西往他怀里塞，"给你准备的水果。"

她突然想起了什么，在陈淮序接的时候又停住了，露出一个狡黠的微笑，道："今天辛苦你送我回来，还给我剥了那么久的虾，为了感谢你，我替你剥个葡萄吧？"

她拿起一颗，剥了皮，刻意凑近一些，看见他眼底仍旧是毫无波澜的一片漆黑，表情也毫无松动，于是继续试探着他的底线。

他个子高，言蓁想和他平视就不得不踮起脚。她嫌麻烦，直接用另一只手钩住他的脖子，强迫他弯下腰，目光由此对上。

言蓁长得很美，眼睛尤其漂亮，瞳仁清亮。专注地看人时，眼波像是春雨在湖面上溅起的涟漪，勾得人心里发痒，偏偏她本人却毫无自觉。

她慢慢地贴近，身体几乎快贴上他的。贴身的真丝睡裙让曼妙的身体弧度一览无余，沐浴后清甜的气息诱人，一点点地钻进两个人的呼吸里。

她轻轻地开口，咬字温柔："我的沐浴露好闻吗？"

他没说话，只是用那双漆黑的眼睛看着她。

言蓁有点犯难了。

她本来只是一时兴起，想恶心一下陈淮序，看他一贯冷静的脸上出现嫌恶的表情。可没想到她都贴这么近了，他居然还没推开她，像是要看她还能表演出什么花样，导致现在骑虎难下的反而变成她了。

两个人好像陷入一场博弈中，谁先动摇，谁就输了。

近乎暧昧的氛围里，她将葡萄递到他的嘴边，用曲起的指节轻轻地点了点他的嘴唇，道："张嘴。"

她的呼吸很轻，脸上有浅浅的红晕，神色里带了一丝不易察觉的紧张。

陈淮序垂下眸子无声地看着她，许久，嘴唇轻轻地动了动，似乎就要就着她的手咬下来。言蓁喜出望外，立刻转向，将那颗葡萄塞进嘴里咬住，然后松开钩着他的手，得意地朝他扬起眉毛。

是她赢了。

敢在车上那么捉弄她，她可不得报复回来。

只是，陈淮序的眼神看起来很奇怪。不像是恼羞成怒，反而像是某种山雨欲来的风暴酝酿。

崔姨上楼梯的脚步声在此时传来。

言蓁见好就收，转身就想溜。没想到下一秒，她的手腕就被攥住了，连声音都没来得及发出来，就猝不及防地被拖进了房间。

房门重重地关上，发出巨大的响声，水果盘被打翻在地，七零八落地摔在走廊上，汁水横流，狼藉一片。

这不是两个人第一次接吻，虽然言蓁并不承认那次的意外。

第一次是在两年前，圣诞夜。

一群人在别墅里开派对，围着客厅里的圣诞树喝酒玩游戏。言蓁抽到大冒险，要求她和一个异性拥抱十秒钟。

这对她来说太过简单了，因为言昭就在场。

可她在客厅转了一圈都没找到言昭，反而看见了站在落地窗边抽烟的陈淮序。

他正低着头，不知道在想什么，月光投进来，在他身后拉出一道长长的清冷的影子。指尖星火点点，闪着微弱的光，仿佛随时都要熄灭。

注意到言蓁后，他掐灭了烟，丢进了烟灰缸里，低声地问她："怎么了？"

身后有人催促着言蓁快一点，说是时间快结束了，完不成就要再罚酒。她脑子一热，冲上去抱住了陈淮序。

他似乎很是意外，身体顿了一下。在众目睽睽之下，言蓁怕他推开自己，于是用手扯住他背后的衣服，语气恶狠狠地威胁道："不准推开我。"

像只张牙舞爪的小猫。

陈淮序低下头看她，没说话，在众人的口哨声中，抬起手臂轻轻地揽住了她。

"六，五，四……"看热闹不嫌事大的人开始起哄倒计时，言蓁把头埋在陈淮序的怀里装死，鼻尖上全是他身上的清冽气息，让她的耳朵发烫，只觉得每一秒都难熬极了。

数到"一"的时候，言蓁急急忙忙地想松开手，不料灯在此时像是约好了一般全暗了下来。一瞬间，眼前全黑，只有窗外清亮的月光朦胧地照进来。

客厅里一阵恐慌，她也不例外，脚步匆忙，拖鞋踩到长裙的裙角，眼看就要摔倒了，被陈淮序伸出手又拉回了怀里。

她心有余悸，下意识地转头想和他说声"谢谢"，没想到他正好低下头，两个人的距离极近，她的唇瓣就这么擦过了他的。

温热、柔软的触感。

一擦而过，却生起酥麻的电流，密密麻麻地往身体里钻。

呼吸好像都在那一瞬间停住了。

他的瞳仁漆黑，正垂下眸子看着她，月光落在他的肩膀上，给他镀了一层薄薄的银光。

身后围着圣诞树的人群爆发出欢呼声。言蓁想起来了，今晚是有人想借机告白，准备了惊喜，约定好以"倒计时"作为暗号。但刚刚气氛太过热烈，导致大家忘了这件事，估计表白的人也为这提前的倒计时而一头雾水，但还是执行了告白程序，关闭了所有的灯。

客厅里一片热闹，而不远处寂寥的窗边角落里，有两个人正无声地对视着。

言蓁对于到底是谁先主动的根本毫无印象。或许是黑暗让人有一种逃离现实的虚幻感，又或许是气氛太好，加上她酒精上脑，总之等她反应过来时，已经和陈淮序吻在了一起。

潮湿、缠绵的碰触。

像是起伏的潮水，随着呼吸的节奏拍打着岸边的沙子，一点点地渗入，直到彻底浸透，干燥的沙粒满溢着属于海浪的气息。

言蓁觉得自己也沾满了他的气息。

她被吻得头有些发晕，气息不稳地"唔"了一声，想要退开，后脑勺却被牢牢地扣住。他搂着她的腰贴近自己，低下头加深了这个吻。

黑暗里的吻无声地放纵，喘息声以及心跳声都被无限地放大，一点点地蚕食人的理智，将人拖入沉迷的深渊。

身后的人终于闹完了，有人嚷着要去开灯，言蓁才恍然清醒过来，伸出手推开了他。

她觉得自己大概是脑子坏掉了，唇舌分离之后，她轻轻地喘息，开口说的第一句话居然是抱怨："好讨厌烟味。"

陈淮序一怔，难得地笑了一下，捏了捏她的脸颊，道："好。"

好像从那以后，言蓁真没见过他在自己面前抽过烟。

然而这场暧昧也就到此为止了。言蓁回房间睡了一觉，第二天满血复活，哪儿还有昨晚半梦半醒的迷离状态。再遇见陈淮序的时候，两个人的目光无声地交织，沉默地对峙了一会儿，还是言蓁先开了口："我哥呢？"

陈淮序淡声地道："他先下去了。"

"居然不等我！"她转身，头也不回地朝楼下奔去。

一个装傻，一个陪着她装傻，两个人心照不宣地把那晚的事揭了过去，继续做他们势同水火的死对头。

单身的成年男女偶尔意乱情迷一下也很正常，言蓁觉得这是个意外，也是个错误。

她认为陈淮序应该也是这么想的。

葡萄的香甜味道弥漫在唇间，一点点被压入口腔深处。刚刚陈淮序没吃到的那颗葡萄，此刻他以另一种方式尝到了它的味道。

言蓁被抵在门上，被迫仰起头和他接吻。身后是坚硬的门板，身前是他结实的胸膛，她避无可避，伸出手试图推他，却被他扣住手腕，举到头顶彻底按住。

"陈……"她挣扎着出声，却没有用，他来势汹涌如潮，仿佛要将她彻底淹没。

这时门外传来崔姨的敲门声。

"陈先生？"

她一惊，如梦清醒一般在他的嘴唇上狠狠地咬了一口。陈淮序蹙起眉头，终于退开了，薄唇上一片湿润的水光。他垂下眸子盯着她看了一会儿，伸出手搂住她的腰，将她往一旁带了带，另一只手拉开门，只对外露出半边身体，道："崔姨，怎么了？"

"我上楼，听见门响，又看见水果被打翻在地上，就想来问问怎么回事。"

陈淮序看了一眼水果的"尸体"，道："抱歉，刚刚没拿稳，不小心打翻了，待会儿我来收拾。"

"没关系，我再送一盘过来。"

"不用了，时间不早了，崔姨你也早点休息吧。"

崔姨欲言又止："陈先生，蓁蓁她……"

听到自己的名字，言蓁还以为要被发现了，不由得紧张起来，用指尖抓紧了陈淮序的衣角。

陈淮序伸手下去扣住她的手指，目光仍旧看向门外："嗯？"

"蓁蓁她心思单纯，从小就被家里人保护得很好，有些娇惯，有时候语气有点重，但她本性不坏的。而且，如果她真的讨厌一个人，是不会和他多说一句话的。"

陈淮序平静地道："我知道，谢谢崔姨。"

关上门后，他转头去看她。言蓁刚要发作，就看见他的嘴唇上正慢慢地渗出血迹，让人难以忽视。

陈淮序察觉到她的目光停留在自己的嘴唇上，伸出手往刺痛处抹了一下，指尖上一片血色。

"活该。"她有些心虚地咬着嘴唇，"谁让你突然来亲我。"

他神色淡定地道："不是你先来招惹的我？"

言蓁自知理亏，但嘴上不肯认输："那也不代表你能对我动手动脚的。"

只许州官放火，不许百姓点灯，的确是言蓁大小姐一贯的做派。

陈淮序用指尖捻了捻血迹，不以为意地道："我还敢做更过分的事，你要不要来试试看？"

窗外暴雨如注，伴随着偶尔的雷鸣将夜空撕亮了一角。

言蓁被那双黑眸沉沉地注视着，恍惚之间觉得自己像是被盯上的猎物。

她下意识地往后面退了一步，脊背触到坚硬的门板，仿佛在急流里突然抓住了一根救命的浮木，她立刻转身，拉开门就往外面逃去，只留给他一句没什么底气的话："你敢！"

房门随着她激烈的动作缓缓地回弹，在他面前"咔嗒"一声合上了。

陈淮序伸出手又摸了摸嘴唇，无声地笑了一下。

言蓁逃回房间，躺在床上许久，心跳仍旧激烈地怦怦作响。她满脑子都是刚刚那个吻，翻来覆去地怎么也睡不着，一闭上眼睛就是陈淮序那张近在咫尺的脸，唇瓣上仿佛还残留着他的力度，到现在好像都是麻的。

什么礼貌、绅士，全是他在别人面前表现出来的假象！

"烦死了！烦死了！"她郁闷地将头埋进枕头里，"我睡不着了。都怪你，陈淮序！"

第二天早晨，大雨已经停了，空气中弥漫着湿漉漉的清新气味。言蓁顶着两个巨大的黑眼圈，脚步虚浮地下了楼梯。

崔姨正在餐桌前忙活，抬起头看见言蓁，笑道："正好，快来吃早饭。"

她坐下来打了个哈欠，道："陈淮序呢？"

"陈先生早起锻炼，刚刚回来，现在应该在洗漱换衣服。"

话音刚落，身后就传来下楼梯的脚步声。陈淮序走到桌边，拉开椅子坐了下来，礼貌地问候道："早上好。"

他的穿着一丝不苟，衬衫纽扣规矩地扣到顶部，腰背挺直，冷静从容，仍旧是那个完美无缺的行业精英。只是嘴唇上那个伤口，经过一夜，结起了深色的血痂，反而变得更显眼了。

崔姨端来早餐，惊呼一声："陈先生，您的嘴唇怎么了？"

言蓁一慌，伸出脚在桌下踢了他一下。

"没事。"陈淮序不动如山，"吃水果的时候不小心咬破了。"

他不以为意，崔姨也不好再说什么，而是转头去了厨房，言蓁悬着的心渐渐放了下来。

巧克力在桌下钻来钻去，柔软的绒毛不住地蹭着言蓁的小腿。她觉得有点痒，伸手下去摸它的头，煞有介事地指着陈淮序开口："记住旁边坐着的这个坏人，他是妈妈的敌人，以后看见他就冲他叫，知道吗？"

萨摩耶两只黑眼睛圆溜溜地看着她，还傻乎乎地转去亲昵地蹭了蹭陈淮序的腿。

言蓁咬牙道："白养你了，小叛徒！"

陈淮序俯下身摸了摸它雪白的绒毛，心情明显很好，道："我应该是什么辈分？"

她敷衍道："叔叔。"

"想做我侄女？"

她瞪他，道："又不是我喊你，你不要趁机占我便宜。"

巧克力将头往他的掌心里凑，他用指尖挠了挠巧克力的下巴，不疾不徐地下结论："还是叫爸爸好听点。"

言蓁以为他是在得寸进尺："你做梦，我才是你爸爸。"

吃完早餐之后，陈淮序开车去了公司。

还没到上班时间，办公室里人没怎么来齐，正三三两两地捧着咖啡聚在一起聊天，用眼角的余光瞥见陈淮序，立刻四散开来："陈总，早上好。"

"早上好。"他颔首，却发现他们都错愕地盯着自己的脸。

他意识到他们在盯什么，然而也没做出什么反应，一如既往地往自己的办公室走去。

议论在身后悄然炸开，像是石子扔进池水里，溅起层层涟漪，搅动了凝滞无波的早晨。

助理莫程在早晨照例进来汇报行程的时候，看着陈淮序的脸愣了半天。

"看够了？"陈淮序用笔尖轻轻地敲了敲桌面，语气充满平静，"看够了就赶紧工作。"

"啊？哦！"他反应过来后，慌张地低下头去。

这也实在不能怪他。毕竟陈淮序永远是一丝不苟的严谨形象，莫程连他情绪波动的时刻都很少见到，更别提在嘴唇这种暧昧的位置出现了一个伤口。就像是上好的白玉瓷器突然出现了一丝细小的裂缝，让人忍不住去探究原因。

他稳了稳心神，开始一项项地梳理工作。

"……新闻周刊想约您做一个专访，时间初步定在下周，这是他们初拟的策划案，您看一下。"

陈淮序快速地翻了一下，道："可以，采访稿先给公关部审一下。"

话音刚落，他翻到尾页，目光落在了一个名字上："梁域？这次的专访是系列主题？"

"是的。他们打算邀请各领域的青年人才，除了金融行业，还有法律行业、建筑行业，等等。"莫程倒是听说过这个梁域，随口一提，"这个梁域先生好像是很有成就的年轻摄影师，在国外刚拿了奖，最近要回国了。"

陈淮序久久没有动静，莫程不明所以道："老板？"

他顿了一会儿，淡淡地开口："我知道了。"

傍晚，言蓁正窝在沙发上刷平板电脑，就听见别墅的院子门口传来汽车的动静。

没一会儿，大门打开了，清晰的脚步声响起。

她连头也不抬，道："大少爷终于舍得回家了？"

言昭正脱下大衣递给崔姨，闻言挑起眉毛道："又是谁惹你不开心了？"

没等言蓁回答，他慢悠悠地道："哦，我想起来了，崔姨，昨晚淮序是不是借住在我们家？"

一听到这个名字，言蓁立马从沙发上坐起来，道："还不是都怪你，非要我去那个什么论坛，你怎么不告诉我他也去？"

言昭走到沙发前，坐下，松散地往后面靠，把对着他摇尾巴的巧克力抱到怀里，不急不慢地顺着毛道："他去又怎么了？我又不是让你去看他的。你们俩一个嘉宾一个游客，我也很好奇你们是怎么遇上的。"

兄妹俩的五官一脉相承，眼睛尤其像。但和言蓁不同，言昭的眼尾弧度更锋利一些，以至于虽然他总是在笑，但大多时候让人感觉不到多少柔和的情绪，很适合在生意场上虚与委蛇。

言蓁说不出话了，闷闷地倒回沙发上。

缘分这种东西，有时候真的是玄学。

吃完晚饭，言蓁要去遛巧克力，言昭难得下班了也没有工作要处理，就和她一起出门。两个人漫步在别墅区的小道上。

这片半山别墅在市郊，离市中心太远，年轻一辈很少住在这儿，反倒是老一辈喜欢在这儿养老。两个人逛了十几分钟，遇见了好几个饭后带狗散步的老人，巧克力混进狗堆里，玩得不亦乐乎。

言昭在这时接到了路敬宣的电话。

"怎么了？"他单手插进口袋里，立在树旁。晚风习习掠过，传来一丝春夜的凉意。

路敬宣的语气一如既往地不着调："这周末有时间吗？上次我投的那个溪山湖景酒店试营业了，去玩玩呗，就当捧个场。"

"湖景酒店？"言昭笑了，"当时不是说资金链断裂修不成了吗？"

"钱都投进去了我哪能让它烂尾。"路敬宣叹了口气，"求爷爷告奶奶的，最后我二叔伸了把手，但主导权也归他了。"

他郁结地再次叹气道："老子以后再也不干这种事了，这段时间愁得我都快有白头发了。"

"淮序早就提醒过你了，说联合投资方不太靠谱。你自己太固执，怪谁？"

"怪我怪我，主要我想的是，和夏做的都是科技啊生物啊这种板块的风投，对这地产方面的事情说不定也是一知半解。"路敬宣有些惆怅，"两杯酒一下肚，我连兄弟的话也不信了。这回算是栽了个跟头。"

言昭想了一下道："这周末我应该是有空的。"

"行，那就多叫几个人，咱们开车过去，沿路的山景挺好看的。"

该交代的都交代完了，路敬宣却没挂电话："那个……"

"怎么了？"

"淮序那边……你不然帮我打个电话？"

言昭的指尖随意地拨了拨垂下来的叶子，道："他不愿意去？"

"也不是。"路敬宣有些支吾，"我就是担心，毕竟我没听他的劝，我怕他到时候心里想东想西的。"

言昭笑道："你以为谁都和你一样多愁善感？亏的又不是他的钱，你不怪他没劝到底他就烧高香了。"

路敬宣依旧唉声叹气的。

"这样吧，找个帮手。"言昭看着蹲在一边的言蓁，若有所思地笑了，"我给你把陈淮序的祖宗请过去。"

"陈淮序的祖宗？"路敬宣愣了一下，很快便反应过来，"你那个宝贝妹妹？"

"小路总不介意多安排个房间吧？"

"那怎么可能介意？"路敬宣很是高兴，忙拍着胸脯，"妹妹要来我双手双脚欢迎！我就是把你和陈淮序贴墙上，也得让咱妹有地方住。"

巧克力一遇到其他小狗就像疯了一样，言蓁怎么拉都拉不住。它又蹦又跳地围着她直转，狗绳一圈圈地绕在她的小腿上。言蓁蹲下身去解，转头叫言昭："哥，快来帮忙。"

言昭走过去替言蓁解开了绳子，把巧克力拽住。他力气大，巧克力只能不甘心地看着远去的小狗伙伴，扑棱着小腿，喉咙里发出可怜的呜呜声。

他晃了晃正在通话的手机，朝言蓁示意道："周末有空吗？"

"嗯？应该是有的吧。"

"你路哥哥在溪山的那个湖景酒店试营业了，请我去玩，你要不要一起去？"

言蓁有些疑惑道："不是说资金链断了吗？"

路敬宣在那头骂了一句脏话。

"这件事怎么传得这么广啊？老子面子都丢尽了！"

言昭笑道："总之他搞定了，这周末我们开车去，住一晚。你去不去？"

"去！"言蓁很是积极，"最近一直等着导师有空，怕他随时叫我去改论文，我都不敢出远门，无聊死了。"

言昭突然又叹气道："还是算了。"

言蓁有些不解道："怎么了？"

"我突然想起来，陈淮序也是要去的。"言昭故作可惜地道，"毕竟你不想见到他，还是算了吧，下次有空再带你去。"

路敬宣虽然脑袋不太灵光，但也听出来言昭这一套一套的："言昭你……"

也难怪言昭和陈淮序是好朋友。虽然性格不同，但肚子里那点弯弯绕绕可是一点不差。

"他去怎么了？难道他去我就不能去吗？难道他在地球上呼吸，我就不能呼吸吗？"言蓁果然上钩了，哼道，"我是去玩的，才不搭理他。他要是看我不爽，让他别去。"

言昭微微地笑了，对着电话那头开口道："小路总听见了吗？祖宗要去，你可得把人伺候好了。"

周末天气格外好。六点多天就亮了，朦胧的朝日远远地探出半个头，将快要苏醒的天际染得晕红一片。

言蓁打着哈欠坐上言昭的车，昏昏欲睡地被载到了约定的地点。

空地上已经停了好几辆名车，在晨风中闪着透亮的光泽。

今天来的都是彼此比较熟悉亲近的朋友，有男有女，气氛很是融洽。言蓁在外人面前向来端庄，于是礼貌地跟着言昭一个个地打招呼认人。

转到陈淮序的时候，言昭更是放松了，开口就是调笑："陈总最近玩得很大啊，我都隐约听说你的绯闻了。"

有八卦？闻言言蓁聚精会神地竖起了耳朵。

陈淮序不着痕迹地扫了言蓁一眼，道："嘴唇破了而已，他们爱胡思乱想编故事，这你也信？"

他今天穿着一件驼色风衣，更显身高腿长，衬衫不像往日一般扣到顶部，而是松了两颗组扣，领口随意地翻折，意外地多了几分随性。

路敬宣在此时凑了过来，一左一右钩住两个人的肩膀，对着言蓁笑道："妹妹好久不见，真的是越来越漂亮了。"

言蓁被夸得很是舒心，于是礼尚往来地嘴甜道："路哥哥也越来越帅了。"

路敬宣哈哈大笑，道："妹妹今天放开了玩，有什么事就找我，我给你保驾护航。陈淮序要是敢欺负你也来找我！你这个便宜哥哥只会看热闹，我来给你撑腰。"

言蓁闻言，不自觉地偷偷地看了一眼陈淮序，却发现他也在看着自己。

目光相触，被他抓了个正着，她虚张声势地瞪回去。陈淮序的唇角微勾，移开视线，投入到一旁的谈话中去。

"人都到齐了啊，大家听我说。"路敬宣走到人群中心，翻身坐上越野车的车盖，长腿有一搭没一搭地晃悠，活脱脱一副纨绔范儿，"今天谢谢大家来给我捧场。都是老朋友了，客气的话我也不多说了，总之就是一个宗旨，吃好、喝好、玩好。"

有人给他鼓掌，他伸手示意话还没讲完："待会儿我们就从这里出发，开车去溪山。全程大概一个半小时。为了不让大家在开车的途中感到寂寞，我特地准备了一个小游戏。"

有人提出异议："老路你脑子坏了吧，开车怎么玩游戏？"

"你就不能听我把话说完吗？"路敬宣"啧"了一声，"我们这么多人，正好双数，两个人一组，一个人开车，另一个人参加游戏，要是想换人了，就在休息区换。这游戏呢，一共分三轮，也不是白玩的，每轮垫底的都得受罚。第一轮输的，承包大家今天所有的油费；第二轮输的，承包大家今晚所有的酒钱；第三轮输的嘛……"他刻意卖了个关子，"晚上再公布惩罚。"

"路敬宣，这资金链断裂的酒店把你弄破产了？没钱兄弟借你点，也不用想这种方法啊。"

路敬宣被戳到了痛点，瞬间恼羞成怒，撸起袖子跳下车道："哪壶不开提哪壶，老子看你是皮痒了。"

嘻嘻哈哈的声音从人群里传来，言蓁感叹道："他看起来好笨哦。"

言昭闻言，侧头看着她笑了，道："你也别说他，你俩半斤八两。"

言蓁："什么？"

有这么说妹妹的哥哥吗？

一阵打闹过后，路敬宣理了理凌乱的头发，喘了口气道："行了，时间差不多了，马上要出发了，赶紧的，组队。"

他看向言昭、言蓁，道："你们兄妹俩一起吧？"

"不要！"言蓁立刻拒绝，不甘心地道，"我要和你一组。"

什么笨蛋，非要拿个第一证明给言昭看。

"可别。"言昭慢悠悠地道，"你路哥哥都在破产的边缘了，你还是别祸害他了。"

"什么祸害，你才是——"

言蓁突然止住了，隐约觉得这词有点耳熟——

"是吗？那你可得做好被我祸害的准备，我不会放过你的。"

"随时恭候。"

她心下立刻有了主意："那我和淮序哥哥一组。"

说着，她转头，对着一旁的男人露出一个微笑，道："淮序哥哥不会不同意吧？"

虽然两个人私下里极其不对付，但在外人面前，言蓁还是要保持基本的礼貌，便虚情假意地喊陈淮序"哥哥"。

她不擅长骗人，笑容里的不怀好意实在太过明显。然而陈淮序也没说什么，只轻轻地侧头示意道："上车。"

目送着两个人走远的背影，路敬宣有些摸不着头脑，问："太阳从西边出来了？"

"说你笨你还真笨。"言昭将手机塞进口袋里，"今晚准备感谢陈总吧，有人买单了。"

路敬宣所准备的游戏，就是打牌。

第一轮，言蓁要么出错了牌，要么放下家过，总之次次赢不了，"光荣"地垫了底。她故作无辜地看向陈淮序，道："我是真的不会打，真不好意思。"

陈淮序没说话。

第二轮，言蓁又是唉声叹气，差点挤出几滴眼泪，道："他们打牌也太厉害了吧！我怎么又输了。"

她低下头，乌黑的长发从肩头上滑落，遮住了白皙的侧脸，看起来倒真有几分楚楚可怜的意味。

如果不是唇角的弧度出卖了她的话。

陈淮序看了她一眼。

第三轮，言蓁见坑害陈淮序的目的已经达成，终于决定大展身手，发挥自己的真实水平，结果还是被毫不留情地杀了个片甲不留。

"我……"

"又输了，我知道。"

于是，这场车上的小游戏，成功地以言蓁、陈淮序组三轮都垫底而结束。

车子开到湖边，时间正好，路敬宣便组织大家搭烧烤架。言蓁起了个早化妆打扮，加上刚刚在车上全神贯注地玩游戏消耗了精力，此刻睡意汹涌袭来，她正趴在车窗边垂着头，一副要睡不睡的样子。

路敬宣以为她是输了不开心，知心大哥哥般上前安抚道："不就是输了吗？没事，有陈淮序在，还能让你掏钱？"

言蓁含糊地应了一声。

路敬宣端详了一下她的神色，道："该不会是晕车吧？快去车后座躺一会儿，我车上有药，给你拿点？"

"不用，就是有点困。"她揉了揉眼睛，"一会儿就好了。"

言蓁爬到车后座上休息，蒙眬间听见车门被拉开，有人坐了上来。

她掀起眼皮，发现是陈淮序，便懒散地打了个哈欠，娇气道："你要休息去别的地方，这里归我了。"

陈淮序答非所问，慢条斯理地开口道："你知道今天我花了多少钱吗？"

言蓁实在困得不行，道："你赚那么多，花点钱怎么了？别那么小气。"

"花钱确实不算什么，可每一笔不都是你故意让我花的吗？"

言蓁有些心虚，支支吾吾地往另一边靠，答非所问："好困，我睡会儿。"

陈淮序抬起眸子看了一眼窗外，伸出手按下按钮，车窗缓缓地升起、关上。

她被突如其来的黑暗弄得不明所以，刚想睁开眼睛，后颈就被温热的掌心扣住了，带着力度将她往另一侧扯去。她有些猝不及防，肩膀撞在他的胸膛上，随后下巴被掐住，抬起。陈淮序低下头，在极近的距离里看着她的眼睛，低头压了上来。

那张脸无限地放大，她怔愣了一瞬，随即整张脸都红了起来，伸出手用力推他，道："陈淮序，你……"

陈淮序用一只手扣着她，将她禁锢得动弹不得，声音却仍旧冷静："外面都是人。"

堂而皇之地威胁。

言蓁这下也不敢挣扎了，又羞又气地狠狠地瞪他。

他垂下眸子，用指尖抚摸着她的脸颊，道："按你的话来说，我这个人，向来斤斤计较，所以——

"要点补偿不过分吧？"

他的声音压得很低，像是情人间的耳语，滚烫又暧昧。

言蓁不可避免地想到几天前在言家的那个吻。

她的手绕到脖子后面，试图掰开他的手。他察觉到她的意图，更加用力地收紧，于是两个人的脸又贴近了几分，仿佛下一秒就要拥吻。

她率先没了骨气，试图讲道理："你要什么补偿？"

嘴唇张合，不小心轻擦过他的。

仿佛一粒细微的火星落在干枯的草堆上，烈火瞬间燃起，形成燎原之势。

陈淮序将她搂紧，侧头吻了上来。

事情的发生似乎总是这样。从零到一往往是一次巨大的跨越，可一旦突破，再次发生的阈值就会无限降低，接受的程度也会随之提高。

比如现在。

言蓁想挣扎，但有点无力，他的动作强硬，丝毫不给人拒绝的机会。

她睁着眼睛看他，仿佛心有灵犀似的，他也恰巧睁开了眼睛。

目光纠缠，对上她的眼神，那双黑沉的眸子里，说不清道不明的浓烈情绪爆发开来。

言蓁有些害怕他充满侵略性的视线，扭头要躲开，又被他捉了回来。

陈淮序的身体前倾，整个人将她压倒在座椅上。

直到有人向车靠近，试图拉车门发现没拉动，车把手回弹的清脆响声震了一下，他才放开了她。

言蓁趁机推开了他，急忙爬起身往后面缩，脊背抵上车门，和他拉开了距离。她的头发凌乱，脸颊到耳根全都红了，凶狠地瞪着他，却显得娇嗔无比，没什么攻击性，反而让他想做点更过分的事。

陈淮序移开看她的视线，按下车钥匙解锁，转身打开车窗。凉风猛然涌进来，吹散车内那一阵旖旎。

他刻意地遮住了车外的人往身后窥探的视线，道："怎么了？"

"做什么亏心事呢，还锁车？"路敬宣随口吐槽，"妹妹晕车又不是你晕车，在车上磨磨叽叽的干什么呢，下来干活。"

言蓁闭着眼睛装死。

"我又要出钱又要出力，这是不是不太公平？"

"不是让你休息了十分钟嘛，还不满意？"

陈淮序的心情似乎不错，也没过多计较，道："马上就来。"

路敬宣走远后，他又关上车窗。言蓁以为他要继续，于是下意识地蜷起身体，咬牙切齿道："陈淮序，小气鬼，我赔你钱就是了！你不要得寸进尺！"

他只是伸出手捏了捏她的脸颊，道："睡吧。"

他脱了外套盖在她的身上，随后下了车。

关门的一瞬间，陈淮序听到她闷闷的一声："变态！"

指尖停留在车门上数秒，他收了回去，转身，对刚刚言蓁说的话并不反驳。

惦记了她这么多年，他确实是变态。

陈淮序走后，言蓁却怎么也睡不着了，鼻尖仿佛还残留着他的气息，酥酥麻麻的。她看向窗外他的背影，又恨恨地抱怨了两句。从包里翻出镜子，开始整理仪容。

再三确认没有任何异常后，她推开门下了车，一路往言昭的方向走去。

言昭大少爷此刻正坐在一旁的椅子上玩手机，姿态悠闲。言蓁觉得有些不可思议，道："大家都在忙，你在这儿干吗？"

"忙完了啊。"言昭回答，"倒是你，和陈淮序在车上待了那么久，干什么呢？"

"我晕车睡觉啊，哪知道他干什么。"言蓁慌忙扯开话题，"还没和你算账呢，刚刚最后一轮为什么不给我放水？看着你妹妹输成这样你很高兴吗？"

言昭迎着阳光转头眯着眼睛看她，微微地笑道："反正陈淮序出钱，你怕什么？你该不会是心疼他的钱，不心疼你哥的钱吧？"

言蓁有些恼羞成怒，作势要去掐他。言昭往一旁躲开，兄妹俩打闹在一起，一时间欢笑声经久不绝。

众人在湖畔吃了烧烤，下午就是自由活动，爬山的爬山，打牌的打牌。言蓁又犯困了，干脆回房间睡了一下午，再睁开眼睛时夜幕已经降临，从酒店的阳台望下去，湖畔边一排五光十色的灯光，晕染着渗进无边的夜色里。

她简单地整理了一下就匆忙地上楼。在酒店的顶层有一个超大的露天平台，可以将溪山以及湖面的风光尽收眼底。当初路敬宣就是为了坚持建这个华而不实的平台和联合投资方争论了许久，导致工程一拖再拖，直到资金链都断裂了。

现在看来，言蓁觉得他还是有那么一点品位的，虽然代价很是惨重。

一群人早在平台上喝酒聊天许久了，见到言蓁来了，有人笑道："你可真是不赶巧。"

"怎么了？"

"我们正准备执行第三轮惩罚呢，你要是迟点来，这惩罚就让陈淮序一个人受了。"

言蓁的心里有点没底，于是问："什么惩罚啊？"

路敬宣拎着两瓶酒，利落地开瓶，放在桌子上，道："最原始的玩法，真心话大冒险。要么三十秒之内吹完一瓶，要么回答一个真心话问题。"

她不太能喝酒，略微纠结地问："真心话是什么？"

言昭抬起眸子看了明显有些醉意的路敬宣一眼，警告道："你收敛点。"

他喝多了嘴里没个把门的，什么玩笑都能开，言昭当然不能放任他问自家妹妹龌龊的问题。

"那是当然，你把我当什么人了？"路敬宣伸出手晃了晃，"我们今晚，来点简单的。

"你第一个喜欢的人，现在怎么样了？"

说完，他还有些兴奋地道："怎么样，够简单吧？你俩谁先来？"

陈淮序拎起一瓶酒，平静地示意了一下。

"算了，就知道你的嘴比铁还硬。"路敬宣看手表，"开始计时了啊！"

陈淮序显然是不怕喝酒，一瓶灌下去了表情都不松动一下。

轮到言蓁了，她难得地有了一丝犹豫："我……"

话还没说完，面前探过来一只手，将另一瓶酒拿起。众人开始吹口哨起哄，陈淮序仰起头，再次一饮而尽。

言蓁略微有些惊讶地看向他。

些许酒液随着他吞咽的动作从唇边溢出，晶莹剔透地往下滴落，沾湿了他的颈脖，将上下滑动的喉结染上闪烁的水光。

莫名地有些性感。

不到三十秒，陈淮序又喝完了一瓶。他将瓶口朝下晃了晃，示意完全空了。众人捧场地发出喝彩声，他轻轻地一挑眉毛，一贯沉静的眉目之间难得地多了几分恣意锐利的神色。

仿佛回到了言蓁初识他的那个夏天，那个挥汗如雨的篮球场。

"好了好了。"路敬宣看出陈淮序是在给言蓁解围，便道，"你有种，你英雄救美。"

言蓁跟着陈淮序回到座位上，蹙起眉头道："你不用喝也可以的，这个问题我又不是不能答。"

"我不想听。"他的声音淡淡的，"可以吗？"

言蓁觉得他的语气很是不对劲，好像是在闹什么小情绪。

可是真奇怪，又不是她逼他喝的。

第三章

公主与恶龙

酒又喝了一轮，言蓁吃饱喝足后，满意地扫了一圈，这才发现陈淮序不在了。

她伸出手推了推言昭，问："陈淮序呢？"

"不知道。"言昭散漫地甩出一张牌，"喝多了回房间了吧。"

言蓁有些坐立不安，联想到他今天突如其来的奇怪情绪，心底竟莫名地生出了一点担忧。等她反应过来后，连自己都被吓了一跳。

她怎么会担心陈淮序？

一定是今晚陈淮序替她喝了那瓶酒，而她毕竟是个有良心的人，想要关心他一下也无可厚非。

这样想着，她很快便说服了自己，起身去找路敬宣，让他再给一张陈淮序房间的房卡。

"你等我一下啊，我给经理打个电话。"路敬宣喝得醉醺醺的，手指划拉了半天才翻到了经理的电话，拨通后，递给了言蓁。

她简单地交流了一下，把手机还给路敬宣，去经理那里拿了房卡。

去看看他好了，确认一下没喝死就行。

言蓁找到房间后，先试着敲了两下，没有人应声，这才刷卡进了门。

她端着一杯蜂蜜水，是刚刚顺便找经理要的，就算陈淮序质问她为什么突然闯入，她也有理由说是为了关心他，怕他喝多了猝死在房间内。

完美无缺的借口，还能体现她的人美心善，言蓁对这个主意很是满意。

房间里漆黑一片，什么声音也没有，走廊的灯光从她身后拥进去，将玄关处照得透亮。

她看见了上面摆着的手机，想来应该是陈淮序回房间后随手放的。

言蓁按亮了灯，关上房门，从柜子里找出一双拖鞋换上，脚步极轻地往里面走去。

路敬宣给众人安排的都是豪华套房，房间的构造都差不多，因此她熟门熟路地走到了客厅，果然看见陈淮序正靠在沙发上，微仰着头，抬起胳膊，手背横在眼睛上，似乎是睡着了。

言蓁把蜂蜜水放下，走过去拍了拍他道："死了没有？"

他一动不动，只有胸膛在轻轻地起伏，呼吸温缓绵长。

她在他的身旁坐下，此时氛围难得宁静，令人安心。好像自从两个人认识以来，这种时刻少之又少。

言蓁突然想起来什么，凑过去，看他的嘴唇。

伤口早已愈合，连一丝疤痕也看不见了，但她仍旧记得那个位置，伸出手轻轻地戳了一下，将那句时隔一周的关怀轻轻地说出了口："疼不疼？"

随后她立马哼道："疼也活该，下次还咬。"

他没有反应。

言蓁觉得这样任人摆布的陈淮序很难得一见，于是捏了捏他的脸颊，又去挠他的腰，然后玩他的手指。折腾了一会儿，她突然想到了什么，起身去房间里转了一圈，回来的时候手上抓着一支水笔。

她重新在他的身旁坐下，将他遮着眼睛的手拿下来。

客厅暖色调的灯光笼罩，淡淡地映着他的脸颊。合上的眼皮遮住了那双目光深邃的眼睛，昏黄的灯光在他高挺的鼻梁上投下一小片阴影。

言蓁端详了一会儿，觉得就算以后陈淮序破产了，大概也可以靠出卖色相过得很滋润。

她摘下笔帽，用笔尖凑近他的脸颊，在空气中比画了一下，似乎在思考着要从哪里下笔。

面对这个千载难逢的机会，言蓁决定在他的脸上进行一下"艺术创作"，之后用手机拍下来，成为拿捏他的把柄。

陈淮序应该是很看重面子的，有丑照在她的手上，还不得乖乖地向她服软?

她越想越兴奋，动作也大胆了起来，嫌待在他的右侧动手不方便，干脆伸腿跨了过去，双腿跪在他的两侧，直起腰，面对面地从上而下俯视着他。

"看在你今晚替我喝酒的份儿上，我可以勉强把你画得不那么丑。"

说着，她低下头凑近他，用一只手扶着他的脸颊，另一只手握着笔，笔尖随时就要落到他眼角下方那颗蛊惑人心的痣上。

两个人挨得极近，安静的空间里甚至能清晰地听见交错的呼吸声。柔软的发丝垂落下来，有几缕落在了他的脸颊上，随着她的动作轻轻地扫动，仿佛是在挠痒。

言蓁不自觉地屏住呼吸，手腕一低，眼看就要落笔，却发现他的眼睫毛扇动了一下，猝不及防。

她的手一抖，差点吓得把笔甩出去，被男人及时地扣住了手腕。

她对上了一道深邃的目光。

陈淮序睁开了眼睛。

干坏事被抓了个现行，言蓁难得地有些慌乱，道："我……我怕你喝多了，所以来关心一下。"

此刻两个人的姿势十分暧昧。陈淮序靠坐在沙发上，而她正骑在他的腿上，捧着他的脸。只看动作，亲昵得仿佛恋人。

陈淮序用另一只手扣住她的腰，微微地用力，她便被拉扯着跌坐了下来，整个人被搂入他的怀里。

"嗯……那你为什么骑在我的身上？还对我动手动脚的？"

"我没有！"言蓁反驳，"我是……我是……"

她想不出来借口，干脆破罐子破摔，用力地推开他，跳下沙发就要逃跑，没想到脚尖刚碰到地毯，身后人的手就揽住她的腰，将她又拖了回去。

天旋地转，等言蓁回过神来，已经被迫趴在了沙发上。

她想挣扎着起身，然而陈淮序更快。他俯身压下来，扣住她的两只手腕收在背后，让她彻底地动弹不得。

"陈淮序！"她有些气急败坏，"你放开我！"

"言蓁，我是不是说过，你要是再来惹我，更过分的事我都敢做？"

"我惹你什么了！"

"你刚刚拿着笔，想干什么？"

她顿时语塞，难得没底气反驳，只能努力地扭头，然而在这个姿势下实在是难以做到。她看不到他的脸，便越发不安，可偏偏身体被压制住了，一点都反抗不了。

她正想着陈淮序在发什么酒疯，一个坚硬冰凉的东西就抵在了她的腰上，轻轻地戳了两下。

"你……"

话还没说完，那细长的一支就顺着后腰一点点地向上，像剥糖衣一般，露出白皙柔软的细腰。

水笔的塑料外壳又硬又凉，偏偏他的力度不重，只是极轻地蹭过温热的肌肤，像是挑逗，又像是在撩拨。

言蓁很怕痒，腰部尤其敏感，被这么一弄有些受不了，连声音都在抖："痒……"

陈淮序这个黑心的东西！绝对是在故意报复她！

她喘了几口气，刚想骂他，就发现他的动作突然停了下来。

下一秒，她听见沉闷的一声，侧头看去，黑色的笔帽掉落在地毯上。

他打开笔帽干吗？

言蓁有一种不祥的预感。

很快，一个更细更冰的东西抵在了她裸露的后腰上，她很快反应过来那是笔尖，于是咬牙道："陈淮序！不许在我身上乱涂乱——"

话语戛然而止，肌肤上传来了冰凉的触感，圆钝的笔头带着力度画过，掀起一阵又难受又酥麻的痒意。

言蓁是见过陈淮序写字的。

骨节分明的修长手指握着笔，手腕轻动，从容不迫地横竖撇捺，字迹潇洒漂亮，收笔干净利落，一如他本人。

只是她从来没想过，有一天他写字的地方变成了她的皮肤。

她又羞又气，然而实在痒得不行，连骂声都变得有些无力。

陈淮序在她的后腰上写完后，端详了一会儿，扔了笔，松开了禁锢她的手。言蓁的两只手被束得酸痛，腰也麻了一片，然而也不愿休息，立马就要爬起身，没想到又被他按着肩膀趴了回去。

她最后一丝力气被耗尽后，不满地道："写也写完了，你到底想干什么？"

"我们来玩个游戏。"他终于缓缓地开口，目光落在她白腻柔软的腰上，"猜猜我刚刚写了什么，如果猜对了就放过你，猜错的话……你刚刚想对我做什么，我就对你做什么。"

言蓁简直怀疑自己的耳朵，道："凭什么？！我才不玩！"

陈淮序反问："你对自己没信心，怕输？"

言蓁最吃的就是激将法，百试百灵。不服气的情绪瞬间涌了上来，她咬牙道："谁怕输？玩就玩！"

"那好，友情提示，三个字。"

她埋头在沙发里喘息，思考了许久，极其不情愿地开口："我是猪？"

她向来不惮以最坏的恶意揣测陈淮序。这个坏心眼的人肯定是为了羞辱她，所以才写一些乱七八糟的东西，想借由她的口来贬低她。

如果在平时她肯定不上当，但现在她落于下风，尊严还是放在了一边。君子报仇，十年不晚。

"嗯？"他意外了一下，随即很快反应过来，声音里带了点笑意，"倒也不用这么骂自己。"

"我不玩了！"言蓁赔了夫人又折兵，有些气急败坏，"你就是故意的！"

她的语气里有明显的不满，陈淮序低下头看着她，道："我怎么故意了？"

"这怎么猜得出来？就你那点提示，根本不可能。"

"你怎么知道不可能？"他松开她，突然起身，"要不要试试？"

"试什么？"言蓁见他不再压着自己，连忙蜷缩在一旁，一脸怀疑地看着陈淮序，猜他又在打什么算盘。

只见他捡起地毯上的那支笔，转身递给了她，随后利落地脱了衬衫，露出肌肉线条流畅的上半身。言蓁虽然知道他一直在健身，有锻炼的习惯，可也从来没想过，那套斯文笔挺的西装下会是这么结实的躯体，肩宽腰窄，腹肌分明，比起闺密应抒给她分享的那些"男菩萨"有过之而无不及。

陈淮序背对着她坐在沙发上，道："你来写，我来猜，不需要提示。猜错了我放你走，我猜对了的话……你要心甘情愿地认输。"

言蓁咬着嘴唇，道："我为什么要答应你？不玩游戏难道我就不能离开这里吗？你有什么资格不让我走？"

"可以。"他微微地侧过头来，垂下眼眸，却并不看她，"你不想留在这儿的话，现在就可以走。"

他的语气很平静，平静得让言蓁觉得有些异常。她突然想起刚刚推门进来时，看见他一个人靠在沙发上的情景，有一种莫名的寂寥感。

好像只要她转身离开，他就会一个人在黑暗里这么待下去。

她举棋不定了半晌，用指尖揪紧了外衣，最后心一横，道："写就写！我看你是不见棺材不落泪，非让你输得心服口服。"

她靠近他的背部，俯下身，以牙还牙般在他的腰侧开始写字。没想到他一点都不怕痒，整个人十分冷静，她的动作激不起他一丝半毫的反馈。

她落笔写完后，陈淮序问："结束了？"

"嗯。"她就不信他能猜到，"哼"了一声，"我比你仁慈，我只写了两个——"

"言蓁。"他轻轻地吐字。

她一慌，嘴硬道："你叫我干吗？"

"你写的是你的名字，言蓁。"他回过头来，"我猜对了吗？"

"你是不是蒙的？"言蓁不肯相信这个结果。

她之所以选她自己的名字，就是因为一时间想不到写什么，正好"蓁"字的笔画复杂，写在皮肤上会更加让人难以猜出。

没想到他居然一猜就中。

陈淮序转身道："你最不该写这个。"

他也不是百分之百有把握，但凡她写了其他字，他都有可能猜不出来。唯独"言蓁"这两个字的笔画，他比谁都要烂熟于心。

"怎么样？"陈淮序说，"认输吗？"

言蓁有些不服气，抿着嘴唇不说话，看见陈淮序突然站起身，吓得她将衣襟拢了拢，道："你要干什么？"

陈淮序捉住她的手腕，膝盖半跪，整个人笼着她，目光沉沉，有一种莫名的压迫感。

与今天在车里的情形不同，他垂下眸子盯着她，神情更加认真了，宽厚有力的身体完全遮挡住了头顶的光，让她的眼前蒙上一片黑暗。

男人的体温源源不断地传来，手腕被钳制了，她动弹不得。言蓁头一次感觉到了男女力量的悬殊，还有他身上所散发的强势侵略气息，于是喊道："我认输，我认输！"

"怕了？"呼吸轻拂在她的鼻尖上。

言蓁咬着嘴唇，没说话。

陈淮序松了力度，退开，淡淡地说："让你长个记性，晚上别随随便便进男人的房间。再有下次，我可没有这么好说话。"

他起身穿衣服，扣着扣子，站在沙发边居高临下地瞥了还在发愣的她一眼，道："还不回去，是想今晚就住在这儿？"

言蓁回过神来，跌跌撞撞地翻身下沙发，迅速地往门口逃去，还不忘颤着嗓音放狠话："你给我等着！"

房门一声重响，随后陷入沉寂中。

陈淮序朝着她离去的方向看了一会儿，从地上捡起刚刚那支笔，伸出手摸了摸后腰，沉肃的神色慢慢地变得柔软，笑道："小笨蛋。"

第二天早晨，言蓁站在镜子前，第一百次在心里痛骂陈淮序。

她背过身去，扭头对着镜子看自己的腰。昨天他写的字迹已经被洗掉了，但一想起来她就又开始后悔了。

他居然写的是他自己的名字！这么简单的答案她怎么就没有想到呢！

想到这里，她拿起湿毛巾，在昨晚他写名字的地方又用力地擦了几下，白皙的肌肤很快就被蹂躏出鲜红的痕迹。

但是越擦，那字迹好像在心里就烙印得越深，昨晚那些肢体接触、令人面红耳赤的画面反复地在脑海里回放，让她连耳后都滚烫起来。

她用力地将毛巾扔在一边，道："讨厌死了。"

整理完后，言蓁出了门，径直上楼去餐厅吃早餐。她端着盘子，远远地看见路敬宣一个人坐在那里，于是走了过去，在他对面坐下。

"今天挺早。"路敬宣喝了一口咖啡，"昨晚玩得开心吗？"

路敬宣并不知道言蓁和陈淮序之间发生的事，只是单纯地问她对这趟旅行满不满意，然而这话却像踩着了她的尾巴一样。言蓁用力地又叉起一块水果，金属的叉子在瓷盘上磕出清脆的响声："糟透了。"

"啊？"路敬宣闻言直起身体，"哪里让你不满意了？这可是我这个做东的人的失职，是不是酒店服务不到位？"

"也不是——"

话音未落，身侧的椅子被拉开了，陈淮序从容地坐了下来。

路敬宣看着陈淮序，不满地道："昨晚就数你最鸡贼，那么早就逃掉了，都没能灌你酒。"

陈淮序刚坐稳，言蓁倏地站起身来，端起自己的盘子，走到另一张空桌子边坐下，显然是不想搭理他。

路敬宣看看言蓁，又看看陈淮序，道："你又惹祖宗不开心啦？明明她昨晚还好心地去看你来着。"

陈淮序抬起头看了一眼言蓁，慢条斯理地道："可能是我太坏了，恩将仇报吧。"

言蓁戳盘子的声音更响了，路敬宣看着这俩人像打哑谜似的，一头雾水。

没几分钟，陈淮序起身，走到一旁接电话。言昭在这时才慢悠悠地晃过来，看见言蓁单独坐在一边，伸出手拍了拍她的肩膀，问："怎么不过去坐？"

"不想去。"硬邦邦的语气。

言昭看了一眼不远处陈淮序打电话的背影，了然地笑了笑，没说什么，也在路敬宣的身旁坐了下来。

"你说他们俩也真是奇怪。"路敬宣"啧"了一声，压低了声音对言昭说，"这关系我根本捉摸不透。要说真不对付吧，可昨晚陈淮序还给你妹挡酒，你妹后来还担心地跑去看他。结果今早一看，得，又进入'战争'时期了。"

言昭搅着咖啡道："他俩自己乐在其中不就行了。你捉摸不透就别捉摸了，省得给你那容量不多的大脑增添负担。"

路敬宣踢了他一脚，道："去你的。"

吃完午饭，众人收拾收拾东西准备回去。言蓁一早上都在躲着陈淮序，却也不得不在告别的时候和他打上照面。

言昭和他寒暄了几句，提起言蓁的小行李箱往车后走去。言蓁不想和他单独相处，一言不发，绕过他就去拉副驾驶位的车门。

陈淮序转身，先她一步将手按在了车门上，阻止了她开门的动作。从后面看过去，就像把她圈在了怀里一样。

言蓁没想到他居然敢这么明目张胆，顿时慌张地往车后看了一眼，生怕言昭发现，掰他的手，小声地斥道："你干吗呀！让我上车！"

他低下头看着她，道："你有东西落在我那里了。"

"什么东西？"她下意识地摸了摸外套口袋，才想起昨晚去他房间里的时候她根本没穿这件衣服。

陈淮序答非所问："你明天是不是回学校？晚上等我，下班去接你。"

她伸出手，道："你现在给我。"

"现在给不了。"

后备厢合上的声音重重地传来。

陈淮序"嗯"了一声，催促她回答。言蓁怕言昭发现，想先把他打发走，于是敷衍道："好了好了，我知道了，你快走。"

他松开手，往后面退了一步。言昭恰巧从车后绕过来，言蓁飞快地逃上车，系好安全带，平复了一会儿气息，再看向窗外，发现陈淮序还站在那里。

她将车窗摇下一条缝隙，只露出一双漂亮的眼睛，目光里带着威胁，暗示：你怎么还不走？

他仿佛就是在等她摇下车窗，黑眸瞬间捕获了她的视线，插在裤子口袋里的手抽了出来，对她轻轻地挥了挥，像是在告别。

他吐字轻，却很清晰。言蓁虽然没听见，但也能从口型看得出来。

他说的是："明天见。"

"谁要和你明天见！"言蓁关上车窗，有些恼恨，"我刚刚就该说那东西我不要了。"

"什么不要了？"言昭侧头问她。

"没事。"她咳了两声，"你快开吧，我下午还和应抒约好了去逛街呢。"

所有的烦闷，都可以通过购物来解决。

这是应抒的人生哲学。

此刻她正拽着言蓁在一家家奢侈品店里左逛右逛，看到喜欢的就刷卡，没一会儿就买了一堆东西，就连言蓁也忍不住惊讶道："你今天这是怎么了？"

"不开心，发泄一下。"应抒撩了一下头发，像吐苦水似的向她抱怨，"我爸真的气死我了。他昨天和我说，觉得我太败家了，以后肯定嫁不出去。他不可能养我一辈子，要我勤俭持家一点。还说已经在给我物色对象了，让我约着和人家见一面。他就这么着急吗？我才25岁好不好！"

应抒的爸爸是穷苦人家出身，早年在工厂下岗，后来抓住时机，赶上发展的浪潮，做生意发了家，以至于应抒经常开玩笑吐槽自己和言蓁不一样，是"暴发户二代"。

"他就是年轻的时候吃苦吃惯了，才总是用老一辈的思想来束缚我。"应抒絮絮叨叨的，"有时候和他真的没法交流。"

两个人聊着聊着走进一家珠宝店，训练有素的导购立刻迎了上来，露出一个标准的微笑："两位小姐下午好。"

柜台橱窗里是琳琅满目的钻石珠宝，两个人漫无目的地看了一圈，目光很快被正中央玻璃柜里模特佩戴的钻石项链吸引住了。

"两位很有眼光，这是我们今年春天的新款。"导购引着她们走近，"这条满钻项链采用了全新的切割工艺，设计理念源于古希腊的女神阿芙洛狄忒，是爱情的象征。"

"这条好看，"应抒赞叹道，"寓意也很浪漫。"

"是的，而且这条是全球限量款，门店没有现货，两位想要的话需要先预订。"导购笑了，"这款非常热门，和夏的陈总不知道两位有没有听说过，两周前他也在这里订了一条。"

陈淮序？

言蓁一怔，想到中午临别前他站在车外的身影。

应抒看了一眼导购递过来的报价，"啧"了一声道："他也太舍得了吧。"

言蓁不由得好奇起来。

陈淮序买来肯定不会是自己戴，那就只能送人。他想送给谁？

他这种人，也会有想要送项链的对象吗？

言蓁开始同情那个从未谋面的女孩了。

次日，言蓁从学校办公楼出来的时候，已经接近下午五点。她转身，往礼堂方向急匆匆地赶去。

宁川大学是全国名列前茅的高等学府，历史悠久，今年即将迎来百年校庆，各个学院都准备了节目，经管学院自然也不例外。因为有学生是话剧社社长，于是干脆带头策划了一个话剧节目，还请言蓁在里面扮演一个角色。

她本来不想答应，毕竟她又不会演戏，也懒得背台词和排练，奈何架不住社长软磨硬泡，甚至主动为她修改剧本，于是她出演了这部话剧里核心但是非常"花瓶"的角色——被恶龙掳走的公主。

今天是全员排练的一天，但又偏偏撞上了导师叫她改论文，于是她只能两头奔波，从早上忙到现在，连饭都没吃一口。

礼堂内人来人往，台上正如火如荼地上演着剧情。言蓁走到后台，将话剧服装换上，提着裙摆往外面走。

她脚步匆匆，在转角处不小心撞到了人，轻轻地"哎呀"了一声，向后踉跄了一步。对方连忙伸出手过来扶住她的胳膊。

她抬起头看向对方，道："谢谢，是我走得太急了，不好意思。"

高大的男生穿着相似的话剧服装，正是话剧里的王子。

他看着言蓁，意识到自己还抓着她的手臂，便飞一般地收回，慢慢地红了脸，道："学姐好。"

话剧社社长为了这次演出费尽苦心，对主角千挑万选，这个男主角也是她精心挑选的——一个大二的非常具有王子气质的男生。

两个人尴尬地沉默着，还是言蓁先解了围："我们先出去吧？应该快到我们的戏份了。"

"好。"

社长戴着眼镜，一看到言蓁就两眼发亮，冲上来赞叹道："我命中注定的公主！就算你没什么台词和戏份，只要站在那里，就是这个话剧里的灵魂人物！"

言蓁："……"

天色渐晚，陈淮序看了一眼时间，起身准备下班。

莫程敲了门进来，道："老板，刚刚明实的李总秘书给我打了个电话，说今晚想请您吃个饭。"

"下次吧。"陈淮序连头也不抬，"替我和李总道个歉，就说下次他有空了，我来请。"

莫程没想到会被拒绝，不禁有些怔怔地，道："啊？可是您今晚没有其他商务安排啊？"

他跟着陈淮序这段时间以来，充分地认识到了自家老板在工作方面的狂热态度。他几乎不在乎私人时间，只要没有工作上的冲突，这种商务晚宴都会参加。有时候连莫程都觉得他是不是已经变成工作机器了。

而这次他居然破天荒地拒绝了。

"今晚有约会。"陈淮序从口袋里拿出车钥匙，朝门口走去，然后回头看了一眼还怔在原地的莫程，"我走了，你还不下班？和夏不鼓励无意义的加班行为。"

"马上就下班！"莫程顿时反应过来，内心掀起惊涛骇浪。

老板居然要去约会？！他没听错吧？！

陈淮序开车到了宁川大学。

言蓁一早就给他发消息说今晚有排练，不能及时回复信息，让他直接去礼堂等她。他将车停好后，落了锁，不疾不徐地往门口走去。

礼堂外一片寂静，他试着拧了一下门把手，将厚重的门推开了一条缝隙。

因为是排练，偌大的礼堂内此刻只有舞台前的一小块挤满了人。他所在的后排，座椅空空荡荡的，一片寂静，头顶甚至连灯都没开。

他倚在墙边，目光投向明亮热闹的舞台。

他几乎一眼就看到了言蓁。她穿着华丽的礼服坐在高台上，乌黑的长发披散在肩头上，衬得那张脸越发白净。水亮的眼眸盈盈动人，红唇微抿，颊侧淡红，在集中的光束照射下显得明艳无比。

漂亮得让人移不开眼睛。

台上的其他人正走着剧情，她似乎是有些无聊，坐在那儿发着呆，随后目光从场下扫过，停在了他这里。

言蓁也看见他了。

她瞬间移开了视线，随后又想到了什么，趁着没人注意到她，再次朝他看去，调皮地吐了吐舌头。

本意是搞怪，却被她做得分外可爱。

他忍不住弯了弯唇角。

"不好意思，我们这是内部排练，同学你——"

一个清脆的女声响起，陈淮序转过头去。

女孩看见他后一愣，道："呃……您是……老师吗？"

他虽然年轻又好看，但气质太过成熟，看起来实在不像是学生。

"不是，是演员的家属。"他礼貌地朝她颔首，"那我出去等吧。"

"不用！既然是家属，您在这里等就可以了，外面风大，有点冷。"女孩连忙叫住他，"我们的排练也快要结束了，您等一下就好，公主被救出来以后就没剧情了。"

他之前看着场景布置，将题材、剧情猜了个七七八八，听女孩这么一说，瞬间便确定了言蓁扮演的就是那个公主。

他又看了一圈，看到了舞台上穿着华丽服装的男孩正在奋力地与恶龙化成的人形搏斗，在做营救公主的最后努力。

又是一个公主和王子的美好故事。

他突然想起几年前言昭的话。

"我妹啊，"言昭按着游戏手柄，"我妹从小最大的梦想是做公主，最喜欢的类型是温柔王子，就是梁域那样的。哦，你不认识他，比我们小一点，搞摄影的。"

说着，他挑起眉毛朝陈淮序笑道："怎么样？要不要知难而退？毕竟我看你这张瘫脸，和温柔王子怎么也挂不上边。"

陈淮序看了一眼台上，话剧已经进行到尾声了。言蓁扮演的公主终于被王子救出，两个人对视着，慢慢地牵起了对方的手。

他转身，走向礼堂外面，而后停在门口。半掩着的门内传来谢幕的响亮掌声。

傍晚寒风凛冽，将新枝吹得凌乱，发出簌簌的声响。

只可惜，他从来不是什么王子，而是阴暗地窥视着公主，费尽心机想要把她掳回领地，将珍藏的所有金银财宝堆到她的脚边，希望她永远留在自己身边的那只恶龙。

公主是恶龙最想得到的、最珍贵的宝物。

排练结束后，言蓁婉拒了聚餐的邀请，从刚刚陈淮序停留的那扇门走了出去。

果不其然，他正站在门口，看着不远处的路灯，不知道在想些什么。

言蓁拍了拍他的肩膀，见他回头，朝他伸出了手，道："给我吧。"

陈淮序低下头看了一眼她的手心，又抬起头来看着她，轻轻地扬了扬眉毛。

"快点，今晚聚餐，他们都等着我呢。"言蓁面不改色地撒谎，"把我落的东西给我，我要走了。"

他难得地顿了一下，道："聚餐？"

言蓁看他的表情有些沉，便格外有戏弄成功的成就感，于是竭力忍着快要扬起的唇角，继续面无表情地催促："是啊，你不要耽误我的时间，我——"

恰巧其他人成群结队地从另一扇门走出来，有人远远地看见言蓁，喊了一句："学姐，我们先走了，下次有空再聚，拜拜。"

言蓁的谎言还没撑过一分钟就被无情地拆穿了。

"哦，原来是在骗我。"陈淮序屈起指节，轻轻地敲了敲她的手心。

言蓁"哼"了一声，道："骗你又怎么样？"

"当然不会怎么样，"他收回手，插进风衣口袋里，"只是我很记仇罢了。"

陈淮序向来阴险，指不定什么时候会报复回来，这句话就像是明晃晃的威胁一样。言蓁很是讨厌他这种语气，忍不住问："你今天到底想干什么？"

"请你吃饭，然后看电影。"

"啊？"她简直怀疑自己的耳朵听错了，便伸手去贴他的额头，"你没病吧？"

"当然没有，"陈淮序慢悠悠地道，"只是觉得我们之间的关系太过剑拔弩张，是时候该缓和一下了。"

他说得有模有样的，可言蓁觉得那语气里没几分真心。

她将信将疑道："你认真的？"

陈淮序的语气坦然："当然。"

言蓁站在原地，犹豫极了。陈淮序的姿态突然这么低，看起来不安好心，可他的表情又十分具有迷惑性，让她一时间也把握不准。

见她动摇了，陈淮序侧身示意，敲碎她的最后一丝踌躇，道："站在这里吹风不冷吗？先上车。"

虽然心里始终充满不安，但陈淮序今晚表现得意外温和，渐渐地让言蓁放下了防备。

两个人坐电梯到商场顶层，陈淮序去前台取了票。言蓁低下头看了一眼，问："你是不是取错了？为什么是情侣套票？"

陈淮序平静地道："打折。"

言蓁震惊地道："陈淮序，你要破产啦？连这点钱都要省？"

"在什么座位看不都一样？"

她掏出手机，大方地道："你要是手头不宽裕和我说一声嘛，电影票我来买。"

她点开购票软件，却查找不到这个场次的购票信息，不由得"咦"

了一声。

陈淮序伸出手遮住她的手机屏幕，将她的视线挡住道："检票了，我们先入场。"

放映厅内灯光昏暗，言蓁还是第一次坐情侣座，不由得好奇地打量了一下周围。

他们的位置在整个放映厅的最后方正中央，是一张双人沙发。周围也有其他沙发，彼此之间有一定的距离，应该是为了照顾情侣间的隐私。

屏幕上放着映前广告，她等了一会儿，看了一眼时间，道："还有一分钟就开始了，怎么这厅里一个人也没有？"

只有他们两个，怪瘆人的。

"可能是周一晚场，看电影的人少。"放映厅内开了空调，陈淮序脱了大衣放在一边，又将言蓁的外套接过来放在一起，"电影院为了促销，才会把情侣套票卖得那么便宜。"

言蓁咬着吸管，侧头看他，道："你研究得好透彻。这么精打细算，不会真的要破产了吧？"

"这是基本的市场常识。"

她噎了一下，生怕话题要进入到他擅长的领域，为了避免自取其辱，便决定不再和他继续讨论这个问题。

很快，周围的灯光瞬间全灭，大屏幕亮起，电影开始放映。

言蓁之前只关心座位，还没注意过电影的内容，这才发现今天看的居然是一部爱情片。

故事讲述了青梅竹马的两个人经历了战乱分别，但心里始终有彼此，最后在异国他乡重逢的故事。

她看电影向来认真，全神贯注地盯着屏幕，一会儿就入了迷。手指探到一边去摸爆米花，却不小心碰到了他的手指。

她急忙缩回，道："没注意。"

"没关系。"陈淮序很是体贴地原谅了她。

言蓁突然想起来，刚刚她明明让陈淮序买两桶，一人一桶，结果他还是只买了一桶。

他是不是真的有财务危机啊？今天居然这么抠门。

电影情节持续推进，很快就到了主角分别的时刻。因着悲情音乐渲染，言蓁的情绪被牵动着，小声地吐槽了一句："快说啊。"

"嗯？"身侧的陈淮序没听清。

她将头凑过去，在他耳边压低了声音解释道："我就是在吐槽，他们明明互相喜欢，但一直不把话讲清楚，看着有点着急。"

"因为我们是上帝视角，知道他们其实心意相通，最后一定会在一起。但对于他们来说，在不知道自己在对方心里到底有多少分量的情况下，不敢开口也情有可原。"

"可是你不问，又怎么知道对方在想什么呢？"

"万一对方拒绝了呢？"

"拒绝……"言蓁想得很简单，"拒绝那就换一个呗。"

陈淮序轻轻地笑道："哪有那么容易。比如说你喜欢吃虾，现在我告诉你，以后都不允许你吃虾，让你去吃鱼，你能放弃对虾的喜欢，把这个感情转到鱼上吗？"

"感情和爱吃东西能一样吗？吃什么口味的东西是生理反应，是由身体决定的，又不是我自己能控制的。"

"感情难道就不是生理反应？"他继续说，"喜欢一个人，会心跳加速，不自觉地想要见她，想拥抱她，想亲吻她，再怎么催眠自己的想法，身体也是不会撒谎的。"

言蓁觉得自己被他说服了，道："好像……是这样。但我周围也有人谈了好几段恋爱，说明另找一个也不是那么困难嘛。"

"因人而异，每个人对待感情的态度不同。对有些人来说，'喜欢'在一段关系里的占比并不重要，又或者是两分喜欢就足够开始一段新感情。但对另一些人来说，除了认定的那个人，其他人都不重要。"

言蓁若有所思地点点头，又问："你是哪一种？"

气氛在此刻突然凝住了。就在她几乎要怀疑自己是不是说错了话时，陈淮序才慢悠悠地开口："你好像，对我的感情生活很感兴趣？"

"八卦一下也不行吗？"她扭过头，"不问了。"

语气硬邦邦的，显然是开始闹小脾气了。

陈淮序的唇角微扬，道："你过来一点，我告诉你答案。"

言蓁本来不想理他，可又架不住实在好奇，便慢慢地挪过去，凑上耳朵道："你说。"

情侣座椅和普通座椅的区别就在于两个人中间没有扶手的阻挡，她的肩膀挨上他的，垂下的手指也触碰在一起，距离变得有些暧昧。

而她却毫无察觉。

该说她愚钝，还是对他一点防备都没有？

陈淮序将她的头发撩到耳朵后面，在她的耳边轻轻地笑道："秘、密。"

言蓁恼羞成怒道："陈淮序，你——"

她将他扑倒在沙发上，扯过一旁的大衣捂住他的脸，然后对准他的胸口乱捶一通，直到解气了才停手。陈淮序全程任由她胡闹，只是伸出手虚虚地揽在她的腰后，以防她身形不稳摔下去。

手机振动声突然响起。

言蓁回过神来，转身去拿一旁的手机，没好气地接起："喂？"

"在干什么？火气那么大？"

"在杀人。"她想也不想，应道。

然而很快反应过来电话那头是谁后，她的态度大转弯："哥？"

"看来我这电话打得不走运，撞破案发现场了？"言昭玩笑的声音传来，"怎么样，需要我去替你处理尸体吗？"

言蓁："……"

你这发言比我的还恐怖。

"行了，不闹了。你今天住学校？怎么还没回家？也没和崔姨打声招呼。"

言蓁这才想起还有报备这回事。她不擅长撒谎，因此支支吾吾了一会儿，才说："今天有校庆排练，和大家一起聚餐，待会儿就回去了。"

听了这话，陈淮序摘下外套，轻轻地挑起眉毛，似乎是不满。言蓁怕他说话，连忙伸手去捂他的嘴巴。

言昭听着她那边窸窸窣窣的动静，慢慢地扬起唇角，道："要不要我叫李叔去接你？"

"不用，我有同学开车来的，待会儿可以把我送回家。"言蓁急忙拒绝，"哥，你先休息吧，不用管我了。"

"哦，好。"言昭靠在沙发上，慢悠悠地跷起腿，意有所指道，"已经很晚了，让你那个同学开车小心一点。"

"好，我会的，哥哥再见。"

言蓁应付着挂了电话，陈淮序问："我什么时候成了你的同学？"

"那我总不能说是和你一起出来看电影吧？"

"有什么问题？"

她被他看得有些心虚，嘀咕道："当然有问题，问题可多了。"

上头的情绪消散后，言蓁发现他还保持着被自己压倒的状态，连忙尴尬地退到一边，轻咳了两声。

陈淮序慢慢地坐起身，仰头示意她看向后排。

"什么？"她回头，什么也没看见。

"你是不是忘了，电影院里有监控的。"

言蓁愣住了。那岂不是刚刚的一切都被记录下来了？

她嘴硬道："那我刚刚应该多揍你几下。"

陈淮序看她的反应有些可爱，便没再继续逗她，道："骗你的。我今晚包场，监控让他们关掉了。"

电影散场后，两个人走出放映厅，言蓁才想明白今晚的这场骗局。

包场？他不是说周一晚场没人，所以才买的情侣套票吗？

她的注意力全在这里，压根儿没注意到脚下，往前趔趄一步，撞到了陈淮序的后背。他转身扶住她，问："怎么了？"

她蹙了蹙眉毛，道："鞋跟好像在台阶那里卡了一下。"

于是陈淮序蹲下身，让她扶着自己的肩膀稳住身体，然后低下头，抬起她的脚查看情况。

"鞋跟坏了，这样走路容易崴脚，趁商场没关门，我们去买一双新的。"

他站起身，伸手揽着她，让她的重心都靠在自己的身上，然后掏出手机打电话。

言蓁扶着他的手臂问："都这个时候了你打给谁？"

"商场经理。你去贵宾休息室坐一会儿，在那里等我。我去给你买。"

陈淮序把她抱去了贵宾休息室，自己转身去了商场。

言蓁百无聊赖地靠在沙发里，晃着腿玩手机。

所幸陈淮序的动作很快，没一会儿就提了一个袋子进来。他关上门，"咔嗒"一声反锁，走到沙发边，打开了袋子。

"买的是你很喜欢的牌子，不知道你喜欢什么款式，就按我的眼光挑了一双。"他拎出新鞋，"你要是不喜欢，我再给你买。"

言蓁凑过去看了一眼，道："挺好的嘛，眼光还不错，而且你居然知道我的鞋码。"

说着，她伸出脚，在他的面前晃了晃。

陈淮序抬起头看了她一眼。

"帮我换呀。"言蓁咬着嘴唇娇惯地道，"我好累哦，不想自己换鞋。"

她故作可怜，眼里春水浅浅，勾人又娇媚。

明明知道她是故意想磋磨他，可陈淮序看了她一会儿，还是屈膝蹲下身。

言蓁有些得意地扬了扬唇角。

她靠在沙发上，陈淮序则半跪在地上替她换鞋。

他握着她的脚踝，将鞋子脱了下来，随后把她白嫩的脚轻轻地握在手心里。

言蓁双手撑着沙发，从上而下地俯视着他。看他一身西装革履地蹲跪在自己面前，替自己服务，言蓁心里满意极了，道："你要是一直这样听话该多好。你不和我作对，我才不会讨厌你。"

她从小被宠到大，娇纵惯了，凡事都要顺着她的心意，周围的人都哄着她捧着她，唯独陈淮序不买她的账，总是爱和她呛声，回回把她气得要死。

她就是不明白，言昭的朋友各个都对她和气无比，把她当妹妹对待，为什么陈淮序就是不一样呢？

所以言蓁讨厌他。

他总是有办法让自己好不容易维持好的端庄面具碎裂，在他面前展示出最真实的自己。

她极其讨厌这种不受控制的感觉。

陈淮序低着头，黑发在休息室明亮的灯光下闪着柔软的光泽。她捉弄人的心思渐起，将脚从他的掌心里抽了出来，迎着他抬起头后的视线，轻轻地踩在了他的肩膀上。

也许是今天排练了一天，虽然言蓁的戏份不多，但也多多少少染上了一点戏瘾，此刻她模仿着话剧里公主的语气，装模作样，高高在上地问："看在你今天表现还算让人满意的份儿上，给你一个机会。"

她的脚尖在他的肩膀上微微地用力踩了一下，道："要不要做本公主的裙下之臣？这可是至高无上的荣耀。"

陈淮序看着她，没有说话。

言蓁顿时觉得无趣，兴致缺缺地收回脚，道："逗你玩的，真没意思，连戏都不陪我演。"

她的脚腕刚打算往回缩，就被他捉住了小腿。言蓁一惊，就听见陈淮序慢慢地咬字："裙、下、臣？"

他抬起头看着她的眼睛，问："你确定？"

她也就随口一说，被他沉沉的眼神看得心里发毛，也不知道他曲解出了什么意思，于是慌张地收回腿，脚踩进鞋子里："都说了是逗你的，时候不早了，我要回去了。"

这个人，怎么一点玩笑也开不得？

从商场出来后，闪烁的霓虹灯牌将夜空渲染出迷离的色彩，两个人在路边并肩走着。

言蓁问："可以老实交代了吧？今天把我骗出来，又是吃饭，又是看电影，你到底在打什么算盘？"

见陈淮序不说话，她猜测："难道是你有事想求我哥，所以从我这儿下手？"

陈淮序反问："没事就不能约你出来？"

言蓁轻哼道："可以倒是可以，但对象是你，这就很奇怪。总觉得是黄鼠狼给鸡拜年——不安好心。"

陈淮序答道："那你就当我是别有所图吧。"

第四章

谢 谢 哥 哥

言蓁回到家的时候已经快夜里 12 点了。

崔姨早已睡下了，客厅的灯还为她点着。她换了鞋，巧克力听见玄关处的响动声，困倦着跑过来蹭她的腿。

她俯身揉了揉巧克力，把它哄去睡觉，随后上楼回了房间。

洗完澡吹完头发，她倒在床上玩了一会儿手机，听见窗帘被风吹得呼呼作响，于是起身去关窗户。

拉开窗帘，她不经意间往窗外看了一眼，发现陈淮序居然还没走。

黑色的轿车停在别墅大门口，他半靠在车边抽烟，指尖的一点火光在黑夜里或隐或现。

他的目光似乎一直都落在她房间的位置，见她拉开了窗帘，于是低下头给她发了一条消息：怎么还不睡？

言蓁反问：这话应该我问你吧？你怎么还不走？

陈淮序回复：马上。

然而人站在那里，却没有动的意思。

他不动，言蓁也不动。两个人就这么对峙了一会儿，还是陈淮序先认输，直起了身，朝她轻轻地挥了挥手。

这回电话打了进来，陈淮序的声音在夜晚的风里显得有些柔和："我后天出差，去Z市，大概要一个星期。"

言蓁不知道该怎么回复，用指尖无意识地揪着窗帘，半晌轻轻地"哦"了一句。

他顿了一下，低声地问："会想我吗？"

声音很轻，仿佛被风一吹就要飘散。

然而没等言蓁回复，他就继续开口了，仿佛刚刚那句话只是言蓁的幻听："我走了，晚安。"

车很快驶入夜色中，在盘旋的山路中隐匿不见。言蓁拉上窗帘，觉得心乱如麻。

她在房间里踱了一会儿步，决定下楼找点酒喝。没想到刚打开房门，遇到了从书房走出来的言昭。

言蓁惊讶道："几点了，你怎么还没睡？"

"工作。"言昭轻飘飘地把话题扔了过去，"送你回来的这同学是不是挺有钱的？这车我看着有点眼熟。"

她一慌，问："你看见了？"

"车在我家门口停了那么久，再不走我都要打电话叫保安了。"

言蓁含糊地回答："可能车坏了吧。"

"是吗？那可真是不走运。"言昭也不拆穿她，而是转身推开自己的房门，准备进去的时候又看了一眼愣在原地的言蓁，"还不睡？"

"睡不着，"她也跟着他往房间里凑，"去你房间打会儿游戏。"

"言蓁，我明早还要上班。"

"你睡你的，我打我的。"

言昭："……"

言蓁去他的柜子里翻游戏卡带，无意间看到了言昭高中的毕业合照。

她像发现了什么新大陆一样好奇地研究起来。合照里所有人都穿着相同的蓝白校服，密密麻麻地挨在一起，不仔细看根本看不清楚人脸。

但言蓁还是认出了言昭。他个子高，再加上那张脸实在好看，把规矩的校服都穿出了几分不羁散漫的感觉。

而言昭身边，站着的就是陈淮序。

那张脸有和言昭完全不一样的气质，却丝毫不逊色。他的脸上没什么表情，目光平静无波地看着镜头，腰背挺拔，立在那里像是一棵笔直的松树。

言昭见言蓁坐在那儿半天不动，便凑过去看了一眼，道："高中毕业照而已，有什么好看的？"

言蓁指了指陈淮序，问："我怎么记得你俩高中不是一个班？"

"这是两个实验班一起拍的。"

言昭和陈淮序高中时在不同的班，本来互不认识，却因为争夺年级第一，从对手慢慢地成了朋友。

言蓁继续在合照上搜寻着，眼睛一亮，道："你们班有个美女！"

言昭瞥了一眼，笑了："她托我给陈淮序递过情书。"

言蓁的指尖一颤，问："真的假的？"

"骗你干吗？"言昭懒洋洋的。

"那陈淮序答应了吗？"

"当然没有。他说上学不谈恋爱，不过我推测，他应该是不喜欢这款。"

"那他喜欢哪一款？"

言蓁几乎是条件反射般地问出口，问完才发现自己有点过于在意了，连忙欲盖弥彰地解释："我就是好奇，随便问问。"

"嗯。"言昭带着笑意看了她一眼，故作深沉地思考了一下，"他应该喜欢不太开窍的那种，自己给自己找麻烦。"

"什么意思？"

"就是现在这个意思。"言昭将她从地板上拽了起来，"言大小姐行行好，你哥哥我真的要睡觉了，我不想明早疲劳驾驶。"

言蓁被他半推着往门外走，在言昭即将要关门的时候，又忍不住问："最后一个问题！"

言昭用单手撑着门框，道："你说。"

"我有一个朋友，是朋友！"言蓁将心底里的疑惑和盘托出，"和她不对付的男人突然变得很奇怪……会向她示好，这是不是别有用心？该怎么判别出来呢？"

言昭唇边的笑意更深了，道："那要看是在什么情形下了。"

言蓁有些不解。

"如果他对你好，只是为了占你便宜，那就是彻头彻尾的渣男，我建议你给他一巴掌。"

三天后，言蓁接到了闺密应抒的邀约，去看一个明星的演唱会。

"怎么样？机票、酒店、门票我全包了，你只要人去就行了。"两个人并排着敷面膜，应抒闭着眼睛享受着技师轻柔的按摩，"反正你最近又不忙。"

言蓁问："我怎么不知道你最近追星？"

"消遣消遣。"应抒的指尖在面膜的边缘按了按，"你就说你去不去嘛。"

"在哪儿啊？"

"Z市，就这个周末。"

她觉得这个城市的名字有点耳熟，于是仔细想了一会儿，才想起是陈淮序出差的城市。

怎么会有这么巧的事情？

言蓁睁着眼睛，看了一会儿天花板，问："演唱会是几天？"

"开两天，但我们只去第一天，看完了可以顺便在Z市逛一下。"

言蓁点头道："好，我陪你去。"

Z市的气温比宁川要高很多。飞机一落地，热辣的太阳就透过舷窗刺了进来。两个人下了飞机，坐上来接她们的车。司机是个年轻男人，一口一个"应抒姐"，听得言蓁有点奇怪。

"你们认识？"

应抒戴着墨镜，靠在座椅上闭目养神道："是秦楚的助理。"

秦楚，就是这次演唱会的主角。

言蓁察觉到一点猫腻。

沿路的海景看着让人心旷神怡，言蓁随手拍了几张风景照，到了酒店以后又拍了几张建筑照，简单地配了点文字，准备发个朋友圈。

然而刚发出一分钟，就有好友在下面留言：去Z市玩啊？这酒店很有特色，不错的。建议你尝一下他们的早餐。

这也能认出来？

言蓁一慌，吓得删除了那条朋友圈。

删完以后才发现，这个好友又不是她和陈淮序的共同好友，他根本看不到这条留言。

不对，他根本不发朋友圈，也许完全不看这东西呢？

言蓁为自己的大惊小怪纠结了半天，最后才"哼"了一声："我又不是来做贼的，这么遮遮掩掩的干吗？他来Z市我就不能来吗？我又不是来找他的，希望他不要自作多情地会错意。"

"你在那儿自言自语干什么呢？"应抒把房卡塞给她，"走了，先放行李。"

　　演唱会在晚上，两个人放了行李后就打算先去玩玩。应抒婉拒了助理跟着她们的要求："晚上就要开演唱会了，你们也挺忙的，别管我了，去帮他准备准备吧。"

　　助理走远后，言蓁瞥了她一眼，道："早就想问了，你们这是什么情况？人家明星助理来接你？"

　　"就是你想的那样。"应抒冲言蓁眨了眨眼睛，"不过你可别说出去，暂时还没人知道。"

　　言蓁的第一反应是："你爸能同意吗？"

　　"现在说这个也太早了吧？我暂时还没打算和他发展到那一步呢。"

　　"应小姐，你这发言听上去好渣哦。"

　　应抒不悦地用手肘戳她，两个人嘻嘻哈哈地在酒店的走廊里打闹作一团。

　　晚上的演唱会简直人山人海。言蓁坐在包厢里，往外面看了一眼，现场的欢呼声仿佛能掀翻整个体育馆。

　　舞台上的秦楚正在卖力地演唱，大屏幕放大了他英俊的面容。汗水从额边缓缓地淌下，他随意一抹，将垂落的黑发向后面猛地一捋，动作性感撩人，场馆内发出狂热的尖叫声。

　　被气氛所感染，言蓁也兴奋起来，有模有样地一起喊。尽管她一首歌也没听过，但并不妨碍她当热闹型选手。

　　应抒不知道从哪儿拿来那种亮晶晶的发箍，给她戴上一个，也给自己戴上一个。两个人看着对方傻乎乎的幼稚样子忍不住笑了，很快又一齐投入到鼓点强劲的音乐节奏里，被汹涌的声浪彻底淹没。

演唱会结束，喧嚣渐渐归于平静。

刚刚出了那么多汗，走出体育馆被风一吹，觉得有些冷。

"秦楚的车来接我们，不过不能停在体育馆门口，我们得往外面走一段路。"

夜色里，两个人逆着人流在路边行走，头上的发箍一闪一闪的，和来往的女孩对上眼神，心照不宣地互相微笑。

"想不到你也恋爱了。"言蓁惆怅地叹气，"只留我一个孤家寡人，以后指不定出去玩都找不到人了。"

应抒白了她一眼，道："你要真想恋爱还找不到人？学校里追你的男生那么多，你随便挑一个不就行了。"

"这怎么能随便？"言蓁瞪了她一眼，"又不是在菜市场买菜。"

"我告诉你啊，爱情这种东西没有那么多讲究，心动就是心动，有时候感觉来了你挡都挡不住。"应抒低下头打着字，"你要是想体验一下，我让秦楚给你介绍几个。他们公司里还是有很多优质苗子的，各种类型应有尽有。"

言蓁轻哼道："谢谢，不过我无福消受，还是留给你吧。"

两个人有说有笑地走到了路边，车停在那里，助理下车替她们开门。两个人坐了上去，很快便离开了。

夜色中，一辆车疾驰着，在驶入某条路段后，速度突然缓了下来。

"怎么这么多人啊？路堵得要死。"莫程坐在副驾驶座上，向外张望，"今晚这是怎么了？"

司机师傅解释道："这附近有个体育馆，三天两头地开演唱会。今晚看这人数，还都是年轻女孩，应该也是有一场演唱会。"

莫程念叨："早知道我们换条路就好了，这要堵到猴年马月……"

坐在后排的陈淮序单手支着头，靠在车窗边，垂下眸子划动着腿上的平板电脑，神色有些疲累。

窗外斑斓的灯光映在车窗上，闪烁着迷离的色彩。

这次陈淮序亲自带队，和夏的核心骨干集体出差，忙了大半个星期，待的地方除了酒店就是办公地点，连Z市长什么样都没仔细看过。今天难得不需要加班，一群人在回酒店休整的路上，就吵吵嚷嚷着要去吃Z市最有名的灯记夜宵。

莫程举着开了免提的电话，伸到后座。

"老板，晚上在灯记吃夜宵，去不去？"

陈淮序作为老板，自然要犒劳员工，于是颔首道："尽情吃，今晚我请客。"

电话那头爆发出剧烈的欢呼声，众人开始纷纷盘算今晚要怎么狠狠地宰陈淮序一顿。

挂了电话后，车辆正好停住了。等红灯的间隙，仿佛是心有灵犀般，他抬起头向窗外看去。

对面的马路上停了一辆黑色的保姆车，两个年轻的女孩站在路旁，头上还戴着演唱会的发亮头箍，打闹着一前一后地钻进了车里。

他有些愣怔。

虽然只是晃过一瞬，但他好像看到了言蓁。

怎么可能？

陈淮序放下平板电脑，闭上眼睛往后面靠去，轻轻地捏了捏眉心。

她怎么可能出现在这里？

两个小时的演唱会有点耗人精力。言蓁回房间洗了个澡，躺在床上歇了一会儿，就接到了应抒的电话，说要出去吃夜宵。

"我告诉你，来Z市，一定要去灯记吃夜宵，"应抒在电话那头强烈推荐，"不吃等于白来。我和秦楚先过去，助理小赵在楼下等你，你收拾好了就和他一起过来。"

言蓁换了一身衣服，化了个妆，下楼到了酒店大厅。

助理小赵就是白天接她们的那个男孩，年纪不大，但极其认死理，说什么都要帮言蓁提包。她拗不过他，只好把包递给他，两个人一起上了车，赶往饭店。

言蓁走进包厢时，秦楚和应抒正亲密地挨在一起。见她来了，两个人立刻欲盖弥彰地分开了。

言蓁很是无语，道："你们俩来吃不就行了，非得叫我当电灯泡。"

"那怎么好意思让你一个人在房间里呢。"应抒坐过来挽住她的手臂，"我可不是那种有了情人就忘了朋友的人。"

秦楚在一旁抿着嘴唇笑。

他私底下和在舞台上完全是两个风格。舞台上肆意张扬，舞台下却有点内向，年纪和言蓁相仿，完全就是一个大男孩。

三个人喝了一点小酒，言蓁借口上厕所，给小情侣留出一点私人空间，自己则好奇地在饭店闲逛，走到一处僻静的走廊拐角处，竟意外地看见了一个熟悉的身影。

是陈淮序。

Z市明明很大，可她头一次觉得这个城市竟这么小。

他立在安全通道门口，背对着言蓁，正在打电话。

她踮起脚尖，悄悄地凑了过去。

"不，我不在宁川，出差了。"

"嗯。"

"大概下周回去。"

陈淮序专注地打着电话，没注意到身后有人正在悄悄地靠近。

言蓁屏息听了一会儿，虽然不知道对面是谁，但听陈淮序放松的语气，应该是他的好朋友。

言蓁喝了点酒，玩心渐起。稍微坑他一下，在他朋友面前破坏他正人君子、清冷禁欲的形象，应该没什么问题吧。

于是她刻意掐着嗓子，娇滴滴地对着电话那头喊："亲爱的，你什么时候好呀，人家都等急了。"

语气娇揉造作，听得连她自己都起鸡皮疙瘩了，但所幸杀伤力十分强大，陈淮序和电话那头一齐顿住了，空气陷入了诡异的沉默。

他回头，见是言蓁，脸上是显而易见的惊讶。

言蓁朝他露出一个得逞的笑容，吐了一下舌头，转身就要跑，却被他用单手抓住胳膊，往他身侧拉近。

陈淮序的声音里隐隐地带了点笑意道："嗯……女朋友……比较调皮。"

谁是你女朋友！还挺会给自己找补。

言蓁掰他的手指，转头瞪他，无声地用口型谴责他。

"是，刚在一起不久。"

"有机会的话，一定。"

言蓁反抗，衣料摩擦发出窸窣的声响尽数落入电话那头，完全被对方曲解了意思。

"你们这就……是我不识趣了，那就不打扰了，挂了挂了。"

言蓁："……"

怎么感觉好像搬起石头砸了自己的脚。

陈淮序挂了电话后，言蓁挣扎道："你放开我！"

通道里只剩下他们两个人，头顶的灯光照在她的脸上，笼上一层柔和的光。她明显是喝点了酒，颊尾泛着异样的红晕。为了迎合夜晚的氛围，她还特意化了很浓的眼影，把原本的灵动遮得一干二净。妆容不适合她，但仍旧漂亮得动人心魄。

原来今晚他没看错，言蓁真的来了 Z 市。

他松开了手，问："喝酒了？"

她做了个手势道："只有一点点。"

他抬起眼睛看向她的身后，又问："一个人来的？"

"和应抒一起。"

"嗯。"他话题一转，"你刚刚叫我什么？"

她装傻道："我忘了。"

陈淮序垂下眸子看她，突然笑了一声。

她被那眼神盯得发毛，转身就走，没想到没走两步肩膀就被按住了。她有些猝不及防，脊背撞上温热坚硬的胸膛，属于男人的清冽从后面而来，铺天盖地罩住了她。

"你想干什么！开个玩笑而已！"

平日一贯冷淡的声音在耳边响起，沉沉地往她的耳朵里灌："我报复心重，你不是早就知道了吗？"

虽然说言蓁经常和陈淮序对着干，偶尔像今天这样捉弄他，但她完全是仗着陈淮序从没真的和她计较过才敢这么肆无忌惮，胆子也越来越大，有几分恃宠而骄的意思。

一旦抛开这一切，他毕竟比她年长五岁，性格冷淡强硬又不好亲近，不笑的时候距离感油然而生，让她感到一丝畏惧。

言蓁以为他真的生气了，气势便也弱了几分，但嘴上仍强撑着道："这样，你再打电话过去，我和他解释一下。"

"你要怎么解释？"

"就说我是在开玩笑。"

"你是想说，我也在撒谎？"

"谁让你找这样的理由啊……"言蓁嘀咕道，"那你想怎么样？我总不能给你变个女朋友出来吧？"

见陈淮序不说话，她灵机一动，道："我想到了！过几天你朋友要是再问，你就说已经分手了，这样不就行了！"

他反问："我看起来是很随便的样子？没谈多久就分手？"

气氛骤然沉冷下来。

"啪嗒！"

耳边突然传来沉闷的撞击声。

言蓁吓了一跳，下意识地往陈淮序身后缩，然后越过他的肩头看过去。

一个年轻男人正看向这边。

"老板……我……"男人慌慌张张地扶起被撞倒的垃圾桶，"我就是看你这么久没回来……"

他显然很好奇两个人的关系，眼神不停地往言蓁身上飘。

陈淮序侧身挡住言蓁，蹙起眉头递给莫程一个眼神。莫程立刻会意，转身飞快地逃离。很快走廊恢复了安静，又只剩下他们两个人了。

言蓁看着空无一人的拐角处，仍心有余悸地小声地问："他是谁啊？"

"我助理。"

"他不会误会吧？"

"误会什么？"他扬起眉毛。

明知故问。言蓁不肯接话，道："不和你闹了，我先走了。"

陈淮序再次拉住她的手臂。她回头，问："还有什么事？"

"明天有什么安排？"

"和应抒出去玩。"

"好，"他慢慢地松开了手，笑道，"玩得开心。"

言蓁回到包厢，应抒长舒一口气道："你终于回来了，去了这么久，连手机也不带，我差点要查监控报警了。"

她随口编了个理由道："出去转了下，透了口气。"

应抒用探究的目光看着她，问："遇到桃花了？怎么春光满面的。"

言蓁摸着脸，道："哪有！光线不好，你看错了！"

她拉开椅子坐下，连忙转移话题："有点饿了，我看看还有没有什么吃的。"

"你那么久不回来，我担心菜冷了，就让服务员拿去保温了，你要不想吃就重新点。"

"没事，随便吃点就行。"言蓁哪里是真的要吃夜宵，拿起筷子简单地吃了几口，平复了许久，才勉强把刚刚发生的事情消化掉。

又坐了一会儿，秦楚叫服务员来买单。

服务员回答："先生，您的包厢已经有人买过单了。"

"买过了？谁买的？"秦楚顿时有些错愕。

"是 236 包厢，一位姓陈的先生。"

言蓁的手一抖，筷子"啪嗒"一声掉在桌上。

应抒看过去一眼，但没在意，蹙着眉头问秦楚："你朋友？"

"不知道，"秦楚显然也很茫然，"我没有朋友今晚来吃夜宵啊？"

"买单的人还在吗？"

"刚走。"

"真是奇怪，"应抒念念有词，"不会是买错了吧？"

言蓁掏出手机，在桌子下面给陈淮序发了一条微信。

言蓁：你买的单？

陈淮序：嗯。

言蓁：为什么？

陈淮序：难得偶遇，就当请你吃饭。

言蓁：我才不要你请！不想欠你人情。

陈淮序：也行，等回宁川，你再请回来。

言蓁将手机扣在桌上，小声地哼道："哪有你这样的。"

陈淮序一行人出了饭店，上了回酒店的商务车。

车辆在路口红灯处等候，他看向窗外，突然想起了昨晚看见言蓁的情形。

"这两天，有谁的演唱会在这里举办吗？"

有熟悉娱乐圈的下属应道："有啊，最近比较红的一个男歌手，叫秦楚。我上初中的侄女迷他迷得不行，家里有一堆他的海报。"

下属用手指向窗外，大楼上挂着巨型广告横幅，道："就那个。"

莫程跟着探出头往外面看了一眼，感叹道："现在的年轻小女孩都喜欢这种，天天叫'男朋友''老公'，肉麻得很。"

"是吗？"陈淮序收回了目光，往后靠在了椅背上，不知道在想什么。

第二天，言蓁和应抒去了Z市有名的寺庙景区。

这座庙宇在山上，群翠环抱，香火缭绕。每天清晨钟声悠远清亮，回荡在幽林之中，来访的游客仿佛都被洗去了一身红尘俗气。

两个人捐了香火钱，去财神殿里拜了拜，出来时看见一棵挂满红绸的高大树木立在庭院中央。

"这是姻缘树吧？"应抒顿时来了兴致，"我也给我和小秦弄一个。"

她在红绸上写下名字，往树上绑，弄好之后还特意拍照，甜蜜地发语音消息告诉秦楚自己在哪儿。那语气听得言蓁都起鸡皮疙瘩了："你能不能正常点说话！"

被嫌弃的应抒很是不爽地道："谈恋爱都这样，单身狗不许发言。而且你只是没男朋友，等你真的有了，肯定比我还黏人。"

"我才不会呢！"

应抒才不信她的嘴硬，转身走到门口道："帮我拍个照。"

闺密之间就是这样，哪怕上一秒还在拌嘴，下一秒话题转到别处，两个人又能自然地接上。

言蓁"哼"了一声，举起手机，对准应抒，刚准备按下快门键，身后不知是谁撞了她一下，手机从手中滑出，"啪"地摔在地上，顺着台阶跌滚下去。

言蓁急忙追上，等找到手机时，屏幕已经四分五裂，彻底报废了，怎么按开机键都没有反应。

应抒跟过来，道："怎么了？手机跌坏了？"

她回头看去，游客来来往往，早已看不见刚刚那个撞她的人，只能自认倒霉。

应抒拍拍她的肩膀，安慰她："没事，回去我陪你再买一个。"

然而变化总比计划快。

她们在回去的路途中，得知秦楚在排练走位时被道具划破了腿，现在正在医院包扎。

应抒很着急，言蓁也不忍心让她在这个时候陪自己去买手机，只好说："你先去医院吧，把我丢在酒店就行。"

"手机的事我绝对给你安排好。"应抒信誓旦旦地说，"你放心，实在不行我明早陪你去买。"

"行了，你快去吧。"

言蓁回到酒店，先翻找了一下行李。

这次的旅行完全是一时兴起，她没怎么准备，卡是一张都没带，更别提现金了。

过度依赖手机支付的下场就是在失去手机时，变成一个什么都做不了的人。

在现代社会，没了手机，她就仿佛和世界隔绝了，没法刷朋友圈，没法查找地图、定位，没法叫车，甚至都没法和言昭报备。

她泄气地倒在床上，打了几个滚，突然看见了床头的座机。

好像还有一个办法。

包厢里同事们聚在一起吃饭，陈淮序坐在桌边，手机突然响动，一个陌生号码打了进来。

"你好，哪位？"

"是我，言蓁。"

他拿开手机，看了一眼屏幕道："怎么用这个号码打给我？"

"手机摔坏了，用的酒店座机。"

他若有所思地停顿了一会儿，起身向包厢外面走去。

"找我什么事？"

"当然是要你帮我买个手机啊。"

"要我帮忙？"他靠在墙壁上，语气慢悠悠的，"先叫声哥哥听听？"

电话那头果不其然传来言蓁羞恼的声音："你做梦！我才不叫！"

陈淮序毫不意外她的回答，道："确实是本人。"

她顿时一头雾水，问："什么本人？"

"没什么，就是现在 AI 合成语音诈骗的情况很多，我要提防一下。"

言蓁完全没想到还有这种可能性，道："你也太精明了吧……我要是骗子，肯定不来骗你。"

"不试试怎么知道？我说不定会上当呢？"

"没兴趣。"她果断拒绝，将话题扯了回来，"你现在有没有空，陪我去买个手机，我没带银行卡和现金。"

可怜巴巴的语气，脑海里立刻能浮现她皱着眉头的沮丧表情。

陈淮序问："你在哪儿？"

言蓁将酒店地址报给他，他搜索了一下地图，回复道："我过来大概需要二十分钟，你二十五分钟后下楼，我在门口等你。"

言蓁完全没料到陈淮序会答应得这么爽快，到点后将信将疑地下了楼，直到远远地看见男人站在酒店门口，这才彻底放下心来。

她走上前，客套地询问："晚饭吃了吗？"

"吃了一半。"

"一半？"她蹙起眉头，"你可以吃完再来的。"

"他们要喝酒，等吃完商场都关门了。"

话虽然这么说，但言蓁毕竟是求人帮忙，心里还是有点过意不去，于是道："待会儿买完手机，你要饿的话，我请你再吃一顿。"

陈淮序从容地应下："好，那我就先期待着言小姐的大餐了。"

商场内人满为患，言蓁直奔手机店，照着原手机买了一款一模一样的。陈淮序买了单，她记下价格，道："等下我微信转给你。"

"不急。"

店员替言蓁激活手机系统，两个人就在一旁等待。言蓁觉得今晚陈淮序的心情格外好，不似以往那种冷冰冰的态度，便托着下巴忍不住问："你中彩票啦？看起来挺开心。"

陈淮序半倚在柜台边，看着她亮晶晶的漂亮眼睛，回答道："只是没有想到，你居然会记住我的电话号码，手机坏了也能打给我。"

他的声音里带着浅浅的笑意，仿佛是在说她有多惦记他。言蓁自然不肯承认，立马反驳道："我记性好，过目不忘，大家的电话我都记得，有问题吗？"

"好习惯，请继续保持。"

她不满地皱起眉头道："你不要用这种语气和我说话，像家长一样。而且要不是应抒有事，在Z市找不到别人，我才不会来找你帮忙呢。"

陈淮序不紧不慢地说："可我现在确实是帮了你的忙，你要怎么感谢我？"

"请你吃饭呀。"

他扬起眉毛，显然是对这个答案不满意。

她伸出两根手指道："那……两顿？"

他还是没说话。

"三顿，不能再多了，我的时间很宝贵的。"

他将她的手指折了回去，道："次数多少不重要，重要的是诚意。"

"请你吃饭还不够，那我还要怎么表达我的诚意？"

他要求道："说，谢谢哥哥。"

言蓁："啊？"

"我要的不多，就一句感谢，不过分吧？"

言蓁觉得自己仿佛被扼住了喉咙，张了张嘴唇，只说出一句"谢谢"。

"嗯？"他提醒道，"谢谢谁？"

她低下头，有些难以启齿，但又不得不服从道："谢谢哥哥。"

"收下了。"他揉了揉她的发顶，"以后的感谢，就照着这个来。"

买完手机，两个人逛着商场，言蓁购物瘾犯了，扯着陈淮序买了一堆衣服，然后由他两手大包小包地提着，送她回酒店。

出了电梯，他的电话铃声突然响起，言蓁帮他把手机从口袋里拿出来，问："要接吗？"

陈淮序看了一眼来电人，道："接。"

她踮起脚尖将手机凑到他的耳边。

"老板，我们吃完了，大家都回酒店了。"

"嗯，早点休息。"

"您晚上都没怎么吃，我们打包了点带回来。您什么时候回来啊，我给您送去？"

因为离得近，言蓁也能隐约听见话筒里的声音，心想这个助理还真是贴心。

"不用了，我吃过了，你们当夜宵吧。"

她举着手有点累，渐渐地走了神，被他提醒："你把我右手的东西提着，电话我来拿。"

"哦，好。"

走到门口，他正好挂了电话。言蓁刷开房门，随口说："我还以为你对公司的人会很凶呢。"

"在你眼里，我到底是什么形象？"

"讨人厌、不正经、坏心眼……"看到他的表情，她急忙改口，"不过今晚你帮了我的忙，可以稍微加一点印象分，我勉勉强强可以把你当半个亲哥哥对待。"

这下他该满意了吧。

"亲哥哥？"他轻轻地挑起眉毛，像是听到了什么离谱的话，顿住了脚步，而后转身朝她走来，逼得言蓁连连后退，直到抵上墙壁。

好像不太对劲。

陈淮序微微地弯下腰，低着头，视线与她平齐，一言不发地盯着她的眼睛。

"言蓁，你能和你亲哥哥接吻？"

脑海里有什么砰然炸开。

她的心狂跳不止，慌忙别过头去，不肯承认道："你胡说什么呢！"

陈淮序命令道："看着我。"

她不肯，用眼角的余光瞥见他又向前迈了一步，这下彻底拉近了两个人的距离。

言蓁下意识地抬起头，他的脸近在咫尺，高大身材所带来的威压让她有片刻的失态，甚至忘了该怎么呼吸。

她有点怕他这样的状态，道："你让我叫你哥哥，然后又不高兴，无理取闹吧你——"

他垂下眸子，捏住她的下巴，低下头吻了上去。

言蓁挣扎未果，结束的时候眼睛里都带着水汽。

他的声音有点哑，贴着她的鼻尖说："明白差别在哪儿了吗？"

言蓁只顾得上喘息。

"你是言昭的妹妹，不是我的妹妹。"他看着她，缓慢清晰地说，"叫哥哥没问题，我喜欢听，但别真把我当成你哥，懂吗？"

他不要她的亲情，而是要她把他当成一个男人来对待。

他怎么可能只甘心当她的哥哥？

她动了动嘴唇，没说话，显然是还有点蒙。

陈淮序退开一些，低声地说："早点休息。"

他离开房间，言蓁停在原地，看着房门渐渐地合上，大脑一片混乱。

脸颊还残留着被撩起的余热，可耳边全是他刚刚语气里的凉意。

她滑坐在地板上，把脸颊埋进膝盖里，道："什么哥哥不哥哥的，烦死了！"

　　数天后，言蓁坐在椅子上，低着头翻动着一沓照片，始终一言不发。

　　坐在她对面的男人观察着她的神色，紧张不安地搓了搓手指，额头上慢慢地渗出冷汗。

　　捏着照片的指尖不断地用力，将相纸边缘压出一圈褶皱。她快速地翻动，最后忍无可忍一般，抬手重重地全甩在了桌上。

　　"啪"的一声，照片如游鱼一般在光滑的桌面上四散开来。

　　"我付了那么多钱，你们就给我看这个？"

　　"言小姐，这真的不能怪我们。"男人抽出纸巾，擦了擦额头上的汗，苦着一张脸回复道，"实在是陈先生没什么好拍的。我们调查他的这段时间，发现他平常除了工作就是在家，偶尔和朋友出去，见的也基本都是男性，身边几乎看不见异性，更别说有什么亲密关系了。"

　　从Z市回来后，言蓁怎么想怎么不对劲，觉得自己仿佛一直被陈淮序牵着鼻子走。她急于摆脱这种困境，于是决定先下手为强，派人调查他，试图找到他的把柄，反客为主。

一个在上升期的年轻企业家，在公众面前的个人形象是最需要精心维持的，如果私生活混乱，那么这一定会成为他的污点。而他在她面前展露的那些游刃有余的暧昧手段，让她觉得他一定经验丰富。

可现在，私家侦探给了她一个和预想中完全不一样的答案。

好像那些挑逗、不正经、强势……种种只对她展现。

是看她好欺负吗？

言蓁看着照片里的人，不甘心地捏紧了手指。

走出咖啡厅，李叔的车停在路边，她匆匆走去，包里的手机响了起来。

阳光有些刺眼，她没来得及看清屏幕，就先接起来："喂？"

应抒的声音闷闷地传来："蓁蓁，今晚陪我喝酒。"

言蓁怎么也没想到，演唱会期间还浓情蜜意的小情侣，没多久后然就到了要分手的地步。

应抒重重地将酒杯磕在桌子上，道："他总是和我说再等等，可我再也等不了了！"

原来，他们在Ｚ市的行踪被狗仔拍到了。狗仔并没扒出应抒是谁，但放出了秦楚和一个年轻女子在一起的照片，一时间舆论甚嚣尘上。

秦楚作为新晋歌手，虽然有一定的实力，但也因为好看的外表、台上台下反差的性格吸引了不少女友粉，此刻粉圈岌岌可危，像是随时要倒塌的高楼大厦，只等待"轰"的一声，就会将他处于上升期的事业彻底扼死。

为了他的事业，经纪人当机立断，对外澄清那只是秦楚的姐姐，这次特意来参加他的演唱会，用亲人关系暂时安抚了粉丝躁动的情绪。

可这也让应抒的不满达到了极点。

她和秦楚之间爆发了矛盾，她指责他又想要事业，又想要恋情，完全不考虑她的感受。她愿意和他谈地下情已经是她的让步，没想到在这种时候她还要受这种窝囊气。

秦楚苦苦地哀求，但应抒还是很决绝地要分手，他不愿意，两个人就这么僵持着。应抒内心不快活，于是跑来找言蓁喝酒。

言蓁陪着她，心里不知道是什么滋味。

"所以说，不要相信男人的任何承诺。什么'等我有钱就好了''等我事业成功就好了'……这些都是空头支票。"应抒碰了碰言蓁的酒杯，"如果我找的是一个事业稳定的人，根本不在乎什么女友粉，那么我想有的早就有了。

"一个男人，在他自己都不确定未来的时候，他怎么敢轻易做出承诺？最关键的是，我还傻傻地信了。

"我还不如听我爸的去相亲呢，起码他给我安排的人不会让我谈个恋爱像做贼一样。"

应抒一直喝酒，言蓁向来不擅长安慰，就在一旁陪着她喝。言蓁的酒量本来就不好，一来二去，竟然比应抒更快倒下了。

酒保十分淡定地看着吧台上东倒西歪的两个人，显然是见多了这种情况。他找来一个女服务生，让她从言蓁的口袋里掏出手机，用言蓁的指纹解了锁，在最近的通话记录里找到"哥哥"，拨了出去。

电话很快便接通了，服务生简单地介绍了情况。言昭沉吟了一会儿，道："我现在不在宁川，这样吧，我找人来接她们。"

于是半个小时后，陈淮序出现在了酒吧里。

他面容英俊，身高腿长，一路走过来，收获了无数蠢蠢欲动想要搭讪的目光，但他均视而不见，而是径直到了吧台前，看见了两个趴着不动的背影。

服务员询问他的姓名，他回答，和言昭在电话里所说的一致，于是便放心地让他们离开了，临走前还不忘告诉他："这两位小姐好像是失恋了。"

"失恋？"他蹙起眉头。

按理来说，伤心的人应该是喝得最凶的，可从她们俩醉的程度来看，一时间竟然分辨不出来是谁在安慰谁。

就算再难受，两个人也不该在酒吧喝得这样烂醉如泥，实在是缺乏安全意识。如果今天不是遇到的酒吧工作人员好心靠谱，那么后果简直不堪设想。

他走过去，扶起言蓁，看她迷迷糊糊的还有点意识，便伸手掐了掐她的脸颊，沉着声音问："喝成这样也不提前打个招呼？"

言蓁不适地皱皱眉头，掰开他的手指就往嘴里咬。奈何她没什么力气，牙齿软绵绵地磕在他的指节上，只留下浅浅的印子。

陈淮序任她咬着，紧皱的眉心一点点地舒展开来。

他先将应抒送回了家，目送她家的保姆将她搀扶回去，随后回到车上，掉转车头，向自己家的方向驶去。

车开到一半路程，他停车去了一趟便利店，回来时一只手拎着袋子，另一只手端着热水，打开后座的门喂言蓁。

她靠在他的怀里喝完，又不省人事地栽了下去，俨然是醉得不轻。

唯一比较庆幸的是暂时还没吐在他的车上。

抱着言蓁回到了家。陈淮序刚打开灯，她就被突如其来的光线刺醒了，翻身要从他的怀里下来，嘴里还念叨着要洗澡。

陈淮序扶住她不稳的步伐，道："都站不稳了还洗什么澡？睡一觉起来再洗。"

"我不！"言蓁在这件事上十分执着，"我要洗澡，不然不上床。"

他故作冷淡地道："行，那你就睡地板吧。"

言蓁睁大了眼睛，显然是不敢相信他会说出这样的话，于是咬着嘴唇委屈地道："你舍得让我睡地板？"

"为什么不舍得？"陈淮序轻轻地挑起眉毛，"除非你告诉我，今晚为什么喝这么多酒。"

她蹙起眉头，含混不清地抱怨道："都怪秦楚！"

"秦楚？"

陈淮序一向记性很好，很快就想起来这个熟悉的名字。他打开手机搜索，八卦头条赫然是：秦楚深夜密会年轻女子，两个人疑似情侣关系。

联想到酒保说的"失恋"，答案呼之欲出。

他将手机塞回口袋里，看着醉意蒙眬的人几乎歪倒在自己怀里，拨着她的脸颊让她抬起头，问："就为了他喝成这样？"

言蓁迷糊地应道："是应抒……我没有……没有喝多……"

连话都讲不清楚了还在嘴硬，陈淮序有些气又有些好笑，扶着人先进了卧室。言蓁全身没力气，陈淮序一松手，她就像软骨头一样倒在床上。他没法，只能半跪在床边，替她将外套脱掉，再扯过被子盖严实。

言蓁见他要走，伸手拉住了他的衣角，语气有些撒娇："想喝水，你给我倒。"

他看着那一截纤白的手腕，问她："想要我伺候你？"

她眼神迷离，点了点头。

"知道我是谁吗？"

面对这个问题，她像是有些不解，从床上坐起，凑到他的面前，睁大眼睛努力地辨认，然后下定论："陈淮序呀！"

她的语气轻快，显然是为自己认出来了而感到高兴，还伸手点了点他的眼角，道："眼睛这里的痣很好看。"

他捉住她的手指，问："这个时候就不讨厌我了？"

她不假思索道："讨厌的！"

"哦，那我走了。"

言蓁有些恼怒，道："你快走，我自己去倒。"

她真的要掀开被子下床，被陈淮序利落地塞了回去，道："等着。"

一分钟之后，他端着杯子走进卧室，将她从床上扶起来，把水送到她的嘴边。

言蓁晕晕乎乎地抿了一口，道："甜的。"

"嗯，加了蜂蜜。"

她两三口喝完，茫然地看着空杯子，后知后觉地道："怎么办，我喝完了，你没得喝了。"

他接过空杯子放在床头，看着她迟钝发愣的可爱模样，捏着她的脸颊道："本来就是给你喝的。"

她蹙起眉头，打掉他的手，凑过去在他的嘴唇上咬了一口，语气恶狠狠的："再掐我就咬你。"

一个无心之举，却让陈淮序的心里翻涌起风暴。他没法再忍，扣着她的后脑勺，就这么吻了下去。

"你……"

抱怨的话语被完全吞没了。

陈淮序摸到她垂在床边的手，挤进去，和她十指相扣。言蓁艰难地呼吸，一时间分不清天南地北。

漫长的一吻结束，她有些气喘吁吁。陈淮序搂着她，轻轻地贴她的脸颊，用手拨开她凌乱的发丝，摩挲着她的脊背。

她没有挣扎，只是乖乖地靠在他的肩膀上，打了个哈欠。

虽然是个很好的时机，但他并不打算在这种情况下乘人之危。

"睡吧。"他将她塞回被子里。

言蓁闭上眼睛，长睫毛微颤，很快就睡着了。

她的睡颜很是好看，脸颊还因为刚刚的吻红扑扑的，他看了一会儿，调暗了床头的灯，起身一边往卧室外面走去，一边从口袋里掏出手机。

秦楚……

他无法释怀她居然会为了另一个男人而喝酒，再次搜索这个名字想一探究竟。他低下头点开绯闻里的照片，发现抓拍的场景正好是灯记夜宵的大门口，时间恰巧也是他和言蓁偶遇的那晚。

在一片水印掩盖下的模糊视频里，他看见搂着秦楚的女子的穿着，很是眼熟。

沉思片刻，陈淮序点开了言蓁的朋友圈，找到吃夜宵那晚她发的合照。

居然是应抒。

联想到秦楚澄清的新闻，一切都能说得通了。

他瞬间感觉到如释重负，转头又为自己突如其来的情绪而感到有点好笑。他不过是庸人自扰，才让嫉妒像丝线一样勒得他喘不过气来。

他靠在门板上，轻轻地叹了口气，将手机收了起来。

早晨，言蓁从睡梦中醒来，她没睁开眼睛，习惯性地翻了个身，而后感觉撞到了一堵墙。

好硬，但细摸上去又是软的、热热的，掌心贴上去，还能感受到布料下规律的跳动。

好奇怪。

她没怎么清醒，只当是自己床上那只一人大的玩具熊，于是抬起腿压了上去，把脸往里面埋。

可动作还没做完，头顶就传来一个清晰冷淡的声音："你还想摸多久？"

言蓁一惊，彻底清醒过来，不敢置信地问：“你怎么在我床上？”

陈淮序的声音里带了一丝没完全清醒的慵懒沙哑：“你要不要仔细看一下，这到底是谁的床？”

窗帘紧闭，屋内一片黑暗，言蓁摸索着去开床头的灯，眼睛半眯着适应光线以后，才发现这确实是一个陌生的房间。

“陈淮序……你……”她连声音都在发颤，“我们怎么……我昨晚不是……”

他也跟着坐起身，饶有兴致地看她惊慌失措的模样，道：“那又怎么样？”

言蓁拽起枕头扔了过去，道：“你居然敢！”

打死她也想不到，自己居然会和陈淮序睡在一张床上。

难道他们昨晚……

可她并没有任何不适，好像和她了解到的知识不太对。

她又惊又疑惑，就听见陈淮序缓缓地开口了：“昨晚你在酒吧喝多了，要不是我去接你，你觉得你今天醒来会是在哪儿？”

言蓁顿时语塞：“我……我也没想到……”

“不过也多亏了这次，不然我还不知道，你喝醉了以后那么难缠。”

“什么意思？”

“也没什么，”陈淮序的语气有些随意，“就是一直抱着我不放。”

“怎么可能！”言蓁又羞又气，然而手边没有枕头，只能扯着被子往他的头上捂。陈淮序轻松地挡下，道：“怕你不信，我还留了证据。”

他拿出床头柜上的手机，按了几下，递给她。

是一段只有几秒的视频。视频里她死死地拽着陈淮序的手不肯松开，他尝试着抽出几次都没成功，看起来很是死缠烂打。

太丢脸了！她怎么可能对陈淮序做出这种事！

言蓁一急，抢夺手机就想删除视频。陈淮序慢悠悠地将手机举高，道："你怕什么，不就是很普通的醉酒视频？"

视频确实没什么问题，关键是这内容她无法接受。她处处都想踩陈淮序一头，然而喝多了居然做出这么丢脸的事情。这一定会成为他以后拿捏她的把柄，她在他面前还怎么抬得起头？

言蓁捏紧了床单，道："你要多少钱？"

"我要钱有什么用？我又不是没有。"

"那你……"

"想要我删掉？"他轻轻地挑起眉毛，"可以，但你要答应我一件事。"

她觉得这个人肯定又不怀好意，但不得不低头，迟疑着问："什么事？"

"周末有个聚会，你要陪我参加。"

言蓁没料到是这个，语塞了半晌："就这个？"

"怎么听你的语气还有点遗憾。"陈淮序笑了，将手机放下，"就这个。"

言蓁咬牙答应："没问题。但你要向我保证，最好是签字画押，参加完之后你立刻删除这段视频，并且以后不准用这件事来嘲讽我。"

"放心，我这人向来守信用。"

言蓁气得翻身下床，觉得自己被他摆了一道，心下十分不甘，转头瞪了他一眼，又问："什么聚会？为什么要我去参加？"

陈淮序伸出手按下窗帘按钮，厚重的帘子向两边缓缓展开，阳光瞬间涌了进来，在地板上洒上一层闪烁的碎金。

而他背对着窗户，逆着光，缓缓地勾起唇角道："当然是因为，你是唯一合适的人选。"

之后一连几天，言蓁全心全意地投入学习中。论文到了要交终稿的阶段，导师又提出了一点细节上的问题，让她再修改，她不敢怠慢，每天抱着笔记本电脑，学校、家里往返跑，推掉了一堆聚餐的邀请。

这天晚上，时钟"嘀嘀嗒嗒"地指向凌晨12点半。

言蓁趴在桌前，目光疲倦地投向电脑屏幕，手边的咖啡早就凉了。

写论文太枯燥了，尤其是没灵感的深夜。她打开手机，在列表里翻找一圈，先给应抒发了一条消息。

那边很快回了一条语音过来，背景有些嘈杂："在嗨呢，有事明天说啊，拜。"

她只好又找了几个人，要么睡了，要么在享受夜生活，总之没一个人能在这个时候陪她聊聊天。

言蓁有点想放弃了，上半身瘫在桌子上，指尖在微信上列表上滑动，直到看见陈淮序的名字。

按照约定，明天她要陪他去参加聚会，反正也找不到别人，犹豫再三，言蓁试探着发了个表情包过去。

令人意外的是，那边很快就回复了：还没睡？

她没想到陈淮序居然真的回复了，一时间很无措，手指停在键盘上，不知道该怎么应对。

见她没动静，五分钟后，对方直接打了电话过来。

言蓁慌乱地接起来，陈淮序开门见山地问她："怎么了？找我有事？"

"没事，就是在写论文，有点无聊。"

"嗯。"

她试图反问："12点多了，你还没睡？陈总的夜生活挺丰富的嘛。"

很轻的笑声从听筒里传出来，震得她的耳朵有点酥麻："如果加班也算夜生活的话。"

"你在加班？"她有些惊讶，"这都几点了。"

"刚结束，现在正要回家。"陈淮序说，"你等一下，我等会儿要开车，先换个耳机。"

电话那头很安静，甚至还能隐隐地听见回音，空旷冷涩，像是在停车场。

陈淮序再次出声，示意已经戴好耳机了。言蓁点开扬声器，将手机放在桌子上，道："好忙哦，不会我以后毕业了，也要像你一样天天加班到 12 点吧？"

"看工作性质和职业规划。"关车门的声音传来，陈淮序道，"不过……如果你选择了这行，那就肯定要做好辛苦的准备。"

夜很深了，言蓁早把那些无足轻重的小恩怨抛到了脑后，好奇地道："那你会不会有压力很大的时候？比如说不想干了。"

"压力很大的时候会有，但从没想过放弃。毕竟这条路是我自己选的。"陈淮序开着车，眼前是迷离的夜色，"你现在压力很大吗？"

"还好吧，写论文不都这样嘛。"言蓁抓着笔，无聊地在纸上画圈。

"如果有什么问题，可以去找言昭，或者直接来找我，不要自己憋着。"他的语气竟意外地温和，完全听不出来熬夜加班的疲惫感，"还有，如果不是很着急交，不建议你熬夜写。养足了精神，思路才更清晰。"

难以想象，在这个深夜，陈淮序居然当起了她的人生导师。

言蓁"嗯"了一声，找不到继续闲聊的话题。她沉默着，陈淮序也没开口，两个人就这么沉默了下来。

她以为这通电话就该这么心照不宣地结束了，于是扭头又敲了一会儿键盘，几分钟后，撇头看见居然还在通话中的手机，于是惊讶地问道："陈淮序？"

那头很快传来声音："我在。"

"你还在开车？"

"嗯。"

"你怎么不挂电话？"

"等你挂。"

她抿了抿口嘴唇，用手撑着下巴，看了一眼通话时间，不知不觉地和他聊了快二十分钟。

又天南海北地和他扯了几句，言蓁渐渐感觉到困倦，眼皮沉重，就这么毫无预兆地睡了过去。

陈淮序正巧也到了家，听见那头的人没有再回他的话，便问道："言蓁？"

没有回应。

又等了几秒，他再次低声地叫她："蓁蓁？"

回答他的只有电话那头清浅平稳的呼吸声。

他联想到她安静的睡颜。

客厅的灯被点亮后，寂寥的房子被更寂寥的灯光盈满。

他靠在门边，含着笑意对着电话很轻地开口："晚安，宝宝。"

由于趴在桌子上睡着了，言蓁第二天醒来时肩膀都是僵硬的。她简单地活动了一下肩膀，开始在衣帽间里一件件地试衣服。

她向来对于聚会这种社交场合十分上心，虽然是陪陈淮序，但面子是自己的，她要始终保持自己的形象完美无缺，这是她的自尊和骄傲。

傍晚时分，陈淮序来接她时，言蓁在他面前非常骄傲地转了一圈，展示成果道："怎么样？今天不会丢你的脸吧？"

他靠在车边，唇边漾了一点笑意，道："是不是有点太隆重了？"

"不是你说这个聚会挺重要的吗？"言蓁低一头看了一眼裙子，"那我再换一件？"

"不用，"他打开副驾驶位的车门，示意她上车，"很漂亮，是我的荣幸。"

言蓁跟着陈淮序到达了聚会地点。

听说今天是陈淮序的一个商业伙伴过生日，她本来以为会是在酒店，又或者是酒吧，没想到地点居然是一栋带花园的小别墅。

陈淮序停了车，带着她往里面走去。言蓁始终惦记着视频的事，没走一会儿就停下脚步，趁着还没到聚会现场，要他拿出手机删除视频。

她抬起头看着他，道："你说要陪你参加聚会，现在我人也来了，你可以兑现承诺了。"

"聚会还没开始，我现在答应了你，万一你跑了怎么办？"

她哼道："我才不是那么不讲信用的人。"

"我也一样，所以你大可以信任我。"他微微弯曲手肘，示意她挽上来，"走吧，公主殿下。"

从他的嘴里蹦出这么"中二"的词，言蓁有点羞恼，觉得他是在故意嘲讽自己。她不情不愿地挽上去，低声地威胁："不准再这么叫我。"

这要被其他人听见了，她得羞耻死。

陈淮序不以为意地道："你不是很喜欢这个称呼？让我连备注都要改成这个。"

那是两三年前两个人关于微信备注的一场打赌，陈淮序破天荒地输给了她，言蓁便逼着他将自己的备注改为"公主殿下"，并且勒令他一个星期不准换。

在那一个星期之内，她疯狂地给他发消息，试图让陈淮序不管在什么时候，只要一打开微信，就能一眼看到她的对话框，时刻提醒着他的失败。

他一定非常地不甘心，并且感觉到恶心、厌烦和恼怒。

言蓁是这么想的。

两个人继续前行，很快便看见了院子里的游泳池，还有灯火通明的建筑。

陈淮序带她走进去。开门的瞬间，屋内人的目光齐刷刷地投过来。

"哟，终于等到陈总大驾光临了。"一个三十多岁的男人端着酒杯走了过来，举手投足之间一股成功人士的风范。

"杜总生日，当然要前来捧场。"陈淮序颔首回应，"礼物之前已经送达了，今天空手而来，还望杜总不要怪罪。"

"哈哈哈哈——"被称呼为杜总的男人大笑，"陈总可真谦虚，你愿意来，我这生日宴都增光了不少，还在乎什么礼物。

"来来来，快进来。"他伸手招呼，这才提及一旁的言蓁，"陈总这次终于带了女伴，还这么漂亮。我刚刚还在说，如果你这次还是一个人，一定要给你介绍一个。"

所以，陈淮序带她来，是为了挡桃花？

别墅的客厅里全是言蓁不认识的面孔，陈淮序带她简单地认识了一下，又怕她在陌生的场合下感觉不自在，因此一直陪在她的身边。

很快，有人笑着调侃："看不出来陈总居然这么黏人，怕我们吃了这位美女？"

言蓁有点不好意思，推了推他道："你快走。"

"你一个人可以？"

"当然，你不要小看我。"

"那好，有事叫我。"

陈淮序走开了，很快就被围起来谈论些什么。言蓁一个人发了一会儿呆，一个女孩走了过来，邀请她过去打扑克。

"外面餐点还没准备好，还得等一会儿。你会打吗？要不要和我们一起玩？"

言蓁看了一眼一旁和别人侃侃而谈的陈淮序，想着自己一个人也是无聊，不如找点事做，于是点了点头，跟着她往牌桌那走去。

言蓁的牌技算不上高超，但是和言昭玩得多了也耳濡目染了一点技巧，自认可以应付普通的牌局，可她没想到的是，在场的都是在生意应酬场上摸爬滚打的老手，各个经验丰富，远非她能对付得了的。

于是一连五六局，言蓁连赢牌的边都没摸到。

她很是不甘，换作在家里，早就不玩走人了，可毕竟是在公众场合，她又是客人，不能失态，只能努力保持着面上的平静，期待着牌局的结束。

旁观的人看不下去，索性拽来了陈淮序。

身边的沙发陷下去一块，熟悉的气息袭来，言蓁下意识地往旁边挪了挪。

陈淮序自然地揽住了她的腰。

动作极其熟稔亲昵，被周围一群人精不动声色地收进眼底。

言蓁开始后悔了。这沙发一个人坐还算舒适宽敞，两个人就有点拥挤，不得不紧紧地贴在一起。他的体温透过布料源源不断地传来，轻浅的呼吸落在她的耳侧，让她怎么坐都不舒服。

陈淮序扫了一眼桌上的战况，侧头问她："还要玩吗？"

言蓁输得有些郁闷："不想玩了，一直输。"

对面的男人立刻嚷了起来："陈总要来玩那算外援，我可不认，顶多陪你玩一局。"

陈淮序伸手将言蓁剩下的筹码全推出去，道："一局够了。"

完完全全地放手一搏。

在场的人都是一震，显然没想到陈淮序居然出手这么狠。

"搞风投的就是不一样，陈总的魄力实在是让人佩服。"左手边的人笑了，然后推出自己的筹码，"那我也舍命陪君子。"

气氛被烘托到这里，言蓁对面的男人再不甘也只能跟上。桌面上摆满了所有筹码，本来仅供娱乐的牌局瞬间变成了赌上一切的命运之战。

言蓁有些紧张，将信将疑地小声地问陈淮序："你很有把握？"

他一本正经地回答："没有。"

"那你一副那么自信的样子干吗？"

"不自信，能让他们陪我赌？"

言蓁觉得这个男人的心理战玩得真是可怕，忍不住继续问："但你自己又没把握，万一输了，就真的什么也没有了。"

他不慌不忙地道："输了就输了，反正也不是我的筹码。"

言蓁："什么？"

她气急败坏地在桌子下面狠狠地掐他的大腿，压低了声音斥他："你怎么能这么无耻？"

原来这才是他的真实目的，横竖都是她出钱，赢了他收获喝彩声，输了她承担所有物质损失。

言蓁恨不得把这个捣乱的人赶走。

"要不要赌一下？"陈淮序不疾不徐地钩弄着她放在桌子下面的手指，看起来十分游刃有余，"我要是赢了怎么办？"

言蓁抽回手不让他碰，不相信他会赢，道："那你要是输了怎么办？"

环在腰上的手指收紧，他极轻地笑了，道："我输了，任你处置。要是我赢了——"他刻意地停顿了一下，"你任我处置，怎么样？"

她揪紧了指尖，脸颊不自觉地发热，咬牙道："你输了丢的是你的脸，我又不在乎这点钱，我才不和你赌。"

陈淮序似乎并不意外她会拒绝，于是慢悠悠地开口，语气十分笃定："言蓁，你怕了。"

洗牌已经开始，他的目光落在桌子上，专注沉静，显然已经投入到这场博弈中，但还是分出一点注意力，低笑着给予她致命一击："只是，你怕的到底是输给我，还是输给我以后要承担的那个后果？"

言蓁脸上挂不住，咬着嘴唇，狠狠地掐他。

激将法，是对言蓁屡试不爽的一招。

她看着牌局，不甘又犹豫。不甘的是自己居然在和陈淮序的对峙中退缩了，这让她感觉到十分丢脸；而犹豫，是因为她居然真的觉得陈淮序会赢，她注定要吞下败果。

怎么可能？

她什么时候这么信任陈淮序了？

言蓁为自己突如其来的想法而感到荒唐，但转念一想，自己也许就和其他人一样，被陈淮序笃定自信的语气唬得团团转，从而在气势上弱了一截。

也许，他也只是在装腔作势，强撑面子呢？

她咬牙道："赌就赌，但是先说好，你不能……"

"没有什么能不能的，"陈淮序打断了她，"我不谈条件。"

两个人的交谈声压得很低，围观的人只当他们是在亲密地窃窃私语，便体贴地退开了点，给他们留出私人空间。

"要玩就玩得彻底点。"他侧头看了她一眼，"你要是怕，就不赌。"

他看过来的目光太有侵略性了，言蓁看他那眼神，总觉得像是要彻底吃掉自己。

言蓁不能输了气势，仍在嘴硬："你就不怕你输了，然后被我羞辱折磨？"

他慢条斯理地道："不怕，毕竟我愿赌服输。"

他都这么坦荡了，她却畏畏缩缩的，传出去岂不是让人笑话？

而且如果他真的输了，会心甘情愿地随她处置。这个条件实在很诱人，这意味着，言蓁如果要陈淮序给她做牛做马，他就是再憋屈也得乖乖地答应。

牌局的变数那么多，又有谁能保证自己一定能赢？

言蓁转头又看了一眼其他三个对手，连手心都出了汗，心下一横，凶巴巴地道："你不许耍诈。"

她就不信他真的能赢。

陈淮序轻轻地笑道："放心。"

言蓁以前没怎么认真地看过陈淮序打牌。偶尔陈淮序和言昭他们一起玩，她关心更多的也是胜负结果，从没有像今天这样，无比专注地看着他的每一个动作。

他认真地看着牌局，神色十分平静，平静到根本无法从他的脸上看出任何情绪，也就更加无法揣测他手上的牌究竟是好是坏。

在博弈的心理战里，毫无疑问他已经占了上风。

言蓁看了一眼场上的战况，又凑过去看了一眼陈淮序手中的牌，还是有点心里没底，于是挠了挠他的腰试图分散他的注意力，被他捉住手指，低声地道："你这算不算违规？"

言蓁回呛："我们的约定里又没有这条。"

"变聪明了。"

他弯了弯唇角，却并不着急，用一只手抓着牌放在桌边，另一只手则礼尚往来，在她的腰上也挠了挠。

言蓁一惊，立马抓住了他的手，不允许他再动弹半分。

他并不强求，只是抽回了手，仿佛是在告诉她，如果她干扰他，那么他也要讨回来。

言蓁看他那副从容的神色，越发气得牙痒，只能寄希望于其他三个人，在心里暗暗地祈祷他们赢得胜利。

陈淮序这边还游刃有余地和她交头接耳，其他三个人的表情却越来越严肃。牌局上的氛围凝重一片。

刚刚胡闹了一会儿，她这才整理好心情，重新集中注意力去看，却发现场上的局势已经有倒向陈淮序的趋势。

她难以置信，刚刚明明还势均力敌，怎么突然就变了天？

牌局胶着，围观的人鸦雀无声，沉沉的氛围笼下来，言蓁也不由得紧张起来，全神贯注地看着这场较量。

时间缓缓地流逝，在陈淮序又一次出牌之后，对面一直死咬他的男人像是再也无法应付似的，咬牙道："不跟了。"

这时候，陈淮序毫无破绽的表情才出现了一丝松动，他轻轻地挑了挑眉毛，将手里最后的牌扔出，淡声地道："承让。"

他真的赢了。

围观的群众发出震天的掌声和欢呼，汹涌热烈，让言蓁也有些蒙。她完全没想到，居然真的被他用一局就全部赢了回来。

众人纷纷赞叹夸奖，陈淮序却转过头，只垂下眸子看着她笑，道："赢了，开心吗？"

仿佛他所做的一切都只是为了博她一笑一样。

所有的筹码像小山一样被推到言蓁的面前。虽然这些钱根本算不上什么，但她的心里居然产生了极大的满足感。

输了那么多局之后，终于可以看到别人不甘的表情，实在是让人扬眉吐气。

她心跳有些快，点了点头，唇角微微扬起，道："开心。"

"开心就好。"陈淮序的心情颇好，轻飘飘的一句话将她彻底地拉回了现实，意有所指道，"赢了，我也很开心。"

不是因为牌赢了开心，而是因为赌约赢了开心。

言蓁听懂了话里的暗示，这才从赢牌的喜悦中回过神来，笑容僵在了唇边。

牌局结束后，泳池边的餐点也准备好了，众人玩笑着往外面走去。屋外有些凉，陈淮序准备起身给她拿外套，言蓁却拽着他不让他去，还瞪了他一眼，自己脚步匆匆地去拿。

摆明了因为输了不甘心，闹脾气，不想理他。

有人注意到了，虽然不明原因，但还是调侃道："陈总刚刚赢得那么痛快，可现在看起来，人家不领情啊。"

陈淮序也不恼，目光一直追随着言蓁的背影。

那人见言蓁拿了外套就直接往外面走去，走到陈淮序身侧，递给他一支烟，叹息道："漂亮是漂亮，就是性格太娇气，在这种场合下不懂得给男人面子，不懂事。陈总有时候不会觉得烦心吗？"

圈内大多数人身边女人无数，那人看言蓁年轻漂亮，又爱闹脾气，只当是陈淮序一时兴起，宠着惯着，厌倦了就扔掉。毕竟干他们这行，工作压力大，谁最终不是选择善解人意的解语花呢？

陈淮序婉拒道："她不喜欢我抽烟。"

紧接着，他又淡淡地回复："性格娇点没什么不好，很可爱，我很喜欢。希望李先生以后能注意言辞，我这人心眼很小，听不得有人说她不好。"

突然冷下来的语气让男人一愣，知道是自己随意评价言蓁，让陈淮序不开心了。他没想到陈淮序居然是认真的，立马想要道歉，结果陈淮序却不给他机会，而是顺着言蓁的方向，转身朝屋外走去。

男人站在原地，有些错愕，又有些懊恼地抓了抓头发。

众人在泳池边吃了烧烤，有说有笑。临近结束时，几个人推着一辆小推车，载着一个三层大蛋糕走来，一边走一边唱着生日歌。

在大家的围观下，寿星闭上眼睛许了个愿，随后吹熄蜡烛，笑吟吟地说："人多，蛋糕就大家自己来分了。"

"这么好的蛋糕，吃了太可惜了。"不知是谁喊了一句，随后一只手从人群中探了出来，用指尖捻了一点奶油，伸手就往寿星的脸上抹去。

像是一根导火索，瞬间点燃了一场狂欢。一群成年人，唯独在这件事上幼稚得不行。没人想着吃蛋糕，而是纷纷用奶油当作武器，往身边人的脸上抹。

言蓁最讨厌这种场景，她可不想被弄得又脏又黏糊。于是她转身就往人群外面走，没想到人群实在疯狂，匆匆行进间，她的脸颊上不知道被谁蹭了一块。

她用手抹了抹，却感觉越抹范围越大，她急得不行，只能跑去找陈淮序，毕竟他是她在这里唯一熟悉的人。

陈淮序并没参与到这场疯狂的胡闹中，而是一个人倚在角落里。他见言蓁急匆匆地朝他奔来，以为她是要朝他扔奶油，面上毫无反应，却不动声色地做好了躲闪的准备。

没想到言蓁只是扑过来，递给他纸巾，道："快，帮我擦干净。"

她向来注意形象，完全无法容忍自己在这种场合花了脸，还是奶油这种黏糊的东西。

陈淮序接过纸巾，低下头，像煞有介事地打量了一下她凑过来的脸颊，说："再凑近点。"

言蓁踮着脚尖，努力地将脸颊凑过去。

四目相对，她欲盖弥彰地转开视线，手指却不自觉地掐紧了裙角。

"你快点。"她催促道。

身后人群哄闹，他们在角落里，头挨得极近，不经意间被人看到，还以为是在接吻，极其夸张地吹了个口哨。

言蓁脸皮薄，连忙摸着脸颊后退道："擦完了吗？"

"擦完了。"陈淮序将纸巾扔进垃圾桶里，"好了，我们该去道别了。"

"要走了？"她有些不解，"可我刚刚听他们说，吃完蛋糕之后还有活动的。"

"后面的我们就不参与了。"

"哦。"言蓁以为他有什么别的事，毕竟自己只是跟着他来的，也不好再说什么。

不远处的欢呼声很是热闹，陈淮序牵着她的手，低沉的声音在夜色里，仿佛也被染上了几分暧昧："他们玩他们的，我们回去，有自己的事情要做。"

第六章
鬼迷心窍

轿车在夜色里疾驰。

言蓁望向窗外，突然心血来潮，道："我想吃冰激凌。"

"现在？"

"现在。"

陈淮序转头看了她一眼，言蓁故作无辜地眨了眨眼睛道："不行吗？"

他问："哪家？"

"京西路那家吧。"

京西路恰好和他们行车的方向相反，意味着他们还要往回跑。

陈淮序没再应答，言蓁以为他是怕麻烦要拒绝，没想到下一秒，他打了左转向灯，车辆行驶到路口，开始掉头。

刚刚路过的景色再一次映入眼帘，言蓁没再说话，却不自觉地扬起了唇角。

网红店铺的缺点就是，无论何时，店前总是排着长龙。言蓁看着长长的队伍，有些退缩，道："这要排很久吧，穿高跟鞋站那么久好累。"

陈淮序道："你去那儿坐，我来排队。"

"真的吗？那多不好意思呀。"

可人已经坐下来了。

陈淮序被她的动作逗笑了，道："想吃什么味道的？"

"开心果！一个球就好了。"

"好。"

言蓁见目的达成，挥了挥手道："辛苦陈总啦。"

二十分钟后，言蓁如愿以偿地拿到了冰激凌，抬起头问他："你不吃吗？"

"你吃吧。"

她心满意足地拿着冰激凌，陈淮序注意到她的视线，侧头问："怎么了？"

言蓁咬着勺子，评价道："觉得你今天好像顺眼了那么一点点。"

怕他骄傲，她还特意补充："只有一点点。"

陈淮序笑而不语。

两个人走到地下车库，找到陈淮序的车，他却没急着解锁，而是等言蓁拉车门拉不开，才走到她的身侧，半倚在车边，问："今天排了这么久的队买的冰激凌，能不能换来言大小姐一句好话？"

她抿了抿嘴唇，道："你想听什么？"

他轻轻地挑起眉毛，道："这是你该苦恼的问题。"

言蓁垂着头思索了半晌，才快速地小声地说："谢谢淮序哥哥。"

"嗯？"他装作没听清，低下头凑到她的脸颊边，再度拉近两人之间的距离，"谢谢什么？"

她的耳朵发烫，咬牙道："淮序哥哥！行了吧！"

"连起来再说一遍，"他补充道，"有诚意一点。"

言蓁有点不情愿，但又没办法，不敢看着他的眼睛，只能盯着他大衣上的扣子，轻声地说："谢谢淮序哥哥。"

说完，还瞪了他一眼。

漂亮的眼睛含着羞怯的恼意，亮晶晶的。白皙的肌肤泛起红晕，一路蔓延到耳根，勾得他很想去亲一亲。

言蓁被他带着侵略性的眼神看得有点不自在。恰巧这时，空旷的停车场里传来轿车碾过减速带的声响，搅破了急速升温的无声对视。

言蓁刚想开口说些什么，后脑勺就被扣住了，随后他的嘴唇带着力度贴了上来。

她有点猝不及防，条件反射地抬起手，却被他反扣住，按在车身上。

她刚吃完冰激凌，唇舌还是凉的，被这火热地一通搅弄，身体仿佛也变成冰激凌一样软绵绵地化掉了。

"和我回家。"他的声音低低的，压抑着深重的情绪与欲望。

"可是……"

"今晚你输给我了，"他吮着她的唇瓣，"这是我们的赌约。"

进门，灯光点亮，黑白灰色调的装修风格呈现在眼前。上次言蓁喝醉了，没注意到，这次才有心思打量陈淮序的家。

市中心江景大平层，和言昭住的浮光苑离得很近，并称为宁川市"楼王"。陈淮序这套房层数也极佳，从客厅巨大的落地窗往外面看去，宁川市繁华的夜景尽收眼底。

言蓁越来越觉得，他应该比她想象中要有钱很多。这些年他这么拼命，宛如一个工作机器，看来都是有回报的。

房门在身后合上。宁静的室内，"咔嗒"的落锁声响，让言蓁胡思乱想的心陡然悬了起来。

陈淮序将车钥匙放在玄关处的柜子上，随后转过身来，搂住言蓁的腰，将她抵在门边，就这么亲了下来。

言蓁别过脸要躲，被他扣住后脑勺，强硬地固定住，道："不准躲。"

她有些喘不过气来，想推开他，软绵绵的手指却被他捉住去搂抱他的腰，随后将她更紧地压在门边。

"你……你……"她晕头转向，腿都有点发软，在亲吻的间隙艰难地吐字，"你要……"

"我想要你。"他的手指从她的后脑勺处慢慢地滑下，然后轻轻地捏了捏她的后颈，"还需要我表达得更清楚一点吗？"

言蓁愣在原地，半晌才找回自己的声音，道："你是不是喝多了……"

他垂下眸子看着她，道："今晚是我开车回来的，你说呢？"

她思绪混乱，想避开他的视线，可是头还没低下去，就又被他吻了上来。

说不清楚是什么感觉，但言蓁觉得自己好像跌进了一团迷雾里，连呼吸都是潮湿的。

两个人的关系好像逐渐脱轨了，从那个暴雨夜开始，一切都在朝着不受控制的方向发展。

言蓁始终没能想明白，到底是为什么，事情会变成今天这样。

"为什么是我？"

陈淮序顿了一会儿，答非所问："言蓁，除了我，你和其他男人接过吻吗？"

这是什么问题，是来嘲笑她经验太少吗？

言蓁不服气地回答："没有，但那又怎么样，我才刚22岁，以后——"

陈淮序轻轻地打断了她："你明明那么讨厌我，为什么这么亲密的事却只和我做过？"

言蓁咬着嘴唇道："那不都是因为你突然亲上来，强迫我！"

"真的只是因为我强迫你吗？"他将她凌乱的发丝别到耳朵后面，"那你为什么不找人把我的腿打断？言大小姐可不是一个好欺负、会吃哑巴亏的人。起码刚刚，在我亲你的时候，你应该给我一巴掌。"

言蓁顿时哑口无言，气急败坏地推开他，道："你发什么疯？你以为谁都像你一样不要脸，你做的那些事，我才……我才没脸说出去呢。"

她别过头去，蹙着眉头，胸口急促地起伏，淡淡的红晕爬上脸颊，一路蔓延到耳根。

陈淮序不再继续逼问，只是摸了摸她的脸颊，道："我先去洗澡。"

他转身进了卧室，玄关处只留下言蓁一个人。

嘴唇上仿佛还残留着他的力度和触感，她伸手摸了摸，居然生不起厌恶的情绪。

明明应该讨厌的，明明应该拒绝的，为什么她却一而再、再而三地被他动摇？

言蓁捂着脸滑坐在地上平复心情，不知不觉间陈淮序已经洗好了，穿着宽松的居家服走出来，浑身上下透着清爽的气息。他站在客厅遥遥地看了她一眼，道："你要一直站在那儿吗？"

她慌忙起身道："我要回去了。"

陈淮序向她走来，她下意识地后退，没走几步，脊背就抵上了门板。

眼前一片阴影，是他高大的身躯挡住了光源。她摸索着门把手，面对他的紧逼十分无措，强撑着说："真该让所有人都来看看你的真面目，平时装得那么正经，其实又变态，又下流，还、还乱搞男女关系。"

他觉得有点好笑，道："我怎么乱搞男女关系了？"

"大晚上的随随便便带女孩回家，还做出刚刚那种事——"

"带你回家怎么是随随便便？"他单手撑在门板上，将她圈了起来，

"言大小姐判案的时候是不是该讲点证据，比如，你什么时候见过我带别的女人回家？"

她扭头道："我怎么知道，我又不是你肚子里的蛔虫，也不可能一天二十四小时盯着你。"

等了半天，陈淮序没接话，言蓁忍不住侧头看向他，却见他伸出手指，在她的嘴唇上轻轻地揩了一下。

她以为沾了什么东西，摸着自己的嘴唇问："怎么了？"

他笑道："口红都没了。"

言蓁瞬间明白了他话里的含义，顿时脸颊滚烫，咬牙道："你——"

话音未落，整个人就被陈淮序打横抱起，朝卧室走去。

窗外霓虹闪烁，灯光汇聚成繁华的河流，在脚下熠熠生辉。

可这些美景她已经无暇欣赏，陷在柔软的床垫里，看着近在咫尺的男人的脸庞。

陈淮序毫无疑问是好看的，漆黑的眸子、高挺的鼻梁、清晰的脸颊棱角，此刻连眼角下方那颗很淡的痣都格外清晰。

此时此刻，言蓁觉得自己好像被下了魔法，在夜晚的暧昧和强烈的荷尔蒙催动下，完全被他俘获了。

她不敢看他的眼睛，只是反复强调："我要回家。"

"刚刚不是给你机会了？在我洗澡的时候。"他转过她的脸，"你有很长的时间推门就走，但你没有，而是乖乖地在那儿等着我。"

她掰他的手指，试图辩解："我那是……这大晚上的，我一个人怎么回去！"

陈淮序没再说话，只是深深地看着她，随后低下头吻住了她。

一个带着无限占有欲望的吻，撩拨得她身体发热。

陈淮序的声音很轻："你对我的判断一点都没错，言蓁，在你面前，我从来都不是什么正人君子。"

热、躁动，还有紧张。言蓁全身紧绷得像是满弦的弓，被他的手指一寸寸地温柔安抚，再用唇瓣覆过。

她的声音有些发涩："陈淮序……"

指尖不自觉地用力陷进他脊背的肌肉里，他丝毫不在意，低声温柔地哄道："没关系的，宝宝，我轻一点。"

陌生的情潮席卷，汹涌地淹没了两个人。

直到结束，言蓁裹着被子望着天花板，还有些回不过神来。

完全是鬼迷心窍，居然真的和陈淮序发展到这个地步了。

她也不知道自己是怎么了，总是一而再、再而三地被他蛊惑。明明很讨厌他，可又不抗拒他的接近。

难道她真的该找个男朋友了吗？

她正胡思乱想间，陈淮序出去倒了一杯水，回来递到她的嘴边，道："喝点水，你刚刚一直在哭。"

言蓁瞬间脸颊滚烫，咬牙恨恨地道："那还不都怪你！"

"嗯，怪我。"陈淮序并不生气，甚至带了点笑意，"有没有哪里不舒服？"

"哪里都不舒服。"从云端坠下，言蓁只觉得腰酸腿软，身上都是汗水，黏黏的。

她翻了个身，背对着他道："今晚……这是我们俩之间的事，你不准说出去。大家都是成年人了，能为自己做的事情负责，你也别指望用这个来拿捏我！"

他在她的腰上轻轻地掐了一下，问："你在怕什么？"

"谁怕了！你别动手动脚的！"言蓁像毛毛虫一样往床的另一侧躲，"再敢碰我，我、我剐了你！"

陈淮序看出了她的动摇，却并不拆穿，只是隔着被子，在她的脊背上轻缓地落下一个吻，低声地道："蓁蓁，我们来日方长。"

不知道是说给她听，还是说给他自己听。

言蓁揪紧了指尖，用力地咬住了下嘴唇，将头埋进了被子里。

清晨，床头的电话铃声划破了一室的寂静，惊扰了正拥在一起沉沉入睡的两个人。

言蓁皱着眉头，往陈淮序的怀里钻，试图躲避吵闹的噪音。

陈淮序起身，亲了亲她的脸颊，又替她掖了掖身后的被子，伸出手去拿她放在床头的手机。

他本来不想替她接，可等看清屏幕上的名字时，准备挂掉的手指顿住了。

梁域。

他沉默了一会儿，伸手滑开，接听。

"蓁蓁，怎么这么久才接电话？"男人的声音像是窗外三月春天的阳光，带着温柔的笑意，"是不是又在睡懒觉？"

陈淮序垂下眸子，看了一眼睡得正香的言蓁，她白皙的肩膀还露在外面，上面还有他昨晚留下的痕迹。

"我回宁川了，刚下飞机，现在在机场。没提前告诉你是想给你一个惊喜。"梁域笑吟吟的，"这次我从非洲给你带了礼物，你肯定会喜欢。今天有时间吗？我去接你？"

察觉到那头一直没有动静，梁域不禁有些疑惑："蓁蓁？"

陈淮序顿了一会儿，慢条斯理地开口："你好，请问是哪位？蓁蓁她还在睡觉，如果有什么重要的事情，我可以帮你转达。"

言蓁正沉浸在梦中。

她回到了17岁的那个暑假，顶着炎炎烈日，跟在言昭身后，来到了那个露天的篮球场，第一次见陈淮序的时候。

言昭的朋友们一见到她，纷纷不满地叫了起来："说好的打球，怎么还带女朋友？来屠狗的是吧？"

言昭把扔过来的篮球又砸了回去，道："我妹，亲妹妹。"

周围人的眼神瞬间变了，纷纷热情地围上来，道："妹妹好漂亮，好可爱啊。""言昭你何德何能能有这样的妹妹？""妹妹在哪个学校上学？"

言昭伸出手推他们，道："够了你们，别吓着她。"

一群人嘻嘻哈哈地散开了，言蓁这才注意到，刚刚言昭一进篮球场就叫了他的帅哥，已经从树下走了过来，正站在一旁看着他们。

她抬起头，突然对上他的目光，愣了一下，有些不好意思地移开了视线。

言昭没发现这些小动作，只是简单地向陈淮序介绍了一下："之前和你提过，我妹，言蓁，还在上高中。"

陈淮序轻轻地颔首，目光从言昭身上又转向她。

"陈淮序，我最好的朋友，"言昭拍了拍言蓁的肩膀，"叫淮序哥哥。"

"淮序哥哥好。"言蓁乖巧地道。

有人提着冰水过来，一边催促言昭和陈淮序赶紧热身，一边看向言蓁，道："今天怎么想起带妹妹过来啊？"

"是她非要跟着我，麻烦死了，小跟屁虫。"

言昭嘴上嫌弃，唇角却是上扬的，伸手将冰矿泉水往她的手里塞，道："露天看台太晒了，坐到那边的树下去。太热了就回家，知道吗？"

言蓁点头，跑向了树下。

不知道是谁说了一句："你妹妹好乖啊。"

"乖？"言昭笑了一声，懒洋洋地道，"别被她给骗了。在外人和长辈面前装乖是她的绝技，一熟悉起来就容易蹬鼻子上脸，那公主脾气你肯定受不了。"

"我怎么看你还挺享受的？"

"她是我妹，我要是不忍她那还得了？"

场上的人很快拍着球跑动起来。言蓁坐在树下，一边用冰水贴脸消暑，一边看着言昭打球。

时间一点点地过去，打篮球的人挥汗如雨，却依旧活力满满。而言蓁坐着不动，却依然感受到了铺天盖地的热意。

她无法理解这些男生对篮球的热爱，她只知道出汗较多会变得极其不舒服。她讨厌流汗。

言昭给的那瓶矿泉水早就不冰了，她放在一边，拿了一张湿巾擦着脸颊。

"想喝什么？"身侧突然响起一个低沉好听的声音。

她转头，见是陈淮序走到了她的身前。他拎着一个巨大的袋子，拉开袋口给她看，示意她自己挑。

原来他刚刚突然消失，是去买水了。

言蓁低下头往里面看了一眼，还以为陈淮序把小卖部给搬来了，饮料应有尽有，甚至连牛奶都有。她看了一会儿，挑挑拣拣的，拿出一瓶果汁，又顺势掏出了手机道："谢谢，我给你转账吧。"

然而话说出口了她才想起来两个人是第一次见面，甚至连微信都没加。

陈淮序不动声色地把她的选择记下，又见她拿出手机，便开口道："加微信可以，转账就不用了，我还不至于连这点钱都没有。"

言蓁的脸有点红，只好收回了手，小声地说了一句："谢谢哥哥。"

"陈淮序。"他突然开口。

"啊？"她没反应过来。

"我的名字，怕你没记住。"他耐心地解释道，"耳东'陈'，江淮的

'淮'，序言的'序'。"

"我记住了。"言蓁点头道。

原本以为这场对话就这么结束了，然而陈淮序停在原地，始终没动，像是还在等着什么。

阳光从他的身后照过来，将他的影子拉得很长，恰巧投向了言蓁。

她陷在他的阴影里，不解地抬起头看他，却发现他也在低头看着自己。逆着光，看不清他的眼神，但她总觉得那目光容易让人脸红。

是因为他长得太好看了吗？言蓁走神地想。

陈淮序轻轻地"嗯"了一声，像是在提醒她。

她这才反应过来他告诉自己名字的用意，心想肯定是自己没记住人家名字，让他觉得不礼貌了。

手指握紧了果汁，冰凉的触感从指尖传来，逐渐蔓延到全身，她补救般地又说了一句："谢谢淮序哥哥。"

"不客气。"得到了想要的称呼后，他转身，"我和言昭是很好的朋友，你如果有什么问题也可以找我。"

说完，他提着袋子走向篮球场。

很快不远处传来抱怨和惊叹声——

"让你去买矿泉水和可乐，你买这些乱七八糟的干什么啊？"

"怎么还有牛奶？陈淮序，你把小卖部搬来了？"

言蓁看着不远处的热闹景象，又看了看手上的果汁，竟意外地觉得这个哥哥虽然面冷，但其实还挺热情的。

回去的路上，她将这件事告诉了言昭。言昭玩着手机，头也不抬地道："你肯定是认错人了，陈淮序和'热情'两个字八竿子打不到一起。我们学校的女生想加他微信，简直是难如登天。"

是吗？

言蓁低下头看着手机，"陈淮序"三个字赫然躺在她的好友列表里，是刚刚球赛结束时加上的。

因为她是言昭的妹妹，所以才加得这么容易吗？

之后她和陈淮序渐渐熟了起来，她开始在他面前展露自己的那些小脾气和小性子，他照单全收，却也不惯着她，回回把她气得要命。她向周围人控诉，得到的答案也都是，陈淮序怎么可能会是那样的人。

真的很奇怪。

这个问题持续到今天。

言蓁一直非常疑惑，为什么她看见的陈淮序和别人眼里的陈淮序不一样呢？

梦境渐渐地消散，梦里的身影逐渐和眼前的人重合到一起。

言蓁迷迷糊糊地睁开眼睛，听见一道好听的男声："醒了？"

声音里带着情绪，像极了在半山酒店他替她挡酒的那次。

她下意识地应了一声，随后整个人被压住了。

"陈……"

剩下的话全被他吞没了，再没能说出口。

结束之后，陈淮序起身套了一件衣服，回头看见言蓁把自己裹进了被子里，缩成小小的一团。

他靠近，拽了拽被子，言蓁抵抗。他又用了点力气，将被子剥落，掰着她的肩膀让她转向自己。

"啪"！让人猝不及防的清脆巴掌声。

陈淮序的脸被打偏过去，白皙的颊侧瞬间浮起红印。尽管她的力道不重，痕迹很浅，但和他那张斯文白皙的脸十分格格不入，看起来有些触目惊心。

言蓁这一巴掌完全是条件反射，带着不满。然而她出手后就立刻后悔起来，咬着嘴唇看着他的脸，没什么底气地道："你这是乘人之危！"

陈淮序转回头，握住她的手腕贴在自己的脸边，道："还没解气？要不要再打一巴掌？"

"不打了，打你还得费我的力气。"言蓁"哼"了一声，肚子却在此时不合时宜地发出响声。

她尴尬地红了脸。

陈淮序摸了摸她的脸颊，道："有事叫我，我去给你弄点吃的。"

说着，他起身出了卧室。

陈淮序在厨房里忙了一会儿，听见客厅传来门的响动声。他放下手中的东西出去看了一眼，玄关处言蓁的鞋子已经不见了。

她逃跑了。

他立在原地，半晌，轻轻地叹了口气。

言蓁从陈淮序家跑出来，顶着中午的太阳一路走，直到没了力气，找到路边树荫下的长椅坐了下来，打电话让李叔来接她。

她也不知道自己为什么要跑。完全是头脑发热，等反应过来时，人已经在电梯里了。

昨晚还可以说是一时鬼迷心窍，但今早那次显然已经超出了正常关系的范畴。虽然最后她打了陈淮序一巴掌，看似挽回了一点颜面，但那更像是她无能为力时的自我挣扎。

她发现自己最近总是被他搅得思绪混乱。她太被动了，需要点时间冷静一下。

言蓁打开手机，顺便扫了一眼微信，就看见梁域发来的消息：蓁蓁，你是不是交男朋友了？

她的脑海里瞬间浮现出陈淮序的脸，然而又被自己荒唐的想法震惊到，于是努力地摇了摇头，不解地回复：为什么这么问？

看到梁域这个名字，言蓁有一瞬的恍惚。

梁家和言蓁算是旧识，两家的爷爷还在的时候经常互相走动，因此言蓁很小的时候就认识了这个只比自己大两岁的哥哥。和言昭不同，梁域性格温柔，事事对她忍让。言蓁那时候爱读童话故事，正处于喜欢幻想、怀揣憧憬的少女时期，难免会对这心目中的王子产生好感，只是直到梁域出国追梦，这层窗户纸都没有被她捅破。

随着年纪渐长，思虑成熟，她越来越觉得她对梁域的感情好像缺了点什么。这并不是想象中那种令人心动得无法控制的感觉。

她对他的感情，更像是少女时代虚幻的梦，一个幻想成为公主的女孩对王子的梦，梁域只是恰好符合王子的要求而已。

直觉让她无法迈出那一步。

两个人上次聊天还是在上个月。梁域在非洲拍野生动物，信号非常差，时常找不到人。加上非洲和国内有时差，休息时间凑不到一块儿，于是他就说等他回国再联系。

没想到等到的就是这么没头没尾的一句话。

没过一会儿，梁域的电话就打了过来。

"我回国了，蓁蓁。"梁域的声音带着笑意，"早上刚到的宁川，一落地就给你打电话了，但可能打扰到你了。"

他说得委婉，但言蓁立马就听出了话外音。早上她睡得正香，完全不知道有这回事，那么肯定是陈淮序帮她接了电话。

她一时心情有些复杂。

梁域见电话那头迟迟没有回音，又问："是男朋友吗？"

午后的阳光很是刺眼，言蓁眯起眼睛看着对面的树，顿了一会儿才回复："不是。"

"原来不是。"梁域笑了一下，"那还好，不然我怕他误会，还想着要不要解释一下。"

"没关系。"言蓁简短地回答。

两个人又陷入沉默，良久，梁域再次开口："今晚有空吗？徐闻他们给我办了个接风洗尘的聚会，你要不要来？"

李叔的车缓缓地停在了路边，言蓁起身，朝后座走去。她握着手机贴在耳边，上车之前，转头看了一眼陈淮序家所在的那栋高楼，朝梁域回复道："好。"

傍晚，言蓁收拾打扮好，准备出门，碰上了刚进门的言昭。

他刚从美国飞回来，风尘仆仆的，脸上还带着倦色，但看见言蓁光鲜亮丽地准备出门，还是轻轻地挑了挑眉毛道："打扮得这么漂亮，今晚又是赴谁的约？"

"梁域回国了，今晚有个聚会。"言蓁从楼梯上走下来，道。

"梁域回来了？"言昭明显有些意外，但很快便露出了一个了然的笑容，"怪不得。"

"怪不得什么？"

"没什么，"言昭踩着拖鞋往客厅走去，"只是感慨一下，刚下飞机，时差还没倒过来，就要被人拽着去喝酒。"

他一边走一边故作思索地道："你说家里的醋还有吗？我要不要带个醋瓶去接点回来？"

言蓁被他这一番话弄得一头雾水，问："你今晚要去喝酒吗？"

"是啊。"言昭在她的身侧停下脚步，低下头打量了一下，随口问道，"你今天是不是忘记戴耳环了？"

言蓁摸了摸耳朵，察觉到不对劲，连忙返回楼上。

她在梳妆台找了半响，都没找到她最喜欢的那对全球限量款耳环。努力回忆了一下，这才想起来，原来是昨晚在陈淮序家顺手摘了下来，今天中午又急着走，完全忘了耳环的事情。

这可怎么办？

她先找了另一对戴上，一边往外面走，一边思索着方案。

这一想就是一路，眼看着车子快行驶到目的地了，她咬咬牙，给陈淮序发了一条消息：我耳环丢在你那儿了，你找人送到我家来，费用我来出。

发出去之后，她始终有些忐忑，生怕陈淮序告诉她，他已经丢了那对耳环。

那款耳环现在可买不到了！

酒吧包厢的门近在咫尺，她正准备推门而入，手机屏幕一亮，是陈淮序的回复：要就自己来拿。

言蓁推开包厢的门，一屋人的目光瞬间聚了过来，有惊艳有赞叹，让她的心情好了不少。

"蓁蓁，好久不见。"梁域从沙发上起身，笑吟吟地向她走来，展开了双臂，要给她一个拥抱。

许久没见，他晒黑了，也更壮实了，唯一不变的是唇角的笑容，和她小时候见到的分毫不差。

她走过去，轻轻地和他拥抱了一下，很快便分开了，道："好久不见。"

属于男人的气息铺天盖地而来，言蓁在这时却不合时宜地想起了另外一个拥抱，是截然不同的感觉。

她面上挂着礼貌的微笑，不让自己在众人面前失了分寸，心里却在想自己真的是见了鬼了。

一定是陈淮序刚刚那条蛮不讲理的回复气到她了，所以她才这么惦念他。

这次聚会是给梁域接风洗尘，来了很多他的朋友，言蓁不怎么认识，梁域便带她一一介绍。有好事者吹了个口哨，调侃道："未来嫂子？"

言蓁顿时有些尴尬，连忙摆手。梁域笑道："注意点分寸，别吓着人家。"

认识完人之后，梁域带着她来到包厢的角落里，从口袋里拿出一个盒子递给她，道："这是我从非洲给你带的纪念品，要不要看一下？"

言蓁接过来，打开，里面是一条极具非洲部落风格的兽骨手链。

"这是我在非洲拍野生动物的时候，遇到的一个当地部落，他们的手工工艺品。"梁域解释，"价格不是很贵，但风格很独特，我拜托他们定制了这款，在国内是买不到的。"

言蓁端详了一会儿，笑道："谢谢梁域哥哥。"

梁域看着她的笑容，忍不住也笑了，声音轻了起来："蓁蓁，这次回来，我会一直待在宁川了。"

她有些不解地道："嗯？你不出国拍照片了吗？"

"那都算出差了，这次回国，我会在宁川设立工作室，之后就彻底安定下来。"

昏暗的光线里，他低下头看着她，道："蓁蓁，其实我……"

"梁域！"有人大喊着打断了他的话，"你是今晚的主角，跑到那个小角落干吗？快过来，赶紧的！"

他无奈地笑了笑，和言蓁道了歉，转身往人多的地方走去。

言蓁倚在窗边，正打量着那条手链，就感觉到手机在振动，是消息提示。

她点亮屏幕，陈淮序又发了一条信息过来：我这里不是保管库，给你三天时间，你不来拿的话，我就交给言昭，让他顺便带给你。

表面上是为她着想，提供了拿回耳环的方案，可仔细一想，压根儿就是威胁。

言蓁根本不可能让言昭知道这件事。

她要怎么向言昭解释，她的耳环丢在了陈淮序家？

她愤愤地按灭了屏幕，将手链揣进包里，连聚会也没心思参与了，咬牙切齿地在心里想：怎么会有陈淮序这么可恶的男人？！

第二天早晨，言蓁在言昭出门前，成功地把他堵在了门口。

"真难得，你居然起这么早。"言昭看了一眼手表，"要去哪儿？我捎你？"

言蓁没回答，而是看着他，问："你后天是不是要出差？"

"这你也知道？"言昭笑道，"又去问我助理了？"

她抱着言昭的手臂，撒娇似的晃了晃，道："带上我吧！听说你们住温泉酒店呢！"

言昭敏锐地捕捉到关键词，问："我们？"

言蓁顿时慌了一下，道："我是说……你们公司的人啊！我在家无聊，我也想去。"

言昭从口袋里掏出车钥匙，道："都是主办方统一安排的，你想去玩的话，自己找几个小姐妹不是更好？跟着我，我可没空陪你旅游。"

"不要你陪，我自己也能玩。"言蓁抓住他的衣角，威胁道，"你带不带我？不带我今天就别想走了。"

言昭看了她一会儿，叹气道："行，但我们提前说好，你不许给我惹麻烦。"

她哼道："我能给你惹什么麻烦？"

"也是，"言昭笑了笑，往门外走去，只留下轻飘飘的一句，"你这么积极，估计是去给别人惹麻烦的。"

目送言昭的车缓缓地消失在门口，言蓁迅速跑回房间，给陈淮序发了一条消息：把我的耳环带着，我们后天见。

按下"发送"以后，她忍不住扬了扬唇角，有些许得意。

这次，她的计划一定会成功。

两日后，言蓁跟着言昭一起到了 F 市。

飞机一落地，就有专人专车接言昭去参加商务活动，言蓁没法一起参与，只能自己先去酒店安顿。

在办理手续等入住期间，她听见旁边柜台的工作人员在核对预订房间的名单，显然是谨慎地在做最后一遍确认。

毫不意外，除了言昭，她听见了陈淮序的名字。

言氏和和夏共同投资了一个项目，近期在 F 市落地。作为投资方，他们都被邀请过来参加开幕仪式以及庆功宴。

因此，言蓁跟着言昭过来也算是师出有名，总不至于让陈淮序怀疑她是别有用心。

在酒店消磨了一下午的时间，她吃完晚餐，特意路过二楼的宴会厅，果然看见里面觥筹交错，气氛正盛，显然一时半会儿不会结束。

按照行程，言昭和陈淮序都会参加这场晚宴，所以他这个时候绝不会在房间里。

言蓁转身回到酒店大堂，挂上一贯端庄的笑容，然后找到了经理，让他帮忙放自己进陈淮序的房间。

经理拒绝得很干脆："抱歉，没有客人的允许，我们不能这样做。不然您联系一下房主？"

言蓁装出一个为难的表情，毫无负担地开始撒谎："是这样的，我是他女朋友，今天是我们在一起一周年纪念日，他不知道我来了，我想给他一个惊喜。"

经理的表情有一丝的动摇，道："两位是情侣？"

"对啊。"言蓁从手机里翻出一张自己和陈淮序的合照，"不信你看，我们认识的。"

右手边的言昭被她提前裁掉了，伪装成了两个人的合照。

看经理仍在犹豫，言蓁拿出最后的武器，放软语气开始打感情牌，面不改色地继续胡编乱造："我们的感情真的很好，这次一周年本来是说一起庆祝的，但他临时有事要出差，我就特意请假飞过来，不想让我们之间留下遗憾。"

她那双眼睛很是动人，春水满盈，看着就让人心软。

经理有点招架不住美女这样的哀求，于是道："这样，我去请示一下可以吗？"

言蓁点头，看着他脚步匆匆地离开了。

几分钟之后，经理笑容满面地回来了，道："您好，这边可以让您进去。需要帮您布置一下房间吗？"

"不用，"言蓁见目的达成，便挥了挥手，"不麻烦你们了，我自己来就行。"

"好的。"经理带她到了陈淮序的房间门口。

另一个工作人员双手递上一个礼盒："这是酒店的一点心意，祝二位一周年甜甜蜜蜜。"

这服务还真是周到。

言蓁接过礼盒，朝他们道了谢，目送着他们离开，然后进了房间关上房门，这才长舒了一口气。

她打开盒子看了一眼，里面还挺丰盛，有酒店的温泉套票、双人餐券，还有精油、香氛、玩偶小礼品，她翻到最里，甚至看见了一盒避孕套。

是不是有点周到过头了……

她随意地将盒子放在桌子上，转身开始寻找陈淮序的行李箱。

他肯定不可能把耳环带在身上，那么就一定在行李里。

言蓁很不想做这种事，可是没办法，谁让陈淮序不肯把耳环寄给她，非要她亲自去拿的？

他不仁，就不能怪她不义。

她拖出行李箱打开，没找到耳环，于是悻悻地合上，又开始在房间内漫无目的地找。

他到底放到哪儿去了？

不对，他该不会压根儿就没带过来吧？

被自己的猜想惊到后，言蓁思绪混乱，随手拉开床头柜的抽屉，就听见房门外传来不疾不徐的脚步声。

脑海里警铃大作，她慌张地起身，焦急地环视四周，看到了一扇门，毫不犹豫地冲了进去。

隔间里居然是温泉池。水声潺潺，雾气缭绕，仿佛仙境一般。

她看到最里面有个一人高的盆栽，便想过去避一避。没想到地面湿滑，她走得又急，没走两步就脚下一滑，整个人摔进了水池里。

"扑通"！

巨大的水声响起，与此同时，推拉门被人用力地拉开了。

言蓁从水里挣扎着站起来，就看见西装革履的陈淮序半倚在门边，一脸"我就知道是你"的似笑非笑的表情。

她抹了抹脸上的水渍，有些气急败坏地道："你怎么这么快就回来了？"

陈淮序轻轻地笑道："当然是回来抓小偷的。"

"你才是小偷！"言蓁有些恼怒，"谁让你不还我耳环！"

温泉水将她的衣服全部打湿了，湿淋淋地贴在身上，难受极了。她看向陈淮序，他居然毫无反应，正十分悠闲地看着这一幕。

一点绅士风度都没有。

她趴在池边，朝他伸出手，命令道："拉我。"

陈淮序这才缓步走了过来。

他半跪在池边，握住她的手腕。在快要被他拉出池子的时候，言蓁用力地扯了他的手臂一下，于是水池再次溅起巨大的水花。

这下两个人都成了落汤鸡。

看着陈淮序湿透的样子，言蓁很是开心，一边大笑一边还嫌不够，不停地把水往他身上泼。

陈淮序站在温泉里，摸了摸发梢，看见言蓁这么高兴的样子，也跟着笑，随后伸出手将她拽了过来，低下头吻她。

湿发上的水滴不住地往下坠，让言蓁几乎睁不开眼睛。她挣扎着推开了他，用力地抹了抹脸，紧接着爬出池子向外面走去，踩下一串湿漉漉的脚印。

她走到卧室里，这才想起自己现在这个样子根本没法出门。

她转头欲找陈淮序，却发现他正一边往里面走，一边解着湿透的衬衫扣子。

大片肌肤渐渐显露出来，言蓁连忙别开眼睛，急道："你脱什么衣服！你不要脸！"

"这是我的房间，我为什么不能脱衣服？"

好在他并没有让言蓁难堪，只脱了衬衫，从浴室里拿出一条毛巾递给愣在原地的她，道："不难受吗？不去洗个澡？"

言蓁不甘极了，然而也没办法，接过毛巾后瞪了他一眼，径直走进浴室。

等她洗完，吹干头发出来时，卧室里已空无一人，地上的水渍也被清理干净了。

她将浴袍裹紧了一点，走出卧室，发现陈淮序也洗过了。他换了一套衣服，正坐在书桌前，平静无波地看着电脑。

她走到桌前，叫了他一声："陈淮序。"

他没应声。

言蓁只当他是故意无视自己，有些恼怒，绕过桌子走到他的身旁，伸出手在他的眼前用力地晃了晃，道："陈！淮！序！"

他这才抬起头看她，只是那目光里多了几分不那么好琢磨的笑意。

"怎么了？"她被他这种眼神看得有些发憷。

他轻描淡写地道："我在开视频会议。"

一道惊雷在脑海里劈开，她转头去看他的电脑屏幕，上面果然是一排小方框，里面装满了人。

来不及再想别的，言蓁落荒而逃。

回到卧室，她的手指好像都在抖，懊恼又痛苦地埋在枕头里呜咽，责怪自己怎么就出了那么大的洋相。

大晚上的，穿着浴袍，出现在陈淮序的房间里，还被视频会议捕捉到了。要是被人发现那双手是她的，她可以不用活了。

言蓁在床上翻来覆去许久都不敢出去，只好给陈淮序发微信，问他结束了没有，让他赶紧找人给自己送一套衣服过来。

陈淮序只简短地回复：在忙，你先睡。

对衣服的事避而不谈。

言蓁知道这人是不能指望了，然而她也不敢穿着浴袍就这么跑回自己的房间，更别说让言昭送衣服过来，那无异于自杀。

她找不到解决方案，只能把自己裹进被子里，打算走一步看一步。

时间一分一秒地流逝，言蓁有点犯困，她看了一眼时间，又看了看床，将床上多余的枕头全部收集起来，一齐扔进了衣柜最深处，用备用的被子遮挡住。

这样一来，床上只有一个枕头供她用，暗示非常明显。

陈淮序要是想睡觉，那就知难而退，自觉睡沙发去吧。

她对自己的想法很是满意，美美地躺下，关了灯，很快便进入梦乡。

然而事与愿违。

没过多久，言蓁还是被身后的窸窣动静给吵醒了。

她迷糊地回头，就看见陈淮序那张脸离得格外近，近得让她有些恍惚。

言蓁揉了揉眼睛，道："只有一个枕头，这床归我了，你去沙发上睡。"

"这是我的床，我的枕头，"他停顿了一下，用指尖轻抚着她的脸颊，轻轻地笑了，"就连人也是我的，我为什么要去睡沙发？"

她才不和他讲这些道理，伸出手推他，道："我不管，你不许睡这里。"

他伸出手抱她，慢条斯理地道："今晚是我们恋爱一周年纪念日，不应该好好纪念一下？"

言蓁一惊，睡意彻底消失了，道："他们居然告诉你了？你怎么知道的？"

"不然你以为前台为什么会放你进来？"

言蓁从床上挣扎着爬起来，然而没想到浴袍的一角无意间被他压住了，扯动间腰带松散开来，浴袍顺着肩头滑落下来，大片白皙的肌肤裸露在空气中，曼妙春光一览无余。

言蓁慌忙躺回去裹住自己，去扯被他压住的浴袍一角，然而陈淮序不遂她愿，将那一块压实，又将她拉回怀里，翻身压住。

他不急不缓，故意撩拨道："自称是我女朋友，偷偷摸摸地跑到我的房间来，你这不是故意在勾引我？"

"谁勾引你了？你不要自作多情！"她又羞又气。

"是吗？那为什么扔了其他枕头？想让我和你睡一个？"

他故意曲解言蓁的动机，把她气得够呛。言蓁用力地推开了他，没好气道："我认输，算你狠。我去睡沙发，行了吧。"

她从柜子里拿出藏起来的枕头，瞪他一眼，头也不回地出了卧室。

陈淮序靠在床边，过了一会儿看了一眼时间，起身走到客厅，看见那一抹白色的身影在沙发上蜷成一团，乌黑的长发垂落，乖巧安静。

他走近，将熟睡的人抱起，又走回了卧室。

言蓁直接睡到了第二天中午。

房间里空无一人，床头放着她的衣服，应该是陈淮序回她的房间替她取的。

她完全忘了计较自己为什么会睡回床上，伸手去拿手机，随手点开，被满屏幕的未读消息通知弄得有些措手不及。

应抒起码给她发了二十条消息。

应抒：大新闻！给你看个好东西！

应抒：[图片]

应抒：今晚陈淮序开视频会议，据说还是他们公司的高管会议，那么正经的场合，镜头里居然出现了一个穿着浴袍的女人！不过只露出了一只手，不知道是谁。

应抒：会议没录屏，但不知道谁截了一张图，现在圈里都传开了。我加的一个名媛群里扒了这个女的一晚上了，说要看看到底是什么样的人能拿下陈淮序。

应抒：你不是一直要抓他的把柄吗？这不就来了？你哥和他的关系

那么好，旁敲侧击一下？

应抒：言蓁你人呢？这么大的瓜你不吃？

应抒：这个时候不回消息，总不能是过夜生活去了吧？！

应抒：【对方已挂断】

…………

晚上 11 点半，那时候她好像睡了。

言蓁有些心虚，又有些不安，给应抒回了个电话。

"我的大小姐，你终于出现了，"应抒说，"再不回复我都要以为你失踪了。"

"我看到你给我发的消息了，"言蓁决定单刀直入，"她们最后扒出来那个女人是谁了吗？"

"好像还没有，"应抒似乎是在吃午饭，口齿有些含糊，"毕竟就一张模糊的截图，信息量那么小，哪有这么好找。"

言蓁闻言悄悄地松了口气。

"不过你想查的话，我给你支个招。"应抒话锋一转，"那个女人的指甲我有印象，肯定是在我俩常去的那家店做的，那个风格样式其他地方见不到。"

言蓁刚刚放下去的心又陡然悬了起来。

言蓁看了一眼自己的手，欲盖弥彰般将指尖藏进手心里，咳了一声道："也不一定吧，全国那么多美甲店呢。"

应抒化身名侦探，道："但陈淮序在宁川，他要谈恋爱的话，对象肯定也在宁川吧。指不定下次咱俩去做指甲的时候就能碰到那个女人。哦，对，我看她和你的品位还挺像，可能还是同一个美甲师，有空去问问。"

言蓁的笑容越来越僵硬了，闲聊了几句，便匆匆地挂了应抒的电话，又看了看自己的指甲。

应抒倒是真的提醒她了。图片里的美甲风格那么明显，今天她要是顶着一模一样的美甲被人看见，那岂不就是送上门的证据？

而且连应抒这个和陈淮序没什么交集的人都吃到瓜了，陈淮序那圈朋友怎么可能收不到消息？尤其是言昭，他百分百也知道了。

言蓁越想越忧虑，连忙在附近约了个美甲，总之先把指甲重弄了再说。

她快速洗漱完毕，走出卧室，恰好遇到陈淮序打开房门走进来。

他上午似乎是去参加活动了，西装笔挺，一丝不苟，仍旧是平时那副冷淡斯文的模样。

看到言蓁站在门口盯着他，他停下脚步，道："怎么了？"

她问出口："昨晚你开会那件事……没什么不好的影响吧？"

"嗯。"他应了一声，表情没什么波动，显然是不甚在意。

言蓁都看到这么多消息了，陈淮序作为当事人，收到的"关怀"肯定只会多不会少。他居然还能这么平静，心理素质可真是强大。

她有些底气不足，犹疑着问："你不会出卖我吧？"

陈淮序弯起手肘，慢条斯理地折了折袖口，道："怎么样算出卖？"

"当然是……"

谈话间，言蓁的手机响了，"哥哥"两个大字出现在屏幕上，让她有一瞬的慌乱。

她连忙转身往卧室走去，接起电话："喂，哥。"

言昭："收拾一下，待会儿带你出去吃饭。"

"出去吃饭？"

"不是那些客套的饭局，就是几个朋友简单地吃一顿，反正你一个人在酒店里也无聊。"

熟悉的气息从身后接近，贴上她的肩膀。言蓁吓了一跳，转头去看，陈淮序正越过她往房内走去，一边走还一边脱着外套。

她有片刻的走神，直到言昭在电话那头又问了一遍，才急忙回复：

"我知道了。"

挂了电话，陈淮序也已经换好了衣服，言蓁心里有一种不好的预感："待会儿吃饭，你不会也去吧？"

"是，"他将西装外套挂了起来，"言大小姐有什么指教？"

言蓁快步走过去，用命令的口吻道："待会儿要是有人问起，不准把我们的关系说漏嘴，明白吗？"

他不急不缓地道："我们是什么关系？"

言蓁一时有些语塞，找不到词形容，气急道："总之你自己想好理由应付，别供出我，不然你死定了。"

"你放心，"陈淮序将衣橱的门合上，"我只知道，昨晚我和我女朋友度过了一个非常愉快的夜晚。至于女朋友是谁，她暂时不肯给我名分，不想公开，这个答案可以吗？"

她没什么意见："反正你自己圆得上就行。"

酒店大堂。

言昭低着头看着言蓁的手，问："天气也不是很冷，你戴什么手套？"

"这是现在的潮流，你不懂。"言蓁随口胡扯，推着他往前面走，想岔开话题，"快点，我饿了。"

"等等，淮序还没下来。"

提到陈淮序，言蓁有些许不安，但又不能在言昭的面前表现出来，只能强装镇定，和他一起站在酒店大堂等着。

胡思乱想间，一个高挑挺拔的男人出现在视野里。

言蓁站在言昭的身后，低着头装作玩手机，一副不在意的模样，等陈淮序走近，这才探出头偷偷地去看。

言昭果然也听说了昨晚的八卦，开门见山地道："人呢？出差都跟过来了，怎么不带出来见见？"

言蓁的心颤了一下，紧张地看向陈淮序。

他没正面回答："以后有的是机会。"

"蓁蓁，听见了吗？"言昭微笑，"以后找男朋友别找你淮序哥哥这样的。连女朋友都不敢介绍给大家认识，多半是不想给名分，玩弄人家的感情。"

言蓁毫不犹豫地道："绝对不会。"

陈淮序的目光沉沉地扫过来，道："你们兄妹俩挺会一唱一和的。"

言昭唇边的笑意更深了，回敬了一句："过奖。"

言蓁："什么？"

陈淮序这话好像不是在夸他们吧……

虽然听两个人一来一回高端交战很有意思，但言蓁只想着吃完饭赶紧去做美甲，戴着手套又丑又闷，真的难受死了。

言昭抬起腿往外面走去，道："车已经到了，我们先上。"

言蓁紧跟在言昭的身后，陈淮序却没动，道："我打个电话，你们等我一下。"

说着，他拿出手机往酒店大堂另一侧僻静处走去。言蓁不疑有他，跟着言昭钻上了车。

二十秒后，她收到了陈淮序发来的微信：侧门花园，过来。

她吓了一跳，连忙捂住屏幕看向一旁的言昭，见他没注意到这里，便小心翼翼地侧过身体，挡着他可能投过来的视线，飞快地回复：你要干吗？我才不去。

陈淮序：你确定？

短短三个字，言蓁却听出了明目张胆的威胁意味。言昭就在一旁，她不敢发作，只能咬着牙打字：马上就要出发去吃饭了，有什么事回来再说。

陈淮序：你现在过来，我们就能快点解决。

陈淮序：给你一分钟。

言蓁不明白这个人突然抽什么风，握着手机纠结得不行。眼看一分钟快要过去了，她越来越慌，生怕陈淮序和她鱼死网破，把她抖出来，于是心一横，打开车门跳了下去："哥，我去一下厕所，马上回来。"

说完，连言昭的回复都等不及，她迅速跑进了酒店，飞扬的裙摆在风中热烈地绽开。

这家酒店的大厅侧边有个小花园，平时很少有人去，更何况现在是中午。

言蓁匆匆地赶到，就看见陈淮序一个人站在那里，除了小池塘的潺潺水声，四周静悄悄的，什么也听不见。

她喘着气，问："你这是怎么了？要我来做什么？"

陈淮序看了一眼她身后，确认没人后，将她拽到怀里，扣住她的后脑勺，低下头就吻了下来。

来势汹汹，带着不小的力度，让人措手不及。

"嗯……"言蓁挣扎着推他，"陈淮序！"

身旁突然传来脚步声，打断了两个人之间的旖旎氛围。言蓁吓了一跳，陈淮序松开她的嘴唇，伸手将她往怀里护了护，然后侧头看去。

是昨晚那个酒店经理。

经理看见两个人搂在一起，显然有些惊讶，但很快表现出了极高的职业素养，迅速地垂下目光，道："抱歉，打扰二位了，请问需要暂时封闭这个花园吗？"

这酒店怎么连这种服务都提供啊？！

"不用，我们马上就离开了。"陈淮序的回答很是简短。

"好的，祝二位恋爱周年快乐，本次入住之旅愉快。"经理挂着真诚的微笑，退出了花园。

"恋爱周年"四个字，在这个时候显得十分突兀，但也提醒了两个人，他们在酒店的工作人员面前扮演着什么样的角色。

人走后，陈淮序没有继续下去的意思，言蓁便松了口气，但很快质问道："你把我叫来就是为了做这个？你是不是变态？"

"没什么，只是确认一下。"

"确认什么？"她狐疑道。

陈淮序慢条斯理地道："有人嘴上说绝对不会找我这样的男朋友，但还不是在这里和我接吻，甚至——过恋爱周年？"

言蓁有点难以置信，他居然在计较这个？！

"什么恋爱——"她咬牙，"那是我随口诌骗他们的，你我都心知肚明，你不要顺杆爬。"

"是吗？那正好，经理还没走远，你可以去澄清一下。"陈淮序一副十分大度的样子，"需要我帮你叫住他吗？"

说完，他作势要往外面走去，言蓁吓得连忙捂住他的嘴巴，抱住他的手臂将他往回拖，道："陈淮序，你疯啦？"

言蓁怎么可能承认自己的谎言？那她的脸往哪儿搁？她以后还要不要住这个酒店了？！经理如果再稍微较真一点，她会被当成坏人吧？

"不澄清？那我就当你承认了。"

在酒店面前丢脸，还是在陈淮序面前丢脸，她抿起嘴唇，一时间不知道哪边的后果更难以承受。

她还是选择了后者。

言蓁一口气憋回肚子里，脸颊都红了一片，漂亮的眼睛瞪着他，生气之余，看起来还有一点小委屈。

陈淮序掐了掐她的脸颊，道："今晚把时间空出来。"

言蓁以为他又要做坏事，拍掉他的手，气急败坏地坏道："死变态！

你……你想得美！"

他没有继续反驳，而是抬起手腕，指了指手表道："言昭还在等，你先回去，我过会儿来。"

言蓁这才想起正事，转头就往外面走，但心里始终咽不下这口气，回头冲他放狠话："陈淮序，你给我等着。"

"嗯，"陈淮序将手插进口袋里，嘴角含着笑意，"说了，我今晚等着你。"

言蓁气冲冲地回到车上，始终觉得哪里不对劲。

陈淮序似乎总有办法抓到她的漏洞，然后步步为营，逼她答应一些过分的条件。

不该是这样的，她不能坐以待毙。

趁着陈淮序还没回来，言蓁决定向言昭求助。

"陈淮序的弱点？"言昭抬起头，眼里带了点玩味，"你想做什么？"

"他太嚣张了，想治治他。"

言昭勾了勾手，言蓁立刻乖顺地凑过耳朵。听完之后，她有些迟疑，道："真的假的，你没骗我吧？"

"要是不成功，你来找我。"

三个人共乘一辆车来到餐厅。和他们一起吃饭的人已经到了，也是三个人，两男一女，穿着气质皆是不俗，一看就知道也是行业内的佼佼者。

陈淮序因为昨晚的绯闻，一来就收获了围观和不怀好意的调侃。言蓁代入自己，怕是会羞得恨不得找个地缝钻进去，而陈淮序应对自如，甚至开始睁着眼睛说瞎话。

"刚在一起没多久。"

"嗯，以后一定正式介绍给你们认识。"

"结婚也在计划范围之内，有好消息一定通知你们。"

得，还越编越起劲了。

言蓁看着他们，从对话间隐约了解到这几个人应该是陈淮序和言昭在美国留学时的同学，都在F市工作。这次他们出差过来，正好有空，便出来聚一聚。

寒暄一番之后，大家落座了。言蓁跟着言昭坐下，陈淮序坐在了言蓁对面。

聊天内容大多是他们在美国读书时的那些事，言蓁插不进话，只能一边吃着一边听着。

"这么一聊，感觉真的是好久没见了。"穿灰色西服的男人感叹道，"上次咱们一起吃饭，好像还是Wilson来国内出差，是不是？"

提到毕业后选择留美的同学，话题又开始转向。

"言昭我知道，要回国继承家产嘛，但陈淮序你不留美是真的可惜，当初G家给你开的条件那么好，以你的能力，现在怎么也混个高管了。"

一旁的女人立刻接话，不以为意地道："你这话说的，人家现在回国创业也成功了，自己当老板不比给人打工强？"

"哎，你这么说可真是冤枉我了。"男人举起双手表示无辜，"要留美是陈淮序当初自己说的，本科的时候还为了这件事一直在找实习呢。"

探究的目光齐刷刷地投向当事人，陈淮序轻轻地颔首道："是这样。"

另一个男人好奇地道："那为什么硕士读完还是回国了？难道是看到创业机会了？"

"也没那么玄乎，"陈淮序用指尖轻轻地摩挲着玻璃杯的边沿，"本科就出国是因为不想待在国内了，觉得没意思。"

家庭给他带来的创伤让他实在对这片土地没什么留恋。

"后来想回国……"

他顿了一下，言蓁隐约觉得他往自己这里看了一眼，但那目光转瞬即逝，快得又好像是一场错觉。

"后来想回国，单纯就是因为有了挂念了，就这么简单。"

聊天又持续了一会儿，坐在陈淮序身旁的女人没注意，手肘不小心碰到了叉子，带着油污的叉尖从陈淮序的袖口擦过，拖出一片深色的油渍，随后掉落在了地上。

"对不住，对不住。"女人慌张起来，"是我不小心，不然送到这附近干洗一下吧？"

"没关系，"陈淮序抬起手示意不是什么大问题，"待会儿回酒店换一件就好了。"

言蓁不知道陈淮序的情况，但言昭的衣服全是高级定制，像这种沾了油污的，只有丢掉的份儿。

陈淮序应该也差不多，但此刻他也没有斤斤计较，反而表现得很是大度。

这让言蓁的心里很是恼恨。

之前他来言家，巧克力贪玩磨牙，咬坏了他的裤脚，明明不是她的错，陈淮序非说监护人要承担责任，拽着她陪他去买新衣服，耗费了她一下午的时间。

虽然最后钱是他自己付的。

和她这么计较，怎么对其他人就这么礼貌宽容呢？

她恨恨地想着，又起一块蛋糕放进嘴里。

仿佛是察觉到她的怨恨，陈淮序的目光忽然扫过来。两个人的视线在空中交汇。

片刻，他的目光轻轻地移开，唇角却不自觉地舒展了一下。

言蓁觉得这饭局实在是无趣，她兴致缺缺地听着他们聊天，看着对面的陈淮序侃侃而谈的从容表情，突发奇想，伸出脚，慢慢地探了过去，然后踩在了他的脚背上。

他们坐的是一张长桌，桌布直垂到地下，遮住了桌下所有的动作。这也是言蓁敢这么肆无忌惮的原因。

陈淮序看了她一眼。

言蓁回复了他一个无辜的表情。

踩了一会儿，见陈淮序没反应，言蓁大胆起来，抬起脚尖去勾他的小腿。

陈淮序又看了她一眼。

言蓁面上强装淡定，低着头切着牛排，不动声色地继续往上，踩了踩他的膝盖。

陈淮序终于有了反应。

他微微前倾，垂下手探进桌布里，抓住了她的脚踝。

言蓁一慌，想抽回脚，却发现没抽动。

她努力不让人看出自己的异样，咬着嘴唇，试图用目光逼迫他赶紧松开。

可陈淮序压根儿没看她，手腕微微用力，让她动弹不得。

他云淡风轻地聊着天，大家完全察觉不出桌子下其实正在进行一场暧昧博弈。

言蓁紧张极了，放下叉子，用双手撑着椅子，借力往回收腿，猛然一下，终于从陈淮序手中逃了出来。但由于用力过猛，她控制不住地向后磕了一下，椅子在地板上摩擦出刺耳的声音。

"怎么了？"言昭转头问，一桌人的目光都投了过来。

"没、没事。"言蓁慌忙将脚穿进鞋里，脚心好像都是滚烫的，"我去一下洗手间。"

镜子映出言蓁略微泛红的脸颊，水流冲着她的双手，她心不在焉地交叉指尖搓洗着，越想越气。

凭什么？

怎么陈淮序对别人就那么绅士礼让，对她反而斤斤计较、变态下流？

按理来说，那个人是他的同学，而自己比他还要小五岁，他更应该温柔对待自己才对。

她擦完手，用力地将纸巾扔进垃圾桶里。

真是可恶死了！

言蓁再回到饭桌上的时候，午餐已经接近尾声。

今天是工作日，其他人下午还得回去上班，不好耽搁太久，于是大家简短地道别，在餐厅门口分道扬镳。

言昭问她："下午有什么打算？"

"去做美……美容，"言蓁差点把"美甲"两个字说漏了嘴，"我都约好了。"

"好，那就先送你过去。"言昭吩咐司机，"待会儿你结束后，再让司机来接你。"

言蓁看了看他，又看了看陈淮序，道："你们呢？"

"下午新项目那边要开个股东会，晚上还有个饭局。"

"哦——"她拉长了语调。

"无聊了？"言昭笑道，"早和你说别跟来。"

她非要跑来还不是因为陈淮序！结果耳环没拿到，还莫名其妙地闹出个乌龙。

想到这里，言蓁很是不满。

陈淮序神色淡定地接收她的眼刀，并客气地询问："下午如果你逛街的话，方便帮我挑一套新衣服吗？晚上饭局穿。"他抬了抬手臂，指着袖口道，"脏了。"

要她买？可言蓁明明记得他还有衣服的。

"你确定要我买？"她吓唬他，"你就不怕我给你挑一套很丑的衣服，让你穿出去出洋相？"

言昭提醒："蓁蓁，晚上的饭局很重要，不能开玩笑。"

她哼道："重要那就别让我买嘛，找助理不行吗？"

陈淮序慢条斯理地道："当然是因为我相信你的眼光。"

言蓁："什么？"

她怎么就不信呢。

可事已至此，不帮忙倒显得她有点小气，于是她只能答应下来。

车很快便开到了目的地。

"等一下。"

言蓁刚下车就被叫住了，她回头，陈淮序从车里钻了出来。

"怎么了？"

她有一瞬的不安，不知道陈淮序这是要做什么，言昭可就在车里看着。

所幸他并没有什么过分的举动，只是从钱包里抽出一张卡，递给她，道："我的卡，密码是610723。"

她松了一口气，摆摆手道："一件衣服而已，我有钱。"

"我知道，但我的衣服，暂时还没有让别人买单的打算。"

言蓁只当他是莫名其妙的自尊心发作，从他手中接过卡，嘀咕了一句："真麻烦。"

陈淮序补充道："你有其他想买的，也可以刷这张卡。"

他有这么好心？

言蓁早已对他说的任何话都不抱信任，抬起眸子狐疑地看着他，怀疑他又在打什么小算盘。

"给你一个报复我的机会，"陈淮序缓缓地道，"过了这村就没这店了。"

他显然很会拿捏言蓁的心理。听了这话，她立刻捏紧了卡，装模作样地打量了一下，然后轻"哼"了一声："先说好，我花起钱来可不眨眼睛，而且这是你让我花的，我不会还！也不会答应你什么别的条件！"

"嗯，不用还钱。"

后半句话陈淮序没说。

人抵给他就行。

言蓁逛了一下午，给陈淮序挑了一套西装，迎着快要落山的太阳返回酒店。

她发了一条消息给陈淮序，让他的助理来酒店大堂拿。

落日余晖从酒店大厅的落地窗投进来，洒在来往行人的肩膀上，扯出一条条长长的影子。

她无聊地踩着影子玩，就看见一群人从门口走进来，有说有笑地聊着天。

谈话声断断续续地落到她的耳朵里。

"……忙了一天终于能休息了，下午那会开得也太久了，我听得都快睡着了。"

"那你真应该坐到我这个位置来。我后面两个小姑娘，为了言昭和陈淮序到底谁长得更好看，争论了快一个下午。"

"这有什么好争的，那肯定是我们陈总赢啊。毕竟他给我发工资，我坚决拥护他。"

听起来还是和夏的员工。

"我倒觉得言昭不错。陈淮序有点太冷了，不是我的菜，而且他不是都有女朋友了？昨天那个截图爆出来以后，群里那个盛况真的是，哭倒一大片。"

一提到八卦，他们显然来了兴致。

"说到女朋友，有人扒出来了吗？按理说很好找啊，和我们住一个酒店，指不定吃早餐的时候就能偶遇。"

言蓁的心一紧，转过身去，装作欣赏一旁的盆栽。

"哪有那么容易，光凭一双手你能认出什么来？"

虽然已经做了新的指甲，但她还是紧张地将手塞进衣兜里。

此地无银三百两。

"我觉得像他那种工作狂，应该会喜欢聪明知性的职业女性吧，所以应该是个气质美女。"

"我也觉得。"

众人开始八卦陈淮序究竟喜欢什么类型，热闹的笑声渐渐远去。

直到头被轻拍了一下，言蓁才恍然回过神来，陈淮序正站在她的身后，问："发什么呆？"

言蓁看了看他的身后，道："怎么是你？不是说让你的助理来取吗？"

"看见我，你不高兴？"

"那我当然是不想看见你。"她将袋子塞到他的怀里，"拿去。"

陈淮序有些不悦，又要来捏她的脸，言蓁急忙躲开他的手，慌张地往四周扫了一圈，确认刚刚那几个和夏的员工不在了，这才放下心来，咬牙道："你能不能注意点影响？万一被人看见了怎么办？"

她从包里拿出卡，递给陈淮序，朝他扬了扬眉毛，道："顺便告诉你一个好消息。本大小姐人美心善，决定放你一马。简单来说就是，我没花你的钱。

"别以为我不知道你在打什么小算盘。"她踮起脚尖靠近，刻意压低了声音，"你根本不可能那么好心。一旦我花了你的钱，虽然你嘴上说不用我还，但肯定会想办法在其他地方讨回去。你这个奸商，我才不上你的当。"

陈淮序"唔"了一声，道："变聪明了。"

"我一直都很聪明，谢谢。"

门外陆续有其他人走进来，言蓁害怕被发现，便不想和陈淮序多聊，道："我回去了。"

他拉住她，道："今晚等我。"

"今晚"这个词太过暧昧，言蓁忍不住胡思乱想，脸颊微热，拒绝道："我才不等！"

第八章
虚假眼泪

在酒店餐厅吃完饭，言蓁回了房间，早早地洗好澡，舒服地窝在沙发里吃着水果。

晚上9点了，手机毫无动静。

陈淮序让她把晚上的时间空出来，可又不告诉她要做什么，甚至这么久了也没点动静，不会又是逗她玩的吧？

言蓁正无聊地刷着手机，突然想起陈淮序的银行卡密码，开始推理。

610723。

言蓁对"61"很敏感，因为6月1日是她的生日。但她转念一想又觉得不对，陈淮序怎么会用她的生日做密码？

巧合吧。

而且这后面的"0723"看起来也像是日期，可她仔细想了很久也没有想起这一天有任何特殊的地方。

不是陈淮序的生日，不是和夏创立的日子，更不是什么节日。

那这串数字到底是什么意思呢？她想了半天也没想出个所以然。

沉思间，电话铃响起，言蓁看了一眼来电人，想也不想，挂掉了。

今晚绝不理他！

手机屏幕的光渐渐地熄灭，她盯着看了几分，再没亮起。

陈淮序没再打来。

"算你识相。"她刚要起身，门铃声突兀地响起。

他直接来她的房间了？

言蓁一慌，心急速地跳动起来。她急忙跑到门口，通过监控看到了门口的人。

是酒店的服务员。

紧绷的身体瞬间一松，心也跟着下沉。她平复了一下呼吸，打开了房门。

"小姐，您好。"服务生微笑着推着一个手推车，"这是您的客房服务。"

推车上是一束极其鲜艳的玫瑰，旁边还有一瓶看起来年份久远的红酒，以及两个晶莹剔透的高脚杯。

"客房服务？"言蓁有些疑惑，"你是不是送错房间了，我没叫客房服务。"

"没有送错，是一位姓陈的先生点的。"服务员解释道，"他说恋爱一周年，想给您一个惊喜。"

一模一样的借口，陈淮序分毫不动地还给了她。

言蓁顿时哑口无言，一时间不知道该怎么回答，却又不好反驳，只能努力地扯出一个微笑，道："谢谢。"

"还有这个，"服务员轻轻地掰开玫瑰，簇拥着的花朵中心，静静地躺着一个精致的小盒子，"请您务必亲自打开。祝两位周年快乐，长长久久。"

说完，服务员礼貌地退出，轻轻关上了门。

言蓁看着那一大束玫瑰，还有那个小盒子，有些不知所措。

陈淮序这是抽什么风？

她拿起手机，准备打电话过去质问他，然而指尖刚碰到屏幕，就想起今晚她决定不理他了。

指不定这也是他的计谋呢？

言蓁放下手机，没管那个小推车，自顾自地又坐回沙发上。

可那束火红的玫瑰实在是显眼，在无声的室内热烈地"燃烧"着。言蓁有些心神不宁，瞥了无数次，终于没忍住，跑过去打开了盒子。

她倒要看看陈淮序葫芦里卖的什么药。

黑色的丝绒盒子被打开了，一副耳环静静地躺在里面。

并不是言蓁落在他家的那一副，而是完全崭新、精致的一副，看起来价格不菲。

细碎的钻石在头顶灯光的照射下闪烁着斑斓的光，看得她有些发怔。

她立在原地半晌，终于忍不住打电话给陈淮序。

电话那头传来笑声："终于肯理我了？"

"你送花来干什么？又在玩什么把戏？"

"就当是……"陈淮序慢悠悠地顿了一下，"谢谢言小姐今天替我买衣服。"

"算你还有点良心……但你有必要弄成这样吗？我还以为你……"

陈淮序明知故问："嗯？你以为什么？"

言蓁顿时有些恼羞，就知道这个人又在捉弄她，道："我挂了！"

电话那头声音嘈杂，一点点地刺着耳膜，喊叫声和音乐声此起彼伏，陈淮序的声音听着忽远忽近的。

她不自觉地问："你在哪儿？"

"在喝酒。"陈淮序似乎是往外面走了几步，背景音逐渐变小，他的声音也变得清晰了，"宝宝想我了吗？"

"谁想你了！又发酒疯，能不能正经点！"

"饭局过后有个不得不去的应酬。"电话那头的声音很倦，带了一点循循善诱的意味，"你不来接我的话，我可能会被灌倒。"

"你被灌倒关我什么事？"

她急匆匆地挂断了电话。陈淮序很快发来一个定位，意思再明显不过了。

"不找助理找我干吗？我才不去。"她扔了手机，跳上床把自己裹进被子里，闭上了眼睛。

可她翻来覆去怎么也睡不着，干脆又睁开眼睛，发呆了半晌，有些烦躁地坐起身。

他酒量那么好，应该不会被灌倒的。

可万一他真的出事了呢？

言蓁犹豫不决，思前想后，最终心一横，掀开被子下床换衣服去了。

一个小时后，言蓁裹着大衣，来到了酒吧。

她长相漂亮，几乎是刚迈入大门，就收获了一众目光。

很快便有男人凑上来搭讪，被她不耐烦地拒绝了："离我远点。"

好不容易摆脱了纠缠不清的搭讪者，言蓁一路往里面走，顺着陈淮序给的包厢号找过去，却无意间在门口看见了他。

陈淮序半倚在墙边，像是在等人。

她脚步一顿。

他用指尖刷着手机，似乎是留意到什么，抬起眸子看来。言蓁下意识地慌张起来，连忙躲到柱子后面。

她的呼吸急促，等了一会儿之后，再悄悄探出头去看，陈淮序已经起身，往走廊的另一边走去，看起来没有发现她。

鬼使神差地，她抬起脚跟了上去。

他腿长，但不疾不徐地迈着步子。言蓁怕被发现，等两个人拉开了足够的距离，才抬起脚赶上去。

周围变得越来越冷清了，只有零星的几个人擦肩而过，喧嚣的声响都被抛在脑后。言蓁本来不想跟了，可此时也不由得更加疑惑了，他到底要去哪儿？

这么隐蔽，不知道的还以为是去偷情。

她被自己的想法吓了一跳，轻轻地捏了捏自己的掌心，恍然回过神来时，眼前的背影已经不见了。

她急匆匆地跟上，转过拐角，然而陈淮序好像彻底消失了。空荡荡的走廊什么也没有，只有手边的一个包厢门虚掩着。

他进去了吗？

言蓁屏起呼吸，慢慢地靠近，刚想把耳朵贴在门上，就听见身后传来一道清冷的嗓音，低沉悦耳："你在看什么？"

突如其来的声音让言蓁吓了一跳。她下意识地转身，还没看清来人的脸，就被拦腰抱进了他的怀里。

熟悉的清冽气息瞬间涌来，混杂着一点点红酒的微醺香甜，铺天盖地地笼住了她。

她刚想挣扎，唇瓣就被陈淮序低下头封住了。

"嘘。"他轻声地道，呼吸浅浅地洒在她的鼻尖上。

言蓁越过他的肩膀看去，不远处有两个人正交谈着走近，吓得她赶紧往他的怀里缩。

陈淮序摸了摸她的发顶，低下头又一次吻上去。他肩宽腿长，将言蓁完全地笼在自己的怀里。身后的人走过去，完全看不清言蓁的脸和身材，只能从朦胧的灯光中捕捉到一点亲密的动作。

在这里遇见情侣接吻是常事，两个人会心地相视一笑，加快步伐路过了他们。

"你还是来了，"陈淮序用指尖捏着她细软的耳垂，下了定论，"担心我。"

"你别自作多情！"言蓁躲避着他的亲吻，蹙起眉头急道，"谁知道你来这里做什么见不得人的勾当，我是……是来揭穿你的！"

他低低地笑道："哦，我知道了，来查老公的岗。"

言蓁第一次听他从嘴里冒出这个词，愣了一下，随即脸颊烧得更厉害了，恼羞成怒地骂他："陈淮序你要不要脸！再这样醉酒乱说话，当心我堵住你的嘴！"

他难得笑得很开心，将她又抱紧了些，道："我们走吧。"

两个人走出酒吧大门，言蓁甩开了他的手，道："你又骗我。你根本没被灌酒，而且利用我对你的……"

她停了一下，略过这个词："把我骗过来，特意在门口等我，是想看我被你耍得团团转的样子吗？"

"没有骗你。"陈淮序轻轻地叹气，"我和他们说，我和我女朋友约好了，她还在等我，我绝对不能失约，不然今晚真的回不去了。"

他补充道："而且我也没把握你会来。"

等待是漫长的，更难熬的是在没有希望的情况下等待。在这一个小时里，陈淮序无数次点开微信对话框，想给她发些什么，但又怕自己太过强硬，反而会让她退缩。

要怎么说呢？说我希望你能来？我特别想见你？

无论是哪个，他现在都没法说出口，他并不想听到拒绝的答案，那会让他难以承受。

"不过有一点我确实骗了你。"他慢慢地说，"我在包厢门口就看见你了，但装作没看见，把你引开是因为——

"想找个安静的地方吻你。"

言蓁顿时怔住了。

气氛凝滞间，一个年轻男人的声音响起："先生、小姐，你们好，请问是你们叫的代驾吗？"

"是，"陈淮序将钥匙递给他，"麻烦你了。"

多了一个陌生人，言蓁再不好说些什么，便跟着他上了车后座。

代驾小哥打开车窗通风。言蓁往后座的另一侧挪动，直到抵上车门，试图和陈淮序拉开距离。可她屁股还没坐热，他的手就探了过来，将她搂了回去。

脸颊抵上他的肩膀，她顾忌着前座有人，小声地抗议道："你放开我。"

陈淮序低下头问："为什么故意离我那么远？"

他的脸压下来，距离又变得极近，她慌张地往前座瞥了一眼，恰巧撞上小哥八卦的视线，于是伸出手将陈淮序的脸又推了回去，欲盖弥彰地解释道："你今晚怎么喝这么多，醉成这样？"

陈淮序也不拆穿，松开了搂在她腰上的手，配合地往后面仰去，装出一副微醺的模样，轻轻地"嗯"了一声道："是喝多了。"

手臂从她的腰后滑落，温热的掌心却覆上了她的手背，收紧，再握住。

压根儿没醉。

言蓁在内心吐槽，却也没再挣扎，扭头向窗外看去，霓虹灯闪烁得绚烂无比。

昏昏沉沉的车程总算结束了，可意料之中的酒店大门并未出现在眼前。言蓁看了一圈周围，惊讶地道："这是哪儿？"

"到了就知道了。"

陈淮序带着她往前面走。他似乎也不熟悉这个地方，低下头看着地图导航。两个人绕到了一个路口，再转弯，前方的人明显多了起来。

远远的，言蓁已经能看见河边有两排很繁茂的樱花树，一直延伸到拐弯的地方，看不见尽头。樱花树下挂着亮光的灯笼，将花瓣映照得如同粉色的雪花。

夜樱，十分漂亮梦幻的场景，让她的脚步停了下来。

"这是……"

陈淮序牵起她的手，拉着她继续向前，道："是这里很有名的景点。只有在春天，樱花的季节才能看到。"

"为什么带我来这儿？"

"既然来了这里，就应该逛一逛热门景点，可惜我白天太忙，没法陪你。"

她心里不禁有点触动，但还是嘴硬道："我才不要你陪。"

"是吗？可我怎么听过有人抱怨自己找不到人玩，一个人在酒店很无聊？"

"那还不都是因为你。"她一想起来就生气，"一副耳环而已，你让人还给我不就好了，不然我至于这么费尽心思地跟你们跑过来吗？"

"我如果不这么做，你会躲我躲到什么时候？"

"谁躲你了……"她被戳穿后，彻底没了底气，声音也越来越小了。

他垂下眸子盯着她道："那一晚，就这么让你难以面对？"

言蓁顿时大惊失色，踮起脚尖捂住他的嘴巴，然后往周围瞧了瞧，确认刚刚没人听见，这才放心下来，蹙起眉头急道："你说什么呢！"

她扯着他的手腕走到一旁僻静的长椅边，抱怨地开口道："说好了不提这件事的！"

"为什么不能提？"他反问，"难道我们没有发生过？"

言蓁不知道该怎么回答，心乱得很。她当时确实是被他吸引蛊惑，才做了放纵的事情，可事后左思右想，又觉得这件事不该发生。

她完全理不清对他的感情，干脆当个缩头乌龟躲起来，彻底不去想这件事情。可陈淮序不愿意，始终步步紧逼，非要她去面对。

言蓁害怕了，又有点讨厌他这种强势。

"发生了又怎么样？我已经说了，大家都是成年人，能为自己的行为负责。"

"你真的负责了吗？"他依然不依不饶，"如果你真的想过，就不会到现在还不肯面对。"

她抬起头，刚想反驳他的话，可看到那双黑沉的眼睛，气势又不自觉地弱了下去。

此时一个小贩牵着一大串气球经过，看见两个人之间剑拔弩张的紧张氛围，只当是情侣在吵架，于是开口劝说道："这位先生，要不要买个气球哄哄女朋友？这么好的景色，吵架多可惜呀。"

陈淮序顿时敛了气势，问她："想要吗？"

言蓁扭头道："我又不是小孩，要什么气球。"

听出她话里赌气的意味，他失笑了，对小贩说："买一个吧，就那个粉色的。"

小贩举起二维码道："好嘞，您扫这个就行……哎呀，这里的光线有点差，那边有灯，我们往那边走走您看可以吗？"

陈淮序应允，跟着他往远处走了两步。言蓁看着他的背影，突然想起了言昭教她的方法。

凭什么每次都是她被拿捏，而他永远游刃有余。

她也想看他妥协的模样。

言蓁从包里拿出眼药水，往陈淮序那边看了一眼，随后快速地在眼角点了几滴，仰起头闭上眼睛，酝酿了一会儿，然后慢慢地低下头，将了将长发，让它们垂落下来遮住脸颊。

陈淮序付完钱，拿着气球走到言蓁的身边，发现她正垂着头坐在椅子上，看不见表情，但肩膀隐隐在颤动。

"怎么了？"他察觉到了不对劲，将气球拴在扶手上，蹲下身，用力地抬起她的脸，和她平视后看清了她湿润的眼眶。

言蓁很少哭。

一是因为她从小生活顺风顺水，没吃过苦，也几乎没受过委屈；二是因为她有自己的骄傲，绝不轻易在他人面前示弱，再怎么样也得等到回家后发泄。

也因此，今天的眼泪让陈淮序有些猝不及防。

"怎么了？"他再次问，捧起她的脸，用指腹抹去眼角的水珠，"怎么突然哭了？"

"都怪你！"冰凉的眼药水滑落，言蓁也趁势演出哭腔，"你就会欺负我！总是和我作对！刚刚还对我那么凶！"

陈淮序张口想为自己辩解，然而看到她濡湿的眼尾又将话咽了回去，轻轻地叹气道："嗯，都怪我。"

"我讨厌你！"

"嗯。"

情绪一旦出闸，就像洪水一样止不住了。言蓁干脆借势，把私人恩怨全发泄出来，边哭边控诉他。

陈淮序替她擦着眼泪，而后突然将她抱进了怀里。

他不断地轻抚她的脊背，声音温柔地哄道："都是我不好，别哭了宝宝。"

他的怀抱有力而温热，将她圈在里面，竟让她莫名地安心。耳畔的声音耐心温柔，全盘接纳她发泄出来的所有情绪。唇瓣轻轻地亲着她的耳朵，像情人间低语似的哄着她，叫她"蓁蓁""宝宝"，让她都有点迷失了。

他好像当真了。

她的下巴抵在他的肩膀上，有些发愣。

言蓁完全没有预料到眼泪居然会换来这样的效果。

"陈淮序最怕女人哭，你在他面前流几滴眼泪，别说是看他吃瘪，我敢保证连天上的星星他都能给你摘下来。"

言昭半开玩笑的话语此刻被另一个声音所覆盖，一遍遍地回荡在脑海里，让她的心也跟着狂跳了起来。

言蓁哭声渐小，陈淮序将她从怀里扶起来，掏出纸巾替她擦干泪痕，道："好点了吗？"

她低着头，道："我没原谅你。"

"对不起。"

虽然两个人都不知道他到底犯了什么错。可就是这样的无理取闹，他也无条件地纵容。

"明明是纪念恋爱周年，在这么重要的日子里把女朋友弄哭了，确实是我不好。"

她耳朵一热，用力推开他，道："你又来！谁是你女朋友？"

陈淮序轻轻地笑了，摸了摸她的脸颊道："不错，比刚刚有精神了。"

言蓁甩掉他的手，气鼓鼓地坐在一边，也不去看他，趁势提要求："我要和你约法三章。"

"嗯？"

她威胁道："你敢不答应？"

他看着她略微发红的眼眶，妥协道："不敢。"

"那好，第一条，你不能强迫我。"

他"唔"了一声，问："怎么样算强迫？刚刚在酒吧，你不也……"

言蓁气急地打断了他："从今天起，只要我说不要，你就停止，懂吗？"

陈淮序垂下眸子想了一会儿，轻松地应允："可以。"

他答应得这么爽快，反倒让言蓁怀疑起来，可她也没细想，而是继续开口："第二条，不准用暴露关系来威胁我，尤其是在我哥面前，绝对不能让他知道。"

"好说。"

"第三条，"她想了想，"哼"了一声，"你要对我有求必应。"

"有求必应？"陈淮序反复品味着这四个字，"可以倒是可以，但我有什么好处？"

"没有，"她扬起下巴，像一只倨傲的猫咪，"这是霸王条款，你必须签。"

蛮横得不讲道理，的确很有言蓁的风范。

他突然伸出手，掌心平摊向上，一副绅士的姿态。

言蓁犹疑地看着他，问："你要干什么？"

"有点仪式感，"他勾了勾手指，"来。"

她虽然有些不解，但还是将手递了过去，指尖轻垂，触在他的掌心上。

陈淮序执起她的手背，轻轻地落下一吻，道："成交。"

他的动作庄重，被吻过的地方瞬间滚烫起来。言蓁咬了咬嘴唇，慌张地抽回了手，强装镇定地道："那我们说好了，你要是违反，我们就彻底撕破脸了。"

"放心。"

言蓁看着他的脸，试图找出一丝被强行签订不平等条约的不满，可是陈淮序的表情仍旧风平浪静，稳重得仿佛他才是那个胜券在握的人。

他迎上她的视线，轻轻地勾起唇角。虽然没说话，但她看清了他眼里的情绪。

他势在必得。

闹完了，两个人在夜色下朝外面走去。言蓁依靠着"假眼泪"达到了目的，却怎么想都不舒坦，于是闷着气说："我哥说得没错，你是不是最怕女人哭？"

她抿着嘴唇，好像找到了内心不平衡的那个点，道："就你刚刚那个样子，别人要是在你面前哭一哭，你岂不是连公司都能送给人家？"

他的脚步一顿，侧头看她，语调不悦地道："我看起来有那么好心？"

这下言蓁不吭声了。

陈淮序揉了揉她的头发，道："言昭故意没说清楚，我不是怕女人哭，而是怕你哭。"

在外面折腾了大半夜，第二天还要早起坐飞机，言蓁困得不行，在候机室里不住地打着瞌睡。

言昭坐在一旁看杂志，突然想起了什么，从口袋里掏出一个盒子，道："给你。"

"什么？"她打了一个哈欠，顺手接过来。

打开，里面是熟悉的耳环，正是她丢在陈淮序家里的那副，这场出差变故发生的万恶之源。

"淮序说你落在给他买的衣服袋子里了，让我转交给你。"

"哦。"指尖一顿，她伸手接过来时，面上没什么反应，目光却不自觉地扫向门口。

陈淮序并不和他们一起飞回宁川，而是要绕道去一趟其他城市。虽然知道不可能在这个时间看见他，但她还是下意识地张望。

言昭注意到她的眼神，问："昨晚做贼去了？黑眼圈那么深。"

言蓁立刻摸自己的眼睛，道："哪有！"

等看到他的表情，她才明白自己上当了，瞪他道："你又逗我！"

言昭慢悠悠地道："只是担忧。你这么好骗，别看不清外面坏男人的把戏。"

"再坏还能坏得过你和陈淮序吗？"言蓁白了他一眼，"心眼那么多。"

"这倒也是。"他丝毫不觉得这是什么贬损，反而很是受用地点点头。

"我年纪还小呢，倒是你，妈都给你下了最后通牒了，今年你要是在她回国之前还没动静，她就要把你绑去相亲了。"

"急什么？"言昭不紧不慢地又将杂志翻了一页，"相亲的又不是你。"

言蓁"哼"了一声，道："看在我们兄妹一场的份儿上，我可以帮你介绍对象。你喜欢什么类型的？"

"我？"他笑了一声，故意说，"太笨的不行。"

言蓁点点头，道："还有呢？"

他继续开口："脾气太差的不行。"

她拧起眉头道："你怎么尽说不好的……还有呢？"

言昭用杂志轻轻地拍了拍她的肩膀，道："登机了。"

言蓁看他又想糊弄过去，不高兴地起身嘀咕："要求这么多，打一辈子光棍吧。"

言昭并没急着跟上言蓁的脚步，而是立在原地，缓缓地将目光投向窗外的天空，像是回忆起了什么，笑了笑，道："还有……太狠心的也不行。"

周末，天气格外好，言蓁正好无事，决定带着巧克力去公园里逛一逛。

本来想和崔姨一起去，但崔姨突然说要在家里准备晚饭，于是言蓁只能一个人前往。

她将车停在公园门口的停车场，牵着巧克力往里走去。

乖巧雪白的萨摩耶一进入公园，就瞬间捕获了周围人的视线，不断地有人小心翼翼地上前问能不能摸一摸。言蓁笑着答应，一时间，巧克力被路人汹涌的爱意所包围。

甚至有男人借着撸狗和她搭讪起来。

"一个人来的吗？"

"是。"

"这萨摩耶养得真好，平时很花心思吧？"

"还行吧。"

"你家的好乖，我家的就比较调皮，有没有什么驯狗方法？"

"没有什么特别的，就是……"

话语戛然而止，言蓁注意到了一个熟悉的身影。不知道他是什么时候来的，穿着一身休闲的黑色长袖长裤，正姿态悠闲地半蹲在地上，修长有力的手指轻轻地揉着巧克力的头。

尽管混在人群里，出众的身形和气质还是让他格外夺目，好几个拍摄巧克力的手机镜头都偷偷地转向了他。

巧克力看见他显然很是兴奋，不住地往他的怀里钻，尾巴甩成螺旋桨，把周围的人逗笑了一片，纷纷调侃"看来狗狗也喜欢帅哥"。

陈淮序顺着巧克力的毛，很给面子地弯了弯唇角，抬起头看了言蓁一眼。

公园里春意正浓，头顶是翠绿的枝叶，隐着清亮又吵闹的鸟鸣。

阳光像碎金般洒下来，将他的眼神都融了一点暖意。

言蓁装作若无其事地移开目光，继续回答着男人的问话："我家是请专人来驯养的，因为我自己没那么多的时间和耐心。"

"呃……这样啊。"男人挠了挠后脑勺，又笑了，"那可以加你一个微信，推荐一下专业人士吗？"

言蓁没来得及回答，手心就被突然收紧的狗绳拽了一下。她抬起眸子望去，发现陈淮序突然站起了身，往后面退了一步，手里还拿着什么东西。巧克力摇着尾巴看他，显然是被勾得要跟着他跑。

明明训练过不吃陌生人给的东西，可巧克力认识陈淮序，以为他是来投喂自己的，黑溜溜的眼睛直勾勾地盯着他的手心，喉咙里发出呜咽声，不断地扯着绳子，想让言蓁带它过去。

手心里被拖拽的力度一下又一下，言蓁无法忽视，也无心再搭理搭讪，被扯着往陈淮序的方向走去。

"巧克力！"她抓住了绳子，咬牙道，"没见过吃的吗？早上不是才喂过？陈淮序，不许给它吃！"

离人群越来越远后，陈淮序才停下脚步，慢悠悠地扔掉手里的东西，转头拍了拍看起来委屈巴巴的巧克力，道："听妈妈的话。"

他拍拍手拂掉残渣，又去一边的洗手池洗干净了手，这才走回来，站到言蓁的面前。

"你怎么在这里？"她蹙起眉头问。

她才不信是偶遇，时机出现得未免也太巧了点。

"我问了崔姨。"

言蓁没说话，牵着巧克力掉头就走。陈淮序倒也不着急，不疾不徐地跟在她的身边。两人一狗就这么沉默地走在公园里。

他的手垂在身侧，随着走动轻轻地擦着她的手背，不知是刻意还是无意，勾起她一阵痒意。

走了一截，言蓁忍不住停下脚步，转头看他，问道："你没有自己的事要做吗？"

"这就是我的事。"

言蓁嘀咕起来："真是闲得慌。"

赶不走他，言蓁只当他不存在。

逛了一会儿，她觉得有点口渴，走到小卖部拿了一瓶水。准备付款时，巧克力被小卖部里花花绿绿的商品所吸引，凑着鼻子过去闻。言蓁怕它咬坏别人的东西，用力地拽着绳子，一时间有点手忙脚乱。

陈淮序从她手中接过狗绳，拿出手机替她付了钱，顺带将她滑落肩头的包包带子钩了回去。

老板见状笑道："男朋友好贴心。"

言蓁拿起饮料，"哼"了一声，道："什么男朋友……帮我遛狗的跟班而已。"

走出小卖部，牵狗的变成了陈淮序。她也乐得轻松，慢慢地走在林间小道上。

"明明是白色的萨摩耶，为什么要叫巧克力？"他突然问。

"它自己选的。"言蓁不紧不慢地回复，"我当时准备了好几个写着名字的纸团，可乐、奶茶、棉花糖……它选中了巧克力。

"它的精力特别旺盛，每天都要在院子里的草坪上跑好久，我哥出门晨跑也要跟着，拉都拉不住。"提起巧克力，言蓁像是打开了话匣子，"我妈一开始还不准养，现在喜欢抱着它一起看电视。它已经是我们家庭的一分子了。"

一阵风吹过，零散的枝叶碎屑被吹起，霎时迷了言蓁的眼睛。

她停下脚步，伸出手要去揉，被陈淮序叫住了。

他快步走近，捧起她的脸颊，借着阳光去看她。

她半眯着眼睛，眼眶里浮起被太阳刺激出的泪水，朦胧着勾勒着他的轮廓。

指腹轻轻地揩过眼下的肌肤，陈淮序端详了一会儿，随后低下头，拿出纸巾，在她的眼角擦了一下。

恼人的沙粒被拂走了，眼睛重获了舒适，让她缓缓地松了一口气。

温热的手指，温凉的呼吸，密密麻麻地刺着她敏感的神经。

她抬起眸子，撞上他的视线，又很快偏开，心跳却不自觉地加速。

耳边传来一个阿姨善意的提醒："别腻歪啦，狗跑喽。"

言蓁一惊，转头看去，狗绳不知道什么时候被丢开了，那抹白色的棉花团欢快地跑远了，还时不时地回头看向他们。

"巧克力！"

言蓁急忙上前，可他们追得越紧，巧克力只当是在陪它玩，跑得越快，把她折腾得气喘吁吁的。最后言蓁干脆撂挑子不干了，把活儿全丢给陈淮序，道："你把它放跑了，你负责牵回来。"

他不置可否道："等它跑累了不就自己回来了吗？"

她推他，道："不许偷懒！你快去！"

两人一狗在草坪上玩闹了许久，直到日头渐沉，笑声才缓缓平息了。

到了该回去的时候。言蓁走出公园，一路来到车边，看见陈淮序仍跟在她的身后，于是停下脚步，抬起头看着他。

像是看穿了她的疑惑，他坦然地道："我今天没开车。"

言蓁难以置信，探头在四周扫了一圈，好像真没看见陈淮序的车。

"你是来碰瓷的吧？"

他从她的手中接过车钥匙，晃了晃，道："言小姐还缺免费司机吗？"

"你又在打什么算盘？"她警惕地看着他。

他解锁，拉开后座的门，先让巧克力爬了上去，随后打开副驾驶位的门，做了一个"请"的手势。

言蓁不肯，道："我自己也能开的。"

陈淮序曲起手肘，轻轻地抵着车门，道："言蓁，我已经和你约法三章了，你还在怕什么？"

"谁怕了！"她坐进车里，"啪"地关上车门，"开车！"

免费的司机，不用白不用，用完赶走就好了。

陈淮序轻轻地扬起唇角，绕到驾驶座坐了进去。

车刚在言家大门口停稳，一道中气十足的女声就传了出来："是不是我的巧克力宝贝回来了？干妈好想你啊！"

言蓁打开车门，看见一个人影直奔而来，吓了一跳，道："思楚？不是说你们6点到吗？怎么才4点多就来了？"

陆思楚打开后座的门，扑进去抱住巧克力猛地蹭了两下，满足地直叹气，道："好久没见到巧克力了，我就和应抒她们约好，干脆早点来，没想到你不在家。"

她倚在后座上，突然注意到驾驶座上的人，愣了一下。

陈淮序朝着内后视镜，向她礼貌地颔首。

"言蓁，你出息了……"陆思楚有些惊讶，"什么时候搞了一个这么帅的？！"

陆思楚向来风风火火的，说话没个遮拦，言蓁顿时尴尬极了，连忙去扯她，道："说什么呢，这是我哥的朋友。"

她又转向陈淮序，道："这是我朋友，今晚约了她们来我家吃饭。"

崔姨这时也从屋内出来，眼尖地看见了陈淮序，道："陈先生也来啦？赶紧进来坐坐。"

"不用了，"陈淮序下车和崔姨打了个招呼，"家里来客人了，我就不叨扰了。我给言昭打个电话，借一辆他的车就走。"

陆思楚早已退到一边，和应抒交头接耳，不知道说了些什么。见陈淮序转身要走，她连忙出声："帅哥来了就一起吃饭呗。"

言蓁不满地道："干吗突然留他吃饭？"

"应抒刚刚告诉我了，"陆思楚压低了声音，"你俩关系不好，他是你的死对头对不对？放心，今晚留他吃饭，姐妹帮你挫挫他的锐气。"

说完，不等言蓁回复，她就走上前，冲着陈淮序笑道："帅哥贵姓？"

"免贵，姓陈。"

"陈先生应该不会介意和我们几个女孩子一起吃饭吧？"

陈淮序看了一眼言蓁，回复道："当然不介意，只是几位小姐难得聚首，我就不扫兴了。"

陆思楚在后面偷偷地扯言蓁，她拗不过，只能说："不多你一双筷子。"

巧克力也凑过去，围着他的腿直打转。

于是陈淮序还是被拉扯进了这场"鸿门宴"。

饭桌上，几双眼睛沉沉地盯着他，从头到尾，像是审判一样。

而陈淮序神色从容，丝毫没有表现出慌乱。

陆思楚之前因为闯祸被罚在家修身养性一个月，这几天刚被放出来，就迫不及待地找各路朋友吃饭，又因为想念巧克力，所以把聚会地点定在了言蓁家里。

她性格大大咧咧，直来直去，有时候言蓁和应抒都难以招架她那张嘴。

她看着应抒，撇了撇嘴道："还和你那明星小男友纠缠不清呢？"

"分了，但他又跑来求我，"提起这个话题，应抒显然也很烦躁，"这几天什么通告也不跑了，天天堵在我家楼下。"

"怨侣。"她犀利地点评。

随后她又看向陈淮序，问："帅哥有女朋友吗？"

陈淮序正顺手给言蓁的杯子里添酒，闻言答道："没有。"

"这不就巧了，我给你介绍啊，我周围一大把单身的漂亮姐姐妹妹，各种类型，应有尽有。"

"谢谢陆小姐关心，不过不用了。"

陆思楚的眼珠子一转，道："那你看我怎么样？"

他滴水不漏地回答："陆小姐很优秀，值得更好的。"

"帅哥做什么工作的？"

"风投。"

"赚得多吗？"

"还行。"

"我听说你们这行渣男特别多，真的假的？"

陈淮序笑道："看人。本性不好的人不管在哪个行业都是坏的。"

一问一答，仿佛查户口，陈淮序平静无波、滴水不漏的回答渐渐地让陆思楚觉得有些无趣，她压低了声音，悄悄地问言蓁："他真的天天和你作对？这性格我看着怎么不像呢？"

言蓁顿时有些无语，道："我早说了，他很会装，你们看不出来而已。"

陆思楚将信将疑，又看了陈淮序一眼，道："算了算了，先喝酒。"

应抒和陆思楚都不怎么能喝，偏偏仗着人多要把陈淮序灌倒。可几轮下来，两个人都喝倒了，陈淮序却神色如常。

他看着桌上醉醺醺的人，朝言蓁晃了晃杯子，道："还喝吗？"

言蓁知道陈淮序的酒量，因此留了点心眼，没喝得太多，但此刻也有点微醺，便摇了摇头。

"不喝了。"她起身，"果汁没了，我去倒一点。"

她走进厨房，正准备踮脚去拿柜子上方的瓶子，身后就响起脚步声。

清冽的气息从背后裹上来，温热的胸膛擦着她的脊背，凭借着身高优势，他轻松地将上方的瓶子拿下来，递给她，道："是这个吗？"

"是。"言蓁接过来。他却没动，始终维持着这个极近的距离，像是从后面抱住她一样。

她转身推开他，道："不早了，你该回去了。"

"不急。"他用双手撑着料理台，将她圈在怀里，低下头去看她的眼睛。

言蓁扭头闪避，道："你到底要干吗呀，别挡我路。"

"我请了年假，6月。"

没头没尾的一句话让言蓁一愣，她问："什么意思？"

"陪你去毕业旅行。"

"我什么时候要你陪了……我肯定和同学朋友一起啊！"

"我们来玩一个游戏吧，蓁蓁。"陈淮序的声音低沉，"给我一个月时间，一个月之后，我问你一个问题，你要非常诚实地回答我。如果这个回答我们两个人都满意，那我们就一起去旅行；如果这个回答，我们之间有一个人不满意，我就乖乖地认输，以后只要你不愿意，我绝不会出现在你的面前。"

不论是他没有得到想要的答案，还是她不愿直视自己的内心，给出了违背心意的回答，都算是他的失败。

言蓁的思绪有些混乱。

好奇怪的游戏。只要她咬定自己不满意，那他不就是必输局？

而且一起去旅行，听起来也不是什么惩罚。

她问："什么问题？"

他不答，只是专注地看着她，道："玩吗？"

陈淮序创业至今，模拟过无数风投案例，也实操过很多项目，有成功，也有失败，但他向来不惧怕这些。

魄力和胆识，但凡欠缺一样，在这个行业就无法生存。

在他看来，做什么事都有失败的概率。成功，往往是他们用尽一切努力，尽可能规避风险之后的结果。

他的职业注定了他需要无数次在这种波谲云诡、瞬息万变的"赌博"中求胜。

而如今，他做出了人生中最重要的一场风险赌博，并且他必须赢。

为此，他愿意全身心地投入，以再也不能得到她作为失败的代价。

他赌她的心。

没有人说话以后，气氛忽地冷了下来。

言蓁靠在料理台上，越过他的肩头看了一眼客厅，确认那里毫无动静，这才将目光又转了回来，问："为什么？"

为什么要玩这个游戏？为什么要下这样的赌注？

两个人至今有过大大小小很多个赌约，但她隐隐地感觉，他这次格外认真。

"你可以理解为，我不再那么有耐心了。"

这场暧昧游戏玩起来确实很有意思，但和她越是亲密，他就忍不住想要越多。

爱欲在心里形成的深渊是无止境的，除了她，没有任何办法可以填满。

陈淮序将她垂落下来的一缕长发别到耳朵后面，手指顺势下滑，捧起她细巧白嫩的耳垂，用指腹滑过耳环吊坠上的棱角："约法三章仍然成立，你不愿意，我不会强迫你，也不会主动暴露我们的关系。"

"那这一个月，你要做什么？"

"保密。"

"可是，只要我否认我的答案，这场游戏你就不可能赢。"

"是。"

她顿了一会儿，道："所以，你是在赌我？"

"是。"他应声，"还记得我们一起去看电影，散场时我对你说的那句话吗？"

她眨了眨眼睛，记忆如电影画面闪现。

"话不要说得太死，言蓁。"

"你怎么就那么肯定，你不会爱上我？"

墙上的时钟缓慢地走着。她垂下眸子沉思良久，抬起眸子看着他，道："我和你玩这个游戏，给你一个月时间。

"我不知道你要做什么，但我的生活不会改变，你别指望因为这个游戏，这一个月我会给你什么特殊优待。"

想要让被掳走的公主心甘情愿地永远留在恶龙的领地，是没那么容易的。

"好。"陈淮序缓缓地开口，"这一个月，我只有一个要求，你不能故意抗拒我。"

她蹙起眉毛道："你这是什么意思？"

"比如说，"他执起她的手，掌心轻轻地覆盖她的，言蓁反应过来后，才试图将手抽出来，但被他用力地握紧，"你其实并不讨厌我，你自己也意识到了，对不对？这半个月你一直在躲着我，并不是因为真的有多么生气，而是你怕如果再接近我，会——"

被戳中了心事，言蓁恼羞地打断道："你胡说——"

唇瓣被他用手指按住，他微微俯身，抵上她的额头。

"看着我，宝宝。"

吐息很轻，落在她的嘴唇上，生起酥麻的痒意。

言蓁看向那双黑沉的眸子，有一种不受控制的感觉倏忽漫上心头。

"可以做到吗？"

见她咬牙不说话，陈淮序低低地笑道："那我们的游戏正式开始。"

陆思楚趴在桌上，昏昏沉沉间突然惊醒了。她觉得有点口干舌燥，起身乱转着，忽然看到厨房的光源，便下意识地走了过去。

脚步靠近，一片寂静里突然传来极低的交谈声。

恍惚间她还以为自己幻听了，探头过去，看见陈淮序和言蓁正在厨房里，言蓁的腰抵着料理台，而陈淮序双手撑在她的身侧，极其亲密地将她圈在怀里。

很暧昧的距离和姿势，是关系差的人绝对不会做出来的动作。

她又躲回墙边，吓清醒了，喃喃自语："我在做梦？"

她狠狠地掐了自己一把，疼痛让她确认自己身处现实，于是再次贴着墙壁，偷偷往厨房看去。

没有看错，他们确实很亲密。

说出的话语可以千回百转，但肢体语言是绝不会撒谎的。

陈淮序垂下眸子，始终看着言蓁，和刚刚饭桌上的冷淡神情完全不一样。

言蓁躲避着他的目光，耳根红了一片，却也没推开他。

这两个人绝对有一腿，还是早就暗度陈仓的那种。

那为什么还装关系差？

陆思楚喝醉的大脑有些掰扯不清这个关系，她拍了拍自己的脸颊，迷迷糊糊地往回走。

等酒醒了再说。

第二天，言蓁从睡梦中醒来。她看了一眼时间，又把头埋回被窝里，赖床了好一会儿，才慢吞吞地掀开被子起身，光脚踩着地板走到窗前，用力地拉开了窗帘。

窗外的阳光瞬间猛烈地洒进来，将卧室内的每个角落都照得透亮。

和平时毫无二致的一天，好像并没有发生什么改变。

昨晚在厨房发生的一切，恍惚得有点像梦境。

陈淮序究竟想问她什么问题呢？

这一个月，他又要做什么呢？

言蓁正看着窗外发呆，这时手机铃声响起。她折返回床头，滑开接听："喂，梁域哥？"

"蓁蓁，今天有空吗？"

宁川市艺术馆。

梁域早就在门口等着，见到言蓁过来后，朝她挥了挥手，唇边漾着笑意，道："这边。"

他今天穿了一件翻领风衣，配了一双黑色皮靴，看起来有那么几分艺术家的不羁气息。

"抱歉，没提前和你打招呼。"梁域带着她往场馆里走去，"这是我一个前辈的巡回展览，我今早才知道能多给我一张 VIP 票，于是立刻想到了你。我很走运，你正好有空，不然这票就浪费了。"

检票的工作人员看见梁域，叫了一声"梁老师"。他微笑着点点头，侧身让言蓁先进。

工作人员看见言蓁的背影，神秘兮兮地凑过去道："梁老师，女朋友啊？"

梁域做了一个噤声的手势，笑着说："还在努力，替我保密。"

"放心！"

场馆内显然是精心布置过，顶端的吊灯散发着柔和的光，墙壁上的照片都被玻璃框装裱起来，按照主题顺序一一排列，吸引人不断地驻足停留。

梁域一边向她介绍，一边感叹："我还记得，当初我出国之前和你说，总有一天我要开属于自己的摄影展。现在梦想也快成真了，下个月，这里展出的就会是我的作品。"

"恭喜！"她真情实感地祝福，"你当初想走摄影这条路，家里人还不同意，不过你总算是坚持下来了，这是你应有的回报。"

提起家人的反对，梁域唇边的笑意暗淡了一下，道："是啊，很坎坷，但是都过去了。"

气氛忽然沉重起来，两个人逛了一会儿，梁域接到一个电话，他压低声音应了两句，挂断后朝言蓁露出一个无奈的笑容，道："抱歉蓁蓁，《新闻周刊》今天下午约了我一个采访，本来定的是4点，但他们的人提前到了，能不能麻烦你等我一会儿？晚餐我也已经订好餐厅了。"

"没关系，你去吧，我自己在这儿逛逛就好。"

梁域走了两步，又想起了什么，折返回来道："这个给你。"

他将脖子上的工作证取下，挂在她的脖子上，手指却没收回，而是钩着带子晃了晃，朝她展示了一下上面的图案，道："我的工作证，保你在这里畅通无阻。有什么问题就打我的电话。"

"可打电话不会影响你采访吗？"

"不会，"他低下头看她，温柔地笑着，"你是我今天最重要的客人。"

梁域离开后，言蓁又在场馆内逛了一会儿，觉得有些无趣，于是给他发了一条短信，告诉他自己在一旁的咖啡厅坐着。

门外就停着《新闻周刊》的车，贴着熟悉的台标。她看着 logo，拿出手机，随手搜索了一下。

最新一条采访视频映入眼帘，播放量格外高。封面是再熟悉不过的男人，昨晚还和她接过吻。

回忆起那些亲密时刻，心脏猛地跳了一下。

说起来，她似乎还没看见陈淮序在工作上的一面。

会是什么样呢？

她点了进去。

"困难还是有的，这段创业经历并不像大家想象的那么轻松。"陈淮序西装笔挺地靠在沙发上，姿态放松，但腰背挺直，显得气质挺拔又不拘谨，"刚开始我其实很焦虑，那时候一天大概只能睡三四个小时。有时候是因为忙的，有时候就是单纯睡不着，不知道项目落地以后，迎接我的会是失败还是成功。"

"那您是怎么克服这种心理上的焦虑的呢？"

"说实话，没有什么好办法。"他双手交叠，轻轻地放在膝盖上，"太在意结果，会产生这种心理是必然的。"

"看来您很执着于成功。那您有没有想过，万一失败了，也许可以积累经验再来一次？"

"没有，我一般不给自己留退路，要做就尽全力去做。"

…………

"从今天的对话中可以看出，您真的是一个目的性和执行力都很强的人，而且对自己也非常狠，您在生活中也是这样吗？"

"差不多吧。"

"很好奇身边的人对您的评价是什么样的？"

"嗯……"陈淮序垂下眸子想了一会儿，难得地笑了一下，"她经常抱怨我。"

记者也笑了起来，打趣道："这样可不行。"

…………

言蓁咬着吸管，不知不觉地把饮料喝到了底，再也吸不出什么东西，塑料管里发出"滋滋"的声响。

进度条已到尽头，视频定格在最后一幕，陈淮序端坐在沙发上，朝摄像机看了一眼。

她低下头，仿佛正隔着屏幕和他对视。

他比她想象的还要意志坚定、思维缜密。他定下的目标，似乎没有达不到的。

这和她是完全相反的性格。

虽然说战前就丧失斗志不太好，可她头一次产生了退缩的想法。

"到底为什么一定要和我赌啊……"言蓁自顾自地抱怨着。

"赌什么？"头顶传来一个温和的声音。

她抬起头看去，梁域在她对面拉开椅子坐下，道："真的抱歉，是不是等很久了？"

"没有。"她按灭了手机，"你忙完了吗？"

"对，"他笑了笑，"采访比较顺利。"

"蓁蓁，其实今天我请你来，是想拜托你一件事情。"梁域诚恳地看着她的眼睛，"因为我正在筹划自己的工作室，打算拍一套全新主题的片子，之前我拍景拍物比较多，这次想尝试一下拍人。

"我想请你做我的女模特，可以吗？"

言蓁有些惊讶，道："请我？"

"对。"他打开手机递给她，"之前我的团队已经提前去踩过点，我们会去川西，大概是这种风格的片子。"

言蓁凑过去看了一眼概念图，极致纯净的自然天地间，少女鲜艳的裙摆悄然绽开。

美得让人心动。

"可我也不是专业的。"她轻轻地蹙起眉头，"你这么有名气的摄影师，一般不都是找专业模特？"

"有的时候，太专业了反而有一种人工雕刻的痕迹。"他笑了，"我想追求的是自然美，在我心里你是最好的人选。这套作品只会以实体挂在我的工作室里，不会以电子版本流出，你不用担心。"

言蓁用指尖摩挲着玻璃杯壁，问："什么时候拍？"

"看你，我整个团队随时待命。"

梁域的邀请实在是有诱惑力。

他是国内数一数二的摄影师，平时不怎么拍人，花钱也请不到，这次愿意以她为主角，概念图还这么美，让她根本无法拒绝。

"我出国之前，大家都不看好我学摄影，但你一直支持我，这算是我送给你的礼物。"梁域的声音温和，"给我一个机会吧，蓁蓁。"

"我再仔细想想。"

晚饭后，梁域开车送她回家，并没停在言家门口，而是来到了不远处的小湖边。

两个人下了车。湖面泛起阵阵波澜，而月光轻浅地洒在上面。

"你还记得小时候吗？我来你家的时候，你经常会把我带到这里。"他指着不远处的湖面，"你嫌大人们聊天很枯燥无味，所以经常躲开。"

言蓁也想起了童年那些无忧无虑的时光，轻轻地笑了。

　　夜风吹拂，梁域停止了话语，看着言蓁的侧脸，伸出手想替她撩开被吹乱的发丝。

　　此时，一声突兀的车喇叭声刺破了夜色，长长地鸣响，把两个人都吓了一跳，也打断了梁域的动作。

　　言蓁惊讶地回头，隐隐地只能看见是一辆黑色轿车。

　　大晚上的，又是在安静的别墅区，谁按这么响的喇叭？

　　被这声音一扰，两个人也没心思再在湖边待下去了。梁域将她送回了家门口，朝她挥了挥手，道："再见。"

　　言蓁和他告别，看着他钻进车里，消失在夜色中。

　　像是突然想起了什么似的，她探头去看，那辆黑色轿车果然还停在那里。

　　因为离得远，又是晚上，她看不太清车型和车牌，心下有些疑惑，但也没多想，转身往院子里走去。

　　身后突然传来发动机的轰鸣声，她再次回头，那辆车已经开到了大门口，又按了两下喇叭，意图再明显不过了。

　　言蓁认出是陈淮序的车，一时有些惊讶，不知道他为什么会出现在这里。等她走过去，在车旁站定，车窗适时地摇下，飘出来一句冷淡的话："湖景好看吗？"

　　言蓁："什么？"

　　她问："你怎么在这里？刚刚那个喇叭……是你按的？"

　　陈淮序伸出手示意她退后，随后推开车门下了车，半倚在车旁，朝她轻轻地挑起眉毛道："不然呢？"

　　"大晚上的，这么响的喇叭声容易扰民。"

　　"扰了言小姐约会的清静？"

　　言蓁听出他来者不善，于是蹙起眉头道："你说什么呢？我和他不是那种关系。朋友之间一起吃个饭，顺路送回家很正常吧？你不要那么小题大做。"

话说出口了，她才觉得自己不该和他解释那么多，道："倒是你，大晚上的跑我家楼下蹲点，很像居心不良的坏人。"

他直起身，道："那我走了，晚安。"

"这就走了？"言蓁一愣，她还以为他肯定要对她做些什么。

一声轻笑传来，陈淮序上前一步，低下头在她的额头上落下一个吻。

"够不够？"他低声地问。

她的眼睫毛轻轻地颤了几下。

于是嘴唇又被温热贴住，浅尝辄止。

她抬起眸子回过神来时，他已经退开了，手指在她的颊侧轻轻地蹭了蹭，道："快回去吧。"

他又补充道："记得想我。还有，别再见他。"

陈淮序真的走了。

开了那么久的车，只是来见她一面，然后就转身离开，完全不是他的风格。

游戏已经开始了，她本来都做好了迎接他一些无礼举动的准备，没想到他居然这么风平浪静。

这样的陈淮序反而更加让她无所适从起来。

像是突然间松开了紧缚着她的绳子。

她不知道这条绳子什么时候会再次被他拉紧，而拉紧的结果，就是她彻底被他捕获。

傍晚时分，夕阳西下，一辆黑色越野车缓缓地停下，从车上跳下来几个窈窕的身影。

言蓁坐车坐得有点头昏脑涨，一下车就扶着脑袋，和应抒两个人晕晕沉沉地靠在车边。

陆思楚架着墨镜，看着一旁等候的男人，笑嘻嘻地问："我们跟着来凑热闹，梁大摄影师不会生气吧？"

"怎么会？"梁域提着她们的行李箱放到自己的车里，笑着回答，"人多热闹点，有你们陪着，蓁蓁也更放松。今天大家坐了一天车也累了，我们先去酒店休息吧。"

去往酒店的途中，应抒发现言蓁始终看着手机，一副沉思的模样，不由得问："你干吗呢？"

"没什么。"言蓁轻咳了一下，将手机塞回口袋里。

"记得想我。"

陈淮序的这句话始终在她的脑海里反复回放，就连她人到了川西，都没办法从这四个字中逃脱出来。

她试图将他从自己的脑子里排出半晌，无果，最后只能往座椅上一靠，闭上眼睛选择睡觉。

夜晚，酒吧的包厢内。

不远处一群人喝酒喝得热闹极了，陈淮序和言昭两个人立在窗边，正有一搭没一搭地聊着。

言昭低下头看着手机，笑了笑，道："车都快坐吐了还坚持发朋友圈，她可真是厉害。"

一旁的陈淮序没搭话，只低着头抽了口烟。烟雾漫开，清俊的侧脸掩盖其中，让人看不清神色。

言昭瞥了他一眼，慢悠悠地道："我早就劝过你了，让你慢慢来。别看我这个妹妹平时作天作地，目中无人，其实就是个纸老虎，别人稍微强一点她就往回缩。你越是紧抓着不放，她就越是抗拒。"

"没有必要。"陈淮序将烟头按灭。

他当然可以伪装成温柔绅士的模样，按部就班，克己复礼，慢慢地去讨得她的欢心。可是那有什么用呢？那压根儿不是真实的他，既然迟早要在她面前暴露出来，倒不如一早就叫她看个清楚。

强势的作风，对她浓重的占有欲。

这才是他。

"这样吧，你叫我一声'哥'，蓁蓁给我带回来的纪念品，我可怜你，让你看一眼，怎么样？"

陈淮序表情平静，道："滚。"

"也是，毕竟是和梁域一起去旅游，或许礼物都是和梁域一起挑的。你说，这一起出去这么多天，朝夕相处，指不定什么时候就培养出感情——"

这话戳到了陈淮序的痛点，他抬起眸子，沉沉地看了言昭一眼。

言昭很是满意陈淮序这个反应，用指尖捏着手机转了转，问："所以你现在打算怎么办？"

"我让助理订了机票。"

言昭有些意外，道："你要去把人带回来？阻止拍摄？"

"当然不是。拍摄是她的意愿，我充分尊重。"陈淮序的手指插进口袋里，"只不过，我向来不是会坐以待毙的人。"

原有计划被她突如其来的出行打乱了，让他不得不重新思考接下来该怎么走。

不过一想到她和其他男人一起旅游……

陈淮序按了按眉心，有点克制不住内心沉闷嫉妒的情绪。

闲聊间，包厢的门突然被打开了，值班经理神色紧张地冲进来，低下头跟不远处的路敬宣说了几句什么。

路敬宣闻言蹙起眉头，语气很是烦躁，道："怎么又是他？三番五次在我这儿闹事，要不是看他哥的面子，真想把他给踹出去。"

言昭回头，问："怎么了？"

"徐家那个小儿子，在楼下和人起冲突了。"路敬宣站起身，"发疯得厉害，他们不敢硬拉。"

"徐家？徐氏制药？"陈淮序的记性一贯好，"我见过徐总两次，是很出色的企业掌舵人。"

"徐家小儿子哪能和他大哥比？他妈是小三上位，熬死了原配嫁进来的，小儿子被宠得无法无天，废物一个。不说了，我去看看情况。"

路敬宣拉了拉外套，转头带着人往外面走去。

看热闹不嫌事大，尤其是徐家的热闹。言昭和陈淮序也跟着出了包厢的门，靠着二楼的栏杆，随意地往下面看去——

"你算什么货色？敢打我？"酒吧大厅里的音乐早就停了，一个醉意沉沉的男人脸上带着巴掌印，抓着酒瓶狠狠地往旁边桌上一砸，示威性地指着面前的人，"老子看上你，是给你脸知道吗？"

锋利破碎的酒瓶缺口直指面前的女人。她却神色平静，看不出一点害怕。

酒吧里灯光昏暗，隐约描绘着她瘦削高挑的身材。乌黑的长发，尖巧的下巴，一双黑白分明的眼睛，此刻正毫无波澜地看着男人。

十分明艳漂亮的长相，性格看起来却有些冷淡。

一个短发女孩躲在她的背后，害怕地小声啜泣着。

"我已经报警了。"

"报警？哈哈哈哈！"男人啐了一口唾沫，回头冲着身后的同伙，语气充满嘲弄，"她说她报警了。哈哈哈哈……"

周围的人发出哄笑声，恶意和讥讽如潮水一般淹了过来。

女人努力保持镇定，手心在身后慢慢地收紧。

"要么她识趣点，跪下来给老子磕头就算完事；要么……"男人眯起眼睛打量着眼前的人，露出邪恶的笑容，"你这身材、长相也不错嘛，这么爱替姐妹出头，今晚就替她伺候——"

"啪！"突兀的酒杯碎裂声再次响起。

这次却是从二楼传来的。

所有人的目光不自觉地向声源处看了过去。

"抱歉，手滑了。"红酒在脚下如鲜血一般缓缓地淌过，言昭将碎片往一旁踢了踢，在众目睽睽之下，对着楼下漫不经心地开口，"你继续。"

男人看见楼上的言昭，明显错愕了一下。就是这一瞬间，周围的保镖扑了上去，立刻将他按住，迅速地拖离了现场。

他面容扭曲地挣扎，大声地道："放开我！你们敢对我动手动脚？知不知道我是谁？你们老板呢？让他出来！"

在吵闹声中，楼下的女人抬起眸子朝楼上看了过去。毫无意外地，和言昭的视线相汇。

寂静无声的对视。

一秒，两秒……时间短暂，却又无比漫长。

她率先移开了目光。

言昭收回了视线，垂下眸子，看着地上的玻璃碎片，随后转身，抬起脚往包厢的方向走去，仿佛对大厅里接下来的闹剧毫不关心。

路敬宣本来津津有味地看着徐家小儿子狗急跳墙的挣扎场面，眼看言昭要走，连忙拉住他，道："哎哎哎，等会儿，那姑娘你认识？"

他要是看不出来言昭是故意摔杯子的，那这二十多年真的是白活了。

言昭推开包厢的门，连脚步都没慢一下，不紧不慢地回复："不认识。"

"不认识？不认识你能替人出头？你有这么好心？！"

"见义勇为罢了，回头路老板记得给我发个奖状。"

"你要是能把这废物给我彻底清走，我叫你爸爸都行。"

"正好，我正准备给徐总打电话。"言昭从口袋里摸出手机，"我等着路老板这一声'爸爸'了。"

路敬宣有些发愣，道："不是吧，言昭你来真的？你要为了我和徐家撕破脸啊？"

陈淮序不给面子地笑了一声。

路敬宣怒道："你又笑什么？！"

"路老板不去安抚一下受害者吗？这么多人围观，当心人家举报你这酒吧。"言昭翻着电话簿，随意地补了一句，"起码得把人安全送回家。"

路敬宣暗骂一句，转身朝外面走去。

大厅里的闹剧渐渐地收场。短发女孩从女人的身后钻了出来，哽咽着道歉："音音姐，真的对不起，我就和他多聊了两句……不知道他是这样的人……"

"没关系，被骚扰不是你的错。"沈辞音拍了拍她的肩膀，语气和缓，"早点回去休息吧。"

女孩见她的目光又投向空无一人的二楼扶梯，便疑惑地开口道："刚刚二楼的那几个人……好像很厉害。我看有个人一直看向我们这里，音音姐，你认识吗？"

沈辞音弯腰拿包的手一顿，随后直起身，平静地回复："不认识。"

言蓁在川西度过了无忧无虑的四天。

澄澈无际的天空，起伏相接的绵延原野。

层叠的山掩在云层下，湖面碧蓝如镜，映着头顶热烈的日光，泛起碎金般的光芒。

相似的景色她不是没见过，但不管在哪里，每一次身临其境，纯粹的自然都能带来别样的震撼。

来之前她做好了拍摄困难的准备，甚至想过不专业的自己可能会被要求不停地摆姿势，直到拍出满意的成果为止。

可梁域并不这样。

他抓着相机，始终笑着跟在她的身后，从不让她做什么动作，只是安静而迅速地抓拍着她旅途中的瞬间，晚上安顿下来以后再一一挑选。

言蓁问他，为什么不让她摆拍，而是要用这样的方式，产生那么多废片。梁域想了想，道："我在非洲拍动物的时候，也都是这样的。动物可不会听你指挥，让你乖乖地拍摄。"

她愣了一下，气急道："你、你居然把我和那些野生动物类比？！"

话一说出口，她意识到自己的情绪有点不对，便连忙闭上了嘴巴，转头看向梁域，却发现他仍旧微笑地着看她。

"抱歉，我有点失态了。"她轻咳了两下，试图掩饰自己的尴尬。

"不会，"梁域摇了摇头，笑了，"我反而很高兴看到你在我面前这样。

"我回国这段时间，能感觉到我们之间的距离。你本性明明不是这样的，但是在我面前，你一直都很拘谨。"梁域认真地看着她，"可以尝试着对我卸下防备，蓁蓁。"

她不自在地别开目光，道："我们关系这么好，我哪有防备你？"

他又摇了摇头，道："不一样的。你有小脾气，偶尔很任性，还很喜欢撒娇、生气。但是你对外人从不会这样，始终努力装出一副端庄的模样，不会袒露自己最真实的情绪。"

梁域从椅子上站起身，伸出手扶住她的肩膀，温柔地说道："蓁蓁，在我面前任性一点没关系的，我想触碰真实的你。"

言蓁不知道该怎么回答，只抿了抿嘴唇。

见她神色踌躇，梁域心下不禁有些失望，但也并不强求，而是轻轻地揉了揉她的头，道："好了不说了，快回房间吧，晚安。"

言蓁满腹心事地回了房间，一打开门，就被玫瑰花瓣撒了一头，吓得她往后面一跳。

陆思楚探出头来，道："哟，终于回来啦？和梁大摄影师花前月下，聊什么呢？我们可都在阳台上看得一清二楚。"

"没有，就聊了点照片的事情。"

应抒盘着腿坐在床上，故意调侃："真的只是聊照片吗？我看你俩都快亲上去了。"

言蓁睁大了眼睛，道："你说什么呢？我怎么可能和梁域做那种事！"

"哦？"陆思楚凑近她，眼底闪过一丝狡黠，"那你要和谁做这种事？"

陈淮序的脸突然出现在言蓁的脑海里。

那些缠绵的吻、急促的喘息……像潮水一样涌入她的思绪。

言蓁的耳朵有点发红，慌张地推开陆思楚，蹙起眉头，岔开话题："你们怎么在我房间里？"

陆思楚闻言，"哼"了一声，道："不来偷袭一下还不知道，言蓁，你居然背叛姐妹！"

她顿时一头雾水，道："什么背叛？"

"这不就是证据？"应抒从床上跳下来，指着她房内，"你看看，睡眠熏香、驱虫水、消除疲劳的精油、防晒霜、抗高原反应的药、全套名牌登山装备，甚至还有玫瑰花——刚刚撒你头上了，这都是什么啊！当初来的时候你可没带这些，说！哪儿来的！"

言蓁愣了一下："酒店给我送的，说是 VIP 的客房服务，你们没有吗？"

陆思楚翻了个白眼，道："我的好妹妹，这里可不是宁川的五星级酒店。你看看这环境，像是能提供这种高品质服务的地方吗？"

说着，她退后几步，拎起登山装备道："就这一件冲锋衣，价格能抵我们所有人的房费了，酒店亏本给你送这个？"

应抒翻着那堆东西，啧啧有声："这未免想得也太周到了点。如果我没记错的话，这个熏香就是你最爱用的那个味道吧？"

"别说了，瓜分它。正好我的防虫药水快用完了，这边野外的虫子真的太多了，而且荒郊野岭的，也没个商场，根本买不到这些东西。"

言蓁看着她们翻找的动作，微微地低了低头，发顶缓缓地飘下来一朵玫瑰花瓣。

她捻起，鲜艳的红色在指尖盛开。

客房服务，玫瑰花。

只有他，只会是他。

分明是出差在 F 市的那晚，陈淮序的手段，一模一样。

她拿出手机，打开微信，对话界面停留在四天前，她和陈淮序说她要去川西，他淡淡地回复了一句：玩得开心。

他肯定是不高兴的，毕竟两个人约定了一个月，她却这样无缘无故地耗去一个多星期，还故意不联系他，试图气他。

没想到他居然还这么周到地替她考虑了一切。如果不是应抒和陆思楚，她根本不会发现是他做的。

掌心缓缓地收紧，手机边框在细嫩的手指上压出一圈浅浅的红色痕迹。

让她想他，他做到了。

第二天，众人前往下一个地点，一边玩一边拍摄了一天之后，在晚上开起了派对。

篝火熊熊，柴木燃烧得"噼啪"作响，不断有细碎的火星溅落开来，悄无声息地熄灭在冰冷的地面上。

游客、当地居民，一大群人围着篝火喝酒、唱歌，穿着藏式服装跳舞狂欢。陆思楚和应抒也玩得有点上头，不知道哪儿来的主意，两个人双手相牵成半个圈，追着言蓁要框住她，把她往人群最中心赶。

言蓁本来坐在一旁喝酒，看见她们来势汹汹，拔腿就跑。几个女孩的笑声混入嘈杂的盛宴之中，将气氛烘托得更加热烈。

言蓁在跳舞的人群里左窜右窜，而后回头张望了一下两个人追赶的身影，再转过头时，一不留神撞上了一个人。

是个个子很高的男人，身上有淡淡的木质调香，很熟悉的味道。

"对不起。"她一时没反应过来，也没抬起头，身形不稳地往后面退了几步。

一双有力的手轻轻地揽住了她的肩膀，扶稳她晃荡的身体，随后礼貌地松开了。

"没关系。"

悦耳的声音蔓延在夜色里，又被不远处的吵闹声模糊了，隐约有一种不真实感。

言蓁有些错愕，抬起头，对上一双熟悉的眼睛。

他正看着她笑。

四周嘈杂，音乐声、欢呼声如浪潮般此起彼伏，两个人一动不动地站在往来纷乱的人群中，显得十分格格不入。

言蓁立在原地，几乎要以为是自己看错了人。她微微地仰着头，神色里满是惊讶，道："陈淮序？你怎么会在这里？"

"还好，看来还记得我是谁。"他看着她的眼睛，"几天都不给我发消息，还以为你玩得太开心，把我给忘了。"

她听出他话里的不满，神色里有点小得意，哼了哼，道："法律规定我必须给你发消息吗？"

陈淮序立刻明白过来她是故意的，于是轻轻地扬起眉毛道："哦，开始学会拿捏我了。"

火光映着她的半边脸颊，白皙柔软的肌肤染上了几分昏黄。那双漂亮的眼睛隐在光里，盈盈动人，正望着他。

长途开车后的疲惫瞬间一扫而空。

很想吻她。

他往前面走了一步，却并没付诸行动，而是克制地用指尖抹了抹她唇角的水渍，道："喝酒了？"

言蓁举起右手，朝他晃了晃手中的易拉罐，道："一点点啤酒。"

她接着又说："你不上班吗？怎么突然跑到这里来？"

"你不找我，我就只好来找你了。"

"你可真是闲得慌，这么远也跑过来。怎么来的？"

"下午坐飞机到的C市，然后开车过来的。"

他虽然说得轻描淡写，但言蓁也知道，从C市开车到他们现在所处的地方，没三四个小时是到不了的，更别提从宁川过来，飞机也要三个多小时了。

等于陈淮序这一天基本上都是在路上度过的。

她喝了一口酒，酒精的气息在口腔里蔓延开来，一路冲上大脑，搅乱了思绪，让她想也不想地脱口而出："就这么想我啊？"

"嗯。"

言蓁开口后就后悔了，在心里暗暗地生气自己说得太过挑逗暧昧了。陈淮序毫不犹豫地坦然回答反倒让她的脸颊烫了起来，她连忙举起易拉罐放在嘴边，掩饰性地咳了两下，道："油嘴滑舌。"

四周实在是太拥挤了，她有好几次差点被过往的人撞到肩膀，陈淮序伸出手将她半揽在怀里，用身体护着她往一旁走去，道："这边人太多了，换个地方说话。"

他带着她来到路边的车旁，掏出钥匙解了锁，拉开后座的车门，探进身体去拿什么东西。

川西昼夜温差大，远离了热腾腾的篝火，晚风凉飕飕地吹着，将上头的酒意也拂散了一些，言蓁穿着一条单薄的藏式裙子，后知后觉地打了一个寒战。

陈淮序拿出自己的大衣给她披上，然后拢了拢衣襟，扣上扣子，又拿出一个纸袋，道："给你。"

言蓁接过来，看见袋子上熟悉的 logo 有些发怔。是她爱吃的甜品店。她打开往里面看了一眼，果不其然，里面有各色甜品，看起来十分可口。

"你在哪儿买的？"

"C市的分店。"

"好好的买蛋糕干吗？"

"不是你发朋友圈说想吃？"

言蓁这才想起，自己晒旅游的九宫格图片里，有一张照片的配文好像随口提了一句。

他居然连这个也放在了心上。

言蓁顿了一下，道："我说想吃，你就给我买吗？"

"这么些年，只要是你说想要，我什么时候没满足过？"

远方的喧嚣人声模模糊糊地飘来，又被夜风吹散了，言蓁只觉得此时格外静，静得她仿佛能清晰地听见自己的心跳声，一下又一下。

"我才不会被你这些小把戏给迷惑。"她嘴仍在逞能，却暗暗地将纸袋抱紧了一点，"晚上哪能吃这么多甜的，会发胖的。"

陈淮序看了一眼她的细胳膊细腿，摇摇头，笑了一声。

这时口袋里的手机不合时宜地响起，原来是应抒和陆思楚找不到她，问她在哪儿。

言蓁看了一眼面前的男人，慢吞吞地撒谎道："有点喝多了，先回房间休息了。"

挂了电话后，她开口道："既然你来了，就先去和他们打个招呼？"

"不用了，我明天回去，早上就走。"

"啊？"言蓁本来盘算着去找梁域说一声，让陈淮序跟着他们一起进行接下来的行程，听闻这话愣怔了一下，"明天就走？"

"很忙，能抽出一天时间已经是极限了。"

指尖陷进袋子里，将牛皮纸的边缘掐出褶皱。刚刚那些因为他的到来而雀跃起来的情绪，此刻全沉了下去。

"那你到底来干什么？就为了给我送蛋糕吗？"

耗费了这么多时间和精力，跨越了大半个中国，只是过来停留一晚，言蓁觉得这是脑子坏了才能做出来的事，更别提还是陈淮序，完全不符合他一贯追求效率的精英作风。

"说了，怕你忘了我。"他的语气含着笑意，伸出手捏了捏她的脸颊，"舍不得？"

她别过脸，有些气鼓鼓地道："才没有。"

陈淮序将她抱在怀里，安抚似的摸了摸她的后脑勺，随后松开道："走吧。"

"去哪儿？"

"去一个好地方。"

开车大约十分钟，陈淮序在一条小路边停下。

路边歪歪扭扭地停了好几辆房车，看起来还是个热门地点。

"这是哪儿啊？"言蓁被他牵着，在四周张望了一圈，觉得有些阴森森的，"也没个路灯。"

"到了你就知道了。"

两个人踩着不甚规整的石头路一直向前，五分钟后，视野陡然开阔起来，一个宽敞的大平台，上面站满了人，有架着三脚架的，有举着相机的……他们不约而同地将镜头都对准了一个方向——天空。

言蓁也抬起头。

今天天气很好，银河几乎肉眼可见，无数闪烁的星星缀在漆黑无垠的夜幕里，深浅不一地连成一片，如瀑布般"坠落"。

是在城市里完全见不到的景色。

她的呼吸都停滞了一瞬，被这景色彻底捕获了。

"这里是看星星的最佳观景点。"

陈淮序带着她往里面走去，离人群稍微远了一些。他从一直提着的袋子里拿出毯子铺在草地上，抱着她席地而坐。

"这样冷吗？"他问。

"不冷。"

"时间有点紧，来不及准备更多的东西了。"他将她的手放在自己的口袋里焐着，"将就一下，宝宝。"

言蓁靠在他的肩上，抬起头看着夜空，内心前所未有的宁静。

就这么被陈淮序抱了一会儿，她起身跑到前方，站在草地中央，拿起手机试图拍点什么。可手机的镜头难以驾驭这么细致的场景，她左试右试都拍得很不清楚，只好收起了手机，继续用双眼"照"下星河璀璨的夜空。

言蓁一回头，发现陈淮序不知什么时候也举起了手机，却不是在拍星空，而是在拍她。

"你在拍什么？"她凑过去，弯腰看着他的手机屏幕，长发低垂，落在他的手臂上。

"随便拍拍。"

看过梁域拍的照片后，言蓁再看陈淮序这随手一拍，确实不怎么样。

天空拍得很模糊，星光和夜色混成一体，人却聚焦得清晰，背影被星光勾勒，仰头看着星空的侧脸专注又认真。

倒是很有朦胧的氛围感。

言蓁"哼"了一声，道："全靠我的漂亮撑着。"

陈淮序倒是没觉得哪里不好，随手点了两下，将这张照片设置成了手机壁纸。

他放下手机，伸出手揽住了她的腰，微微地一用力下拉，言蓁就身形不稳地往前面扑去，将他整个人压在了毯子上。

不远处的人都在抬起头看夜空，没人注意到这里突如其来的暧昧氛围。

言蓁趴在他的身上，看着他的眼睛，呼吸也急促起来，搭在他肩膀上的手指渐渐地收紧。

"今晚开心吗？"他轻声地问，声音在寂静的夜里清晰又低沉。

"有一点。"

"只有一点？"

她答非所问："你是怎么知道这个地方的？"

"做了点功课。"

"哦。"她应了一声，却没从他身上爬起，而是无聊地用指尖在他的脸上划来划去，又在眼角那颗痣下点了点。

两个人都不说话，燥热的气息暗暗地蔓延开来。

陈淮序捉住了她的手指。

他的脸在眼前放大，言蓁几乎以为他要亲上来了，有些紧张，缓缓地闭上了眼睛。过了几秒，却没等到意料中的温热唇瓣。她不解地睁开眼睛，看见他眼里的笑意。

她有些羞恼，道："你！"

又被他给玩弄了！根本不能信任这个人！

她将手撑在他的身体两侧，想要爬起来，却被他扣住腰，又搂了回去。后脑勺被按住了，等她再反应过来时，唇上已经落下了一个吻。

很轻，但很灼热，带着温柔的气息，一点点地蚕食着她的领地。

夜空之下，他们接吻了。

闪烁的银河在头顶缀连，倾泻下灿烂的光辉。

看完星星，两个人返回酒店。下了车，言蓁问："你晚上住哪儿？和我们一个酒店？"

"来得急，还没订房间。"他说得不太在意，"反正明早就走了，车上将就一晚也行。"

晚上这么冷，在车里睡一晚不得冻感冒？

于是言蓁打了个电话询问，却被前台告知房间早已订满了，没有多余的空房。

她一副可惜的模样，故意说："没房间了，你就在车上睡吧。"

"好吧。"陈淮序也跟着装模作样地叹气，转身拉开了车门。

言蓁看他真的往车里钻，连忙拉住他，道："你真睡车上啊？"

"那不然呢？"他漫不经心地回答，"总不能扎帐篷？"

言蓁："……"

"看在你今天给我买蛋糕，又带我去看星星，还给我房里送了那么多东西的份儿上，允许你睡我的房间。"她扯着他的衣角，一副大发慈悲的表情，"我勉为其难，去和应抒挤一下。"

陈淮序说："怎么？怕我吃了你？"

明明是一句正常的话，她却觉得好像有点不太正经。

电话再次响了，这回是梁域。

"抱歉蓁蓁，我修片子修到现在，刚刚听她们说你喝多了，怎么样？还难受吗？要不要我给你送点解酒茶过去？"

周围格外寂静，因此梁域的声音清晰地从手机里漏出来，传入陈淮序的耳朵里。

言蓁被他盯得有点心虚，想要转过身去，却被他拉住了，按在了车边，一副"你们有什么不能当我面谈"的表情。

言蓁胡乱地编着理由："不用了，我……马上就休息了。"

应付了几句之后，她急忙道别："谢谢梁域哥哥，再见。"

挂了电话，就听见陈淮序慢条斯理地道："叫他哥哥叫得还挺顺口。"

"我一直都是这么叫的啊。"言蓁瞪了他一眼，"不准无理取闹。"

他没说话，只是轻扬下巴，示意她先回酒店。

她走了两步，又折返，开口道："你和我一起回去吧。外面这么冷，在车上睡不好的。"

"没关系。"

言蓁干脆拉住他的手腕，趾高气扬地道："这是命令。"

陈淮序被她扯回了房间。

酒店的床不大，两个人如果睡在一起势必会有身体接触，言蓁有些犹豫不决，陈淮序却轻描淡写地开口道："我睡地上。"

于是就真的这么执行了。

熄了灯，她翻来覆去，始终睡不着。陈淮序的声音在黑暗里响起："怎么了？"

她问："你还没睡？"

"嗯。"

她"哦"了一声，道："我也没睡。"

"嗯。"这会儿的声音带了点笑意。

她挪到床沿，看着他，问："地板不硬吗？"

"还行。"

又是一阵沉默，言蓁翻身回去，睁着眼睛看着天花板。

过了一会儿，娇弱的抱怨声响起："陈淮序，我酒喝多了，睡不着。"

床下却没传来回音。

她起身探头去看，见他闭着眼睛一动不动，于是嘀咕起来："不会是睡着了吧？"

言蓁悄悄地翻身下床，踩着地下铺着的被子，半跪在陈淮序的身边。

她在他的身旁轻轻地躺下，试了试地上的舒适程度，随后蹙起眉头起身道："硬死了，这怎么睡人？"

也亏他能睡着。

她盘腿坐在他的身边，无聊地研究他的睡颜。

不得不说，陈淮序确实很好看，高挺的鼻梁，形状好看的薄唇，哪怕是睡着了，眉头还是舒展得很开，似乎没有什么事情能难倒他。

她端详了一会儿，突发奇想，拿起手机也拍了一张。

"咔嚓！"闪光灯突然亮起。言蓁吓了一跳，手忙脚乱地去捂，没想到手一滑，手机直直地掉到被子上，砸出沉闷的响声。

陈淮序终于装不下去了，轻轻地叹了口气。

言蓁捡起手机，立刻又爬回了床上，装作无事发生。

他从地上坐起，看着她像鹌鹑似的把自己裹在被子里，便觉得有点好笑，道："你刚刚在干什么？"

"没有。"她立刻否认。

陈淮序也不追究，只是说："睡不着的话，要不要来聊聊天？"

她裹着被子往床沿移动，问："你想聊什么？"

"什么都可以。"

言蓁沉默了一会儿，轻声地说："你到底为什么来川西？"

"你今晚问两遍了，是觉得我这个行为很愚蠢？"

"不是……"她扯过枕头抱在怀里，"就是不明白你的动机，千里迢迢地跑过来，还只待一天就走，换我我肯定不愿意。"

她想不明白，他为什么能做到这种地步。

"如果我说，我觉得很值得呢？"

言蓁看着他，顿了一会儿说："真的明天就走？"

"真的。"

她"哦"了一声，就又不说话了。

言蓁裹着被子趴在床头，只将头露了出来，柔软的脸颊贴在床沿上，

195 ❀

乌黑的长发滑落，像是海里的小美人鱼。

他心动了，忍不住伸出手抚上她的脸。她抬起眸子看他，却没躲开。

"今晚好乖。"他用指尖摩挲着她的肌肤，轻声地说，"因为喝酒了吗？"

她不理他。

"你不开心？因为我明天就走？"

她这回终于有了点反应，赌气地将脸别过去，道："自作多情，你走不走和我有什么关系？"

他笑了，伸出手将她的脸转了回来，低下头吻了上去。

月光从窗帘的缝隙里洒进来，缱绻又温柔地洒在两个人的身上。

这个姿势不太适合接吻，言蓁没一会儿就觉得脖子发酸，往后退开，却没敢看他的眼睛，而是指挥道："你还是睡床上来吧，地上太不舒服了。我可以把床分一半给你，但有个前提，你不准对我动手动脚。"

陈淮序挑起眉毛道："不会半夜把我踹下去吧？"

言蓁怒道："爱睡不睡！"

打开的灯再次熄灭了，房间内又陷入一片黑暗中。

陈淮序突然出声了："你快掉下去了。"

言蓁缩在床角，道："没有。"

"被子的空隙大得都漏风了。"

"也没有吧……哎呀！陈淮序！说好了不准动手动脚的！"

"往里面挪点，我怕你睡着了真掉下去。"

"……"

"要亲一会儿吗？"

"嗯？"

"晚安吻。"

"一会儿是多久？"

"看状态。"

"……骗子。"

第二天早晨，陈淮序被闹钟叫醒了，转头看见身边的人睡得正香，摸了摸她的脸颊，又忍不住低下头浅浅地吻她。

睡梦中的言蓁觉得有什么东西在骚扰自己，蹙起眉头哼了哼，伸出手胡乱地挥打驱赶，被他捉住了手指，放在唇边亲了亲。

亲昵的胡闹停止了，他翻身下床，利落地洗漱收拾之后，又回头看了看床上的人，随后轻手轻脚地关上门走了。

清晨的空气清新，风裹挟着朝露的气息扑面而来，呼吸间仿佛能感受到微微湿润的凉意，让人神采奕奕。

陈淮序出了电梯，正准备往门口走，看见一个年轻男人迈着大步，从门外走进来。

他面容斯文，脖子上还挂着相机，一边走一边低头翻阅着相机里的照片，神情专注，似乎是刚刚拍摄完回来。

早晨的酒店大堂没什么人，前台的接待员对着空荡的大厅昏沉地打着哈欠，人工假山中的"哗啦"水声格外清晰。

见男人直直地朝着电梯的方向走来，陈淮序放慢了脚步，却没主动避让，仍旧继续行进。

梁域正埋头看着自己刚刚拍的照片，不时随意地看一眼脚下，直到眼前猝不及防地被阴影覆盖，他立刻停下，侧身，然而没来得及，肩膀沉闷地撞在一起。

"抱歉，"梁域放下相机，"是我没看路，不好意思。"

"没关系。"陈淮序轻描淡写地回答，擦着他的肩膀往前面走去，似乎并不把这件事放在心上。

梁域轻轻地揉了揉撞得有些微痛的肩膀，回头看了一眼，男人挺拔的身影消失在酒店门口。

很奇怪，好像有点眼熟。

言蓁是被手机的闹铃声吵醒的。

她撑起沉重的眼皮，慢吞吞地爬起身，看到身旁的被角被掖得整整齐齐的，伸手去摸，被窝里早就凉了。

就像没有人在这里睡过一样。

如果不是身体的酸痛，她几乎要以为昨晚发生的一切都是一场梦。

毫无疑问，陈淮序出现的那一刻，她首先感到惊讶，随后很是惊喜，就像是收到一份意外而至的礼物，欢喜在心里蔓延开来。

夜晚篝火旁的相遇，星空下的亲吻，她觉得自己有点像童话中的王子，在命定时刻到来的瞬间，失去了她的"公主"。

她坐在床上发了一会儿呆，然后下床换衣服洗漱，无意间瞥见一旁的桌子上放着什么东西，便好奇地走过去拿起。

"灰姑娘"陈淮序还真的留下了他的"水晶鞋"。

是一张被随手撕下来的便签条，上面写着拍摄结束后，如果她们还想继续玩，可以顺着这条推荐的路线去西藏，具体的攻略他已经发到她的微信上了。

言蓁打开手机。果不其然，清晨时分陈淮序发来一个文档，看起来像是早就准备好的。

"糊弄我的吧，你会有这么好心？"她嘀咕着点开，密密麻麻的文字和各式照片在眼前展开，她瞬间被丰富的内容震惊了。

陈淮序做旅游攻略显然如同对待工作一样认真，细致地规划路线，推荐景点，挑选可以入住的旅馆民宿，标明各个地方需要注意的各类事项，甚至根据她的偏好口味推荐了可以尝试和千万不要因为好奇心而尝试的食物。

明明她需要来川西一周多的时间，没过四五天他就急不可耐地跑来见她，现在反而替她做了这么详尽的攻略，鼓励她结束之后继续去西藏玩？

游戏不玩了吗？他是彻底认输了吗？

言蓁捏着便签试图揣摩陈淮序的心理，突然发现背面似乎也写了一行字，墨水痕迹隐隐可见。

她翻过来，熟悉的字体再次映入眼帘，字如其人，漂亮清逸，仿佛能听见他含着笑意的声音："现在是不是觉得，和我一起去旅游也不错？"

言蓁在桌前站了半晌，反应过来时已经不自觉地拨了电话过去。

通话音响起的一瞬间，她才想起陈淮序现在应该是在开车，因不想分散他的精力，正准备挂断，没想到他居然很快接通："起床了？"

言蓁问："你是不是在开车？"

"路程太长了，路又不好开，和司机师傅换着来，现在正好轮到我休息。"

"哦。"

她的指尖无意识地摩挲着便签的边缘，没有再说话。

陈淮序也没问，默契地在电话那头保持着沉默，言蓁只能隐约地听见导航播报提醒的声音。

两个人轻轻的呼吸声通过手机传递到对方的耳朵里，彼此任由寂静的空气无限地蔓延。

直到那头传来一道突兀的刹车声，尖锐刺耳，她的心顿时慌了一下。

她急忙问："怎么了？"

"没事，路边突然窜出来一只小动物。"

"哦……"她像是找了个由头，顺着对话继续开口，"你那个攻略是什么意思？我要是真去西藏玩，等我回来我们的游戏都结束了。"

"没什么，"陈淮序说，"比起我们的游戏，我觉得你的快乐更重要。"

他向来冷静理智，此刻说出口的话也带着一贯的沉稳，丝毫不像开玩笑或者是油嘴滑舌，落在她的耳朵里，就仿佛只是简单地陈述一个事实。

语气平淡的一句话，却非常致命。

言蓁将目光转向窗外，努力分散着自己的注意力，轻哼一声道："我要是真去了，你不会又来找我吧？"

陈淮序却在这时问："你会去吗？"

她一顿。

柔和的声音继续道："还是……会早点回来和我见面？"

看似把主动权交给了她，实际上他才是始终掌控一切的那个人。

如果她选择继续旅游，那么就是为了她的快乐牺牲掉他们的赌约，陈淮序也会因为什么都来不及做而输掉。言蓁嘴硬心软，享受了他的攻略却辜负了他，势必会在心里对他产生一点愧疚。这点心理上的倾斜，对他来说就是绝佳的机会。

如果她没有去旅游，那么就是在无意中做出了选择，也帮助他判断，到目前为止，他在她的心里到底占据了多少分量。

言蓁看不清这些步步为营的手段，她只觉得现在的状况很是糟糕，因为听着他的声音，她真的有点想回去了。

贴着手机的耳朵突然变得发烫，她不知道该怎么回答，于是慌张地立刻挂断了电话。

电话那头传来"嘀嘀"的声音，陈淮序看了一眼手机，垂下手，神色里并没有电话被挂断的不悦，反而心情不错。

司机师傅偏头看了他一眼，觉得这个客户可真是奇怪。

起初他以为这个男人是一个人来旅行的，没想到昨天晚上才到，今天清早就要返程。所幸男人出手大方，报酬给得够多，跑这一趟抵他带好几个团。只是钱赚到了，也难免起了疑惑："来谈生意啊？"

"不是，"陈淮序回复道，"来见人。"

"很重要的人？"

"嗯，特别重要。"

司机师傅抓着方向盘，道："听你讲电话就能感觉到了。冷脸了一路，只有刚刚是笑着的。"

"也没什么。花了很多精力，做了个旅游攻略，现在看来，很有可能派不上用场了。"

师傅咧嘴一笑，道："那不是白忙活了？你怎么还笑得这么开心？"

陈淮序的右手手肘搭着车窗边沿，轻轻地支着头，左手抓着手机抵在腿上。他随意地将手机摁亮，又摁灭，屏幕反复地明暗，壁纸上美人的侧脸被星光描摹，目光和天际线远远地相接。

他无声地看了许久，指尖覆上屏幕内她的脸颊，笑了一声道："倒也不算白忙活。"

言蓁在房间里收拾好后，出门去和众人会合。陆思楚一见到她就将她拉到一边，压低了声音神秘地问："你昨晚根本没喝多吧？"

"什么？"

"昨晚梁域团队的那群助理小姑娘也在篝火那儿玩，有人拍到了一个路人帅哥，她们全在讨论要不要上去搭讪，争取发展一段露水情缘。"陆思楚扬起了眉毛，"有帅哥的地方怎么能少了我，对不对？我也过去想凑个热闹，看看到底有多帅，你猜结果怎么着？"

言蓁有点猜到答案了，但还是强装镇定，顺着她的话往下接："怎么了？"

"是一个很眼熟的陈姓帅哥。"陆思楚眯起眼睛，"你说，他怎么会在这里？你昨晚是不是找了个借口，和他鬼混去了？"

言蓁顿时有点心虚，避开她的追问，道："你别闹。"

陆思楚探出头往她的身后看，问："人呢？"

"哪有什么人，你看错了。"

正巧门口有人招呼，言蓁拉着她往前面走去，道："快点，今天还要去下一个地点呢。"

日升日落，昼夜交替，不算长的旅程在快门的反复"咔嚓"声中，终于迎来了结尾。

返程的前一天晚上，梁域找到言蓁，邀请她去楼下坐一坐。

旅馆门前的路边有一排石凳，梁域掏出纸巾仔细地擦了擦，才招呼着她坐下。

夜很静，四周辽阔，风声里夹杂着树叶搅动的"沙沙"声响，在地面上映出斑驳的影子。

"这一次的旅行开心吗？"梁域侧头看她。

"挺开心的。"

他叹了口气，道："我太忙了，忙拍摄，忙团队，总担心没照顾好你。"

言蓁摇头道："别这么说，反而我还要感谢你，我偷偷地看了几张样片，你把我拍得特别好看。"

梁域笑道："那就好。"

言蓁注意到他手边的相机，问："这些天我看你一直拿着这个小的相机，是有什么特殊用处吗？"

他将相机递过去。她仔细地翻了翻，问："拍的是日出？"

"对。这些天，每天早上我都会找个地方拍日出。"

"每天？"她很是惊讶。

"嗯。"他点点头，"编辑成视频还是摄影集我还在思考，总之想做得浪漫一点。"

她将相机递还给他，道："你这么有艺术细胞，怎么做都会很浪漫的。"

"你喜欢浪漫的东西吗？"他将相机挂回脖子上，状似不经意地问。

"喜欢啊。"言蓁毫不犹豫地点头。

他笑着道："那就好。"

两个人又闲聊了一会儿，夜色寒凉入骨，便一同起身往回走。眼看旅馆大门近在咫尺，梁域停下了脚步，轻轻地叫她："蓁蓁。"

她回过头，道："嗯？"

"在这方面，我也比较笨拙，不知道该怎么办，经常瞻前顾后的，犹豫不决。"他轻轻地叹了口气，"总之，如果你觉得我有哪里做得不好，一定要和我说。"

言蓁觉得他人挺好的，只能似懂非懂地点头道："好的。"

梁域看着她，慢慢地微笑起来。

直到言蓁的背影消失在视线里，他才从口袋里掏出了手机，道："妈？"

"明天几点到机场？我让小洛去接你。"

他有些疲倦地揉了揉眉心，道："我说了，我自己可以回去，你没必要非让她跑一趟，她也有自己的生活。"

那头传来一声冷笑："话说得这么好听，别以为我不知道你在打什么算盘。这次去川西，你和谁一起去的？你是不是根本没听我说的话？"

"妈，我很累了，就这样吧。"

梁域不想再纠缠这个话题，便利落地挂了电话，却有些颓废地立在原地。许久，他伸手从口袋里摸出烟，折身又往黑暗里走去。

路程颠簸疲惫，耗费了一天，言蓁终于在傍晚时分回到了宁川。

意外的是，机场门口，言昭居然亲自来接她了。

"今天是什么日子？"她抬起头看了一眼朦胧的黄昏天色，故作惊讶地道，"言总居然亲自来接我？"

言昭提着她的行李箱放进后备厢，闻言笑道："给大小姐接风洗尘，满意吗？"

言蓁上上下下地打量了他一会儿，扬起眉毛道："算你识相。"

夕阳洒在车上。她将车窗降下一条小缝，微凉的风渗进来，吹得人格外舒适。

车内弥漫着清淡的香味，音乐声柔和悦耳，她靠在椅子上，渐渐地在行驶中沉入梦乡。

意识沉浸在一片黑暗里，也不知道过了多久，隐约有对话灌入耳朵里。

"……睡着了。"

"……太累了，那就让她先睡会儿吧。"

"……在等，我先进去了。"

言蓁听着声音，思绪有点拉回，眨了几下眼睛。

她躺在副驾驶座上，身上还盖着言昭的外套，而驾驶座已空无一人。

车头边靠着一个穿黑衣服的男人，她以为是言昭，降下车窗，探出头，想也不想地叫了一句："哥哥？"

"嗯。醒了？"那人自然而然地应下了她的称呼，转身看过来，"还要再休息一会儿吗？"

等言蓁看清了他的脸，有些惊讶地道："陈淮序？你怎么在这里？我哥呢？"

"他先去包厢了，我在这里等你。"

言蓁扫视了一眼四周，地下停车场里光线昏暗，偶尔有车胎压过减速带的声响传来，沉闷地回荡在静谧森冷的空气中。

"这是在哪儿？明实？"

"嗯。给你接风洗尘，今晚订了一个包间。"

宁川市著名的五星级酒店。

她显然很是满意自己的排场，道："还挺隆重的嘛。"

陈淮序跟着"嗯"了一声，没再说话，就这么低着头看着她，目不转睛。

察觉到那股灼热的视线，言蓁缩回车里，坐直了身体，拿出镜子简单地整理了一下刚刚睡乱的头发。

她收拾得细致，抬起眼睛的间隙看见陈淮序仍旧一动不动地靠在那里，手随意地搭在车前盖上，小臂线条流畅，腕表束着骨感的手腕，和银灰色的车身莫名地很搭。

言蓁又探出头道："你其实不用在这儿等我，包厢号报给我就行，我又不是不认识路。"

她靠着车窗，抬起头看他。陈淮序站在车外，像是就在等这一刻，他突然伸出手，掌心扣住她的后脑勺，拇指压在她的耳朵后面，就这么弯下腰来，低下头吻住了她。

"你……"

话语被吞没了，鼻尖瞬间盈满了他的气息，眼前光线一暗，她的视线彻底被他捕获了。

陈淮序用一只手虚虚地挡在她的头顶，怕她磕碰上窗沿，另一只手扣着她面向自己，侧头亲她。

因为姿势不方便，他并没有吻得很深，却也足够耐心细致。

停车场里很安静，也因此交缠纷乱的呼吸声清晰地飘进两个人的耳朵里。言蓁的手指搭在窗沿上，伸手想去推开他，可手指刚触到他的衣襟，他就加重了力度。她一瞬间忘了接下来自己该做什么，手指揪着他的衣服慢慢地卸了力气。

一吻完毕，言蓁蹙起眉头抱怨道："你好烦，怎么一上来就……"

陈淮序没急着退开，而是又吻了吻她的唇角，用手指抚着她颈侧柔软的肌肤，气息交融，声音很低："想你了。"

"你的手好烫。"言蓁将他的手从自己的颈侧处掰开，"还说这种话……这不像你。"

陈淮序屈起手肘抵着车窗，目光锁着她，道："是吗？那什么样才是我呢？"

"冷漠、算计、强势，做一切事都要讲求回报。"她垂下眼眸，"我现在都有点分不清，这到底是不是你为了赢下游戏的手段。"

"有什么区别吗？"

"当然有，"她强调，"这是真心与虚假的区别。"

他太聪明，太有手段了，以至于言蓁都开始怀疑，这一切究竟是不是他为她精心编织的一张网。也许等她落网以后，就会发现不过是戏弄她的一场谎言。

"可在我看来，这并不冲突。"他慢慢地说，"因为对我来说，这些都是一样的。"

既是真心，也是手段。

利用他自己的感情，去想方设法地获得她的心。

见言蓁不说话，他笑道："我真的没骗你，不信你随便问。"

她随口问："交过几个女朋友？"

"没有。"

"和我是第一次？"

"是。"

这么私人的问题，他回答得十分坦然，反倒让言蓁有些不自在起来，目光从他的脸上移开，道："问完了。"

陈淮序却捉住了她的手，道："这就完了？"

"不然呢？"她挣了挣手，没挣脱开。

他低下头道："就没有别的想问的？我都会诚实回答的。"

她急道："怎么还有你这种逼别人问问题的？"

陈淮序拉开车门，将她牵了出来，将她轻轻地搂在怀里。

"我会慢慢让你了解我的。"

他补充道："全部的我。"

两个人来到包厢时，路敬宣已经快等得睡着了。听见包厢门响动了，他长舒一口气道："终于来了。"

言蓁一眼望去，偌大的圆桌旁只坐了两个人，看起来冷冷清清的。

她开口道："你可以先吃呀。"

"主角不来，我哪敢开动？"路敬宣向服务员招呼一声，"起菜。"

言昭的手指在桌面上轻轻地敲了两下，道："今天你路哥哥请客，别和他客气。"

陈淮序替她拉开椅子，言蓁顺势坐下，好奇地问："为什么是你请？"

"你哥帮了我一个忙，我就说请他吃个饭，没想到你正好旅游回来，我就想择日不如撞日，请你们兄妹俩一起吃个饭。"

言昭挑起眉毛道："什么叫帮你的忙，未免太自作多情了。"

"原来是请我们兄妹啊，"言蓁的目光故意停在身边的人身上，"那这里怎么还多了一个人？"

陈淮序的神色淡定，丝毫不介意言蓁调侃的狡黠目光。

"不要脸来蹭饭的，别管他。"路敬宣提着红酒瓶凑过来，"来来来，他俩开车，这里只有我俩能喝，来点。"

筷子一提，饭局上的谈话就热闹了起来。路敬宣举着杯子对言昭遥遥地敬了敬，另一只手竖起大拇指，道："真的，你绝了，是这个。听说那件事直接捅到徐家老头儿那儿去了。那废物估计没一两个月出不了门，就算再出来，也不敢来我的地盘上惹事了。"

言昭神色不明地笑了一声。

饭局结束后，言蓁拽着路敬宣没让他走，等言昭开车过来，从行李箱里翻出一个盒子递给他，道："纪念品。"

路敬宣很是惊喜，说："妹妹好贴心，还有我的份儿哪！"

他得意扬扬地道："我早就说了，我都怀疑蓁蓁是我的亲妹妹，你看我们俩，多和谐。"

言昭说："是吗？我妈要有你这样的儿子，早被气死八百回了。"

路敬宣翻了他一个白眼，道："滚一边去。"

言蓁又翻出来一个稍微大点的递给言昭，随后特意对站在一旁的陈淮序说："没你的份儿哦。"

"嗯。"他只是站在那里，淡淡地应了一声。

没从他脸上看到想看到的表情，言蓁觉得有点可惜，但很快便打起精神，朝他们挥了挥手，道："那我们走啦。"

坐上车，言蓁正系着安全带，听见言昭问："真没他的份儿？"

她的动作一顿，哼道："当然没有。"

言昭打着方向盘，抽空瞥了言蓁一眼，笑道："那他混得有点惨。今天本来说好是他去接你的。"

"那为什么最后是你？"

"我怕他疲劳驾驶，一车两命。"

言蓁察觉到他话里有话，问："什么意思？"

"他这几天，加起来好像就睡了四五个小时吧，今晚我本来都不让他来，烧都没退，但他说什么都要过来。"

"发烧？"言蓁回忆起停车场里的吻，隐约想起他当时确实有点烫，但她只以为那是亲密接触的身体反应，并没往其他方面想。

他居然生病了，在发烧，而且甚至都没告诉她。不仅非要跑过来和她吃这一顿饭，还在停车场吹了那么久的冷风。

言蓁越想越不安，问："那他吃药了吗？"

"你问我，我怎么知道？"言昭失笑了，"你不如打电话给他。"

窗外霓虹灯斑斓，高楼并立，被他们甩在身后。言蓁握着手机犹豫了半晌，还是拨通了陈淮序的电话。

"怎么了？"那头的声音很低，和平常相比气息明显不稳。

"我听我哥说，你发烧了？那你今晚为什么不在家里休息，非要跑过来？"

"没发烧，"陈淮序利落地回答，"他骗你的。"

言蓁用狐疑的眼神看过去，言昭慢悠悠地说："我是你亲哥，我能骗你？"

她咬牙道："陈淮序，你给我说实话。"

"我没烧。"

"哥，掉头。"言蓁对着电话开口，语气带了几分急躁，"你给我在家里等着，我现在过来亲自检查，你要是敢骗我，就死定了。"

车开到了陈淮序家所在的小区。

言蓁靠在椅背上，刚刚那股莫名上头的冲动早就在十几分钟的车程中被慢慢拂散了。她冷静下来，才觉得自己的反应好像有点过了。

如果陈淮序就是不想让她知道的话，那她又有什么立场逼他说出来呢？

不知不觉中，她居然自然而然地想参与到他的生活中了。

一定是晚上路敬宣非要拉她喝酒的错，害她容易情绪激动，竟然不过脑地说出了那种话。

窗外漆黑，高楼在夜色中矗立着。她静静地看着，产生了一点退缩之意："哥，不然我们回去吧？"

言昭挑起眉毛看着她，道："刚刚还发脾气要来，怎么到了楼下又不进去了？"

"我刚刚有点冲动了，冷静下来以后我想了想，他如果真生病的话，现在需要的是休息。"言蓁说得冠冕堂皇，"大晚上的，我们去打扰也不好。"

言昭不信她会就这么回去，但也不拆穿，只是随意地点头道："说得也有道理。"

说完，他转动方向盘，准备掉转车头。

车子一动，言蓁果然后悔，急忙按住了他的手臂，犹豫道："不然……我们还是上去看看？"

"能不能给个准信，"他用指尖敲了敲方向盘，"你这样我很难办。"

她看言昭云淡风轻的样子，蹙起眉头不解地道："你怎么一点都不急？他可是你的好朋友。"

"发烧而已，又死不了。"

言蓁："……"

言蓁仰起头看了看高高的住宅，最终还是下定决心："就去看一眼。"

两个人过了门禁，走进电梯里，言蓁没多想，顺手按下楼层，言昭在身后状似不经意地道："你知道他家在几层，你来过？"

突如其来的问话把她吓了一跳，连手心都冒出了冷汗，反复握紧又松开，这才想到合适的说辞："刚刚来的路上问的。"

言昭点点头，便没再追问。

言蓁悄悄地松了口气。

这里一层只有一户，出了电梯就是大门。言昭上前按了门铃，没一会儿，门很快从里面打开了，一个修长的身影出现在视线里。

言蓁借着走廊的灯光，抬起头仔细地打量他，终于发现了他细微的不对劲。

脸颊有点苍白，嘴唇轻抿，整个人看起来没什么精神，难得地显露出了一丝易碎感。

尽管如此，他仍旧腰背挺直地站着，不让自己露出丝毫颓态，神情和平时毫无二致，也难怪言蓁晚上吃饭没看出来。

意外地在这种方面爱较劲。

看见门口的兄妹俩，他侧身，示意他们进来。

言昭没动，道："我就不进去了，先走了，明早还得上班。"

言蓁闻言收回了脚步，回头道："那我也和你一起回去。"

陈淮序没什么耐心地撑着门说："你们两个特意跑过来，就为了在我家门口逛一圈？"

言昭笑道："我怎么知道，我今天只是司机而已。"

他紧接着又说："太冷血了也不好，这样吧，我家派个代表慰问一下你。你负责把她安全送回家。"

言蓁："嗯？"

看着言昭真的转头就走，言蓁急道："你怎么真走了！连妹妹也不管了，等等我！"

她追到电梯口，言昭慢悠悠地开口："不是你要来的？现在我也把你送到了。"

"那大晚上的，你也不能留我一个人在他家啊？"

言昭抬起头，若有所思地看了一眼言蓁的身后，懒散地道："也是，那就和我一起回去吧。"

他站在电梯里，眼看门要合上了，言蓁下意识地要踏进去，手腕却突然被拽住了，被人用力地向后一拉。她顿时失去平衡，跌撞着栽进一个怀抱里，眼睁睁地看着门在眼前合上。

电梯门彻底关闭的瞬间，陈淮序的嗓音平淡："慢走，不送。"

两个人站在电梯口，四下里一片寂静。

言蓁看着电梯跳动的数字，问："你拽我干吗？！"

"来都来了，你还想去哪儿？"他牵起她的手，往门口走去。

言蓁被他拽着，时不时留恋地回头看一眼电梯，直到被他带进了家里。

没一会儿，言蓁就被另一件事情分散了注意力。

他的手真的很烫。

"你真的发烧了。为什么今晚不告诉我？就连刚刚打电话也在骗我。"

"没必要，发烧而已。"他轻描淡写地说。

"也是，发烧而已。"言蓁不知道心里哪来的火气，冷冰冰地开口，"陈总连自己都不在乎，别人也没必要瞎操心，反而还显得多管闲事，无理取闹。"

她扭头径直往门口走去，步伐又急又重，可还没等她碰到门把手，一只手就从身后探了过来，揽住了她的腰，阻止了她接下来的动作。

"生气了？"他问。

言蓁没说话，皱着眉头去掰他的手。可陈淮序即使生病了，力气也比她的大，让她根本无法挣脱他的束缚。

"你在乎我。"语气很轻，却斩钉截铁。

言蓁被他这一句话击中了，动作明显滞了一下，找补道："关心一下病人不是很正常？我又不是冷血动物。"

话虽然这么说，声音却越来越小，显然是没了底气。

陈淮序的下巴抵着她的头顶，并没继续逼问她，而是将她搂紧了一些，道："想回去的话，只能明天再开车送你，今晚真的开不了车，怕出事。"

言蓁冷哼道："刚刚去吃饭时开车回来怎么不见你考虑后果？"

"那是只有我一个人，所以没关系。"

他停顿了一下，因为病气而微哑的嗓音在寂静的室内回响："但是带着你，我不敢冒险。"

言蓁轻轻地抿着嘴唇，不语，直到闻到一股清淡的米香味，于是问他："你做饭了？"

"嗯，煮了点粥。晚上的菜太腻了，没什么胃口。"

身为一个病人，居然还要自己照顾自己，陈淮序未免混得也太惨了点。

"你那么有钱，怎么不雇人来照顾你？"

"习惯了。"

他天生是不爱和人亲近的性格，更不喜欢不熟悉的人侵入他的生活，和他有过多的接触。而且他一个人生活了这么多年，早就习惯了自己照顾自己。

言蓁从他的怀里挣脱出来，道："你可别指望我照顾你。"

"没关系，我自己来就行。"

"你还不休息？"她蹙起眉头，指使道，"现在，立马，给我去睡觉！"

看着陈淮序往卧室走去的背影，言蓁在原地思忖了良久，然后转身向厨房走去。

炉子上燃着火，言蓁揭开瓷盅的盖子看了一眼，稠粥已经煮好了，正"咕嘟咕嘟"地翻滚，飘出浓郁的香味。

她关了火，拿出一个碗，盛满，觉得刚煮好的粥有点烫手，于是暂时放到一边凉着，想了想，又撒了一点点糖进去，轻轻地搅了几下。

做完这一切，粥也凉了些，她便端起，一路走到陈淮序的卧室里。

他果然还没睡，正靠在床头，心不在焉地刷着手机。

言蓁走过去，将碗放在床头柜上，道："我就知道你没睡。"

"你不在这儿，我睡不着。"

"怎么？怕我趁你睡着打劫你家？"她指了指粥，"快喝完。"

陈淮序没动，抬起头看着她。

她瞬间读懂了他的眼神，"哼"了一声道："你是发烧，又不是断手，想让我喂你，门都没有。"

他叹了口气，端起碗舀了一勺，轻轻地吹气，随后送进嘴里，咽下之后，有些意外地开口："放糖了？甜的。"

"是啊，我小时候生病，粥里都会放点糖的，不然没味道，胃口不好的话吃不下。"言蓁看着他的表情，"你不吃甜的？"

陈淮序笑了，没说话，但很快喝完了粥，用行动代替了回答。

"退烧药吃了吗？"

"吃过了。"

"好了，这下可以睡了。"言蓁抽走他的手机，"我关灯了。"

她转身要走，却被陈淮序拉住了。他道："陪我一会儿吧。"

没等她回答，他的手腕用力，将她拽到床上，又伸手搂了上去。

柔软的身体在他的臂弯里，他将她的腿也抬上床，掀起被子裹住了两个人，道："睡觉。"

言蓁不肯："陈淮序！我还没脱衣服……不对，我还没洗澡呢！"

然而他置若罔闻，伸出手紧紧地抱着她不放，将脸颊贴在她的颈侧，没过一会儿就睡着了，手臂慢慢地卸了桎梏她的力气。

是真的累了。

言蓁也不知道要不要挣脱，抬起眼睛看着天花板发呆。他的呼吸平稳绵长，洒在肌肤上，又麻又痒。

"好烦啊……"她嘀咕着抱怨，想去推开他的头，可手在碰到他后脑勺的时候停住了，又慢慢地收了回来，"看在你这次生病的份儿上，不和你计较。等你好了我们再算账。"

第二天，言蓁毫不意外地起晚了。

她慢吞吞地起身，耷拉着眼皮坐在床上，双眼无神，发着呆，显然是没完全清醒。

没一会儿，卧室的门传来响动，她的眼皮一跳，抬起头看去。陈淮序从门外走进来，步伐沉稳，面色一如往常，看着已经完全恢复了，没有昨晚半分的脆弱模样。

看见她怔怔的，他走过去在床边坐下，问："饿不饿？起来吃点东西？"

她的起床气还没完全散去，不耐烦地道："我要换衣服，你先出去。"

"好。"他指了指床头叠放着的衣物，"先穿我的将就一下，待会儿让人送一套新的过来。"

言蓁换好了衣服，洗漱完毕，却没急着出去，而是好奇地打量起陈淮序这间卧室来。

她早就注意到了房间角落里立着的储物柜，很是显眼，上面整齐地摆放着一些东西。她凑过去，一眼就看到一张被相框裱起来的拍立得相片。

玻璃严实地压着相片，不甚清晰的像素只能勉强看清照片里的黯淡人影。画面里，言蓁对着镜头抿着嘴唇笑着，眉眼弯弯，漂亮惊艳。而她刻意地只占据了半边镜头，让相机同时拍到了身后，是一个男人的背影，挺拔地站在雪地里。

居然是她的照片？

"在看什么？"声音从身后传来。

言蓁回头，陈淮序也顺着她的目光看到了那张拍立得相片，他的话语肯定了她的猜测："是四年前，你来美国那次，我们拍的合照。"

"也是你送给我的礼物。"

第十二章
步步为营

四年前。

波士顿下了一夜的大雪。

陈淮序和言昭为了给不负责任的组员擦屁股，两个人熬夜把案子重新做了一遍，终于在早晨时分踩着最后期限把作业发到了教授的邮箱里。

窗外天蒙蒙亮，确认邮件已经发送以后，他们关了电脑，回各自的房间倒头就睡。

可还没睡到两个小时，刺耳的门铃声就划破了寂静。见门内没人应答，门外的人失去了耐心，更加疯狂地按着门铃催促。

脾气再好的人此时也难免会有一点情绪，陈淮序面无表情地掀开被子，冷着一张脸走到门口，连猫眼都忘了看，用力地拉开了门——

伴随着门外的极冷空气，一捧冰凉的雪迎面扑来，落在发丝上、脸上，有一些甚至滑进了领口里。

"Surprise（惊喜）！"

雀跃甜美的女声响起，陈淮序蹙起眉头，拂掉脸上的雪，没什么耐心的他刚想冷声斥人，却在看清眼前人的时候顿住了。

女孩穿着白色的羽绒服，戴着一顶毛绒帽子，脸很小，眼眸清亮，眼尾勾人，鼻尖因为冷而有点泛红，正娇俏得意地看着他，显然是对自己的"袭击"杰作非常满意。

仿佛软件里线条凌乱的画布被一键清除内容，所有郁结一扫而空。

他心里那股烦躁瞬间就消失了。

可等对方也看清了陈淮序的脸，那神情瞬间从开心变成了慌张。

言蓁原本以为开门的会是言昭，所以准备了"礼物"逗弄他一下，可没想到撒错了人。尴尬羞窘顿生，她踮起脚，手忙脚乱地去拂他发顶的雪，连连道歉。

"没事。"陈淮序微微地低头，方便她的动作，目光不经意间落在她帽子两侧垂落下来的毛绒球上——随着她的动作一晃一晃的，像是兔子的尾巴。

好可爱。

十分钟后，客厅的沙发上坐了三个人。

"谁让你来的？"言昭一脸没睡醒的样子，跷着腿，没什么好语气，"你一个人跑这儿来，妈知道吗？"

"你这什么表情？我可是坐了快三十个小时的飞机！宁川没有直飞，我从阿布扎比转机过来的。"言蓁很是不满，"我千里迢迢地过来看你，你就这态度对我？"

"哦，所以妈不知道。"言昭并不理会她打感情牌，而是冷酷地掏出手机，滑开，作势要拨电话。

"言昭！"言蓁急忙扑过去抓住他的手，"你这人怎么这样！"

言昭将手机扔到一边，用力地掐住她两侧的脸颊，道："不和家里报备，也不和我说一声，就这么冲动地一个人跑到美国来，万一路上出事了怎么办？仗着自己刚成年，翅膀硬了是吧？"

言蓁的脸颊被掐住，嘴唇受到挤压，说话没那么清楚，只能用那双眼睛委屈地看着他讨饶。

言昭是真的被妹妹的冲动弄得有点生气了，再加上通宵的疲惫让他的大脑不怎么灵活，一时间手下的力度也没个轻重，言蓁的皮肤薄嫩，很快就被他掐出了红印。

他反应过来后，松开手，"啧"了一声道："算了。回去的机票是什么时候？我送你去机场。"

"三天后，所以要抓紧时间好好地玩一玩。"言蓁见言昭不再追究，不怎么在意地揉了揉脸颊，拿出平板电脑兴奋地道，"我来之前做了好多功课，比如这里的 Revere beach（里维尔海滩）啊，昆西市场啊，还有——"

"言蓁，"言昭打断了她的话，"现在是冬天，没记错的话下周开始波士顿会有暴雪，你觉得这个天气适合旅游？你现在去沙滩上，大概只会被风吹得再也不想来这个城市了。"

看见她瞬间沮丧的表情，言昭认输地叹了口气，道："博物馆和学校之类的还是能逛一逛，到时候带你去吧。"

"好！我准备好了，那我们过会儿就——"

"今天不行，我要睡觉。"言昭站起身，"我们昨晚刚熬了一个通宵，精神不太好。晚上再带你出去吃饭。"

他的想法很是简单，冬天本来就不是这座城市旅游的最好时机，言蓁这次过来得也不太凑巧，很多景点都没办法看到最漂亮的景色。但问题也不大，以后只要她想来，也就是一张机票的事，不差这几天。

"哦……那就我自己……"

尾音拖得长长的，带着明显的失望。

在一片宁静里，坐在一边的陈淮序突然开口了："我可以带你去。"

兄妹俩同时将目光转向了他，毫不掩饰的惊讶。

"可是你们刚通宵……"

"没事，我昨晚还是睡了一会儿的。"陈淮序轻描淡写地撒谎道，"既然来了，趁今天没下雪，应该去逛一逛。"

言昭看着言蓁，犹豫一会儿，叹了口气道："那就麻烦你了。"

于是两个人收拾了一下，出了门，走在积雪深深的小路上。

雪层松软，踩下去会发出"吱呀"的声响。雪后的街道很静，偶尔会有汽笛鸣响，轮胎碾过雪层，在柏油路面上拖出淡淡的水痕。

两个人的步伐深浅交替，许久都没有人开口说话。

还是言蓁率先打破了尴尬："你……"

"陈淮序。"他适时地开口，"这是我们第二次见面。"

距离上一次篮球场初遇已经过去了大半年，时间从夏天变成了冬天，地点也从宁川变成了波士顿。

但心境好像仍旧没什么变化。

"对，我记得。"言蓁在不熟悉的人面前还有点拘谨，"谢谢哥哥。"

他淡淡地道："不客气。"

然后两个人又陷入沉默中。

尽管是在冬日，但公园里的人仍旧很多。

言蓁一路拍照，陈淮序就不疾不徐地跟在她的身后，始终保持着一段距离，不会让她感受到不适。

他个高腿长，面容清俊，很有东方特色，很快便吸引了一批华人女孩的注意。

有人走上前，和他简单地聊了两句，确认他也在波士顿念书以后，想要他的联系方式。

但他拒绝了。

女孩面露失望，又问能不能拍张合照。

他再次礼貌地拒绝："抱歉，不喜欢拍照。"

对话都落进了言蓁的耳朵。

回去的时候，言昭也睡醒了，准备开车带言蓁出去吃饭。大少爷即使在美国读书，也要保证舒适度，不愿意挤人多的地铁和巴士，刚来就拿了驾照买了车。

可大家都忽略了一个事实，那就是门前的积雪很深，车开不出来。

于是他只能叫上陈淮序，两个人在门口铲雪。

言蓁才不做这种事，她拿着新买的拍立得，捕捉着言昭劳动的身影，时不时地开口嘲笑他的滑稽模样。很快这种行为被不甘的言昭打断了："能不能别对着我拍？"

"那我拍谁？"

"他。"言昭的目光示意一旁的人，"你要是能和他拍张合照，上次妈不愿意给你买的那款包，我给你买。"

"你认真的？"

"当然，"言昭一心想把她打发走，"我从不食言。"

陈淮序站在一旁心不在焉地铲着雪，却并没等到言蓁来找他合照。过了一会儿，她高兴的声音在身后响起："你看，合照。"

言昭沉默了一会儿，道："这也算？"

"怎么不算？两个人都在镜头里。"言蓁有些理直气壮，"背影出镜也是出镜啊！"

"你越来越会胡搅蛮缠了。"

"你又没规定，我看胡搅蛮缠，不愿认输的是你吧！"

本来是在铲雪，结果兄妹俩开始吵吵闹闹，后来竟然就这么在地上捡起雪块互相扔了过去。

陈淮序停下动作，回头看了一眼。

夕阳将天际晕染得昏黄，连洁白的雪面都被覆上了一层残光，像是撒了焦糖的奶油。

她的笑声仿佛煮沸牛奶时冒出的小小气泡，一个个地钻出来，又一个个地在他的心上破掉，留下甜味的碎沫。

他站在那儿，一动不动地看了很久。

心动往往毫无预兆，篮球场初遇也是，波士顿雪后黄昏也是。

他并不觉得现在的这种感觉足以被称为爱情，但无法抗拒的吸引力一定是沦陷的开端。

只要再给点时间，他就会无法自拔地爱上她。

两个人闹累了，最后的结局是找来当事人。

言昭问："你觉得这算合照吗？"

言蓁拼命地给陈淮序使眼色。他收回了目光，只当没看见："不算。"

小小的方形相片，框住的不应该是两个人背对着的身影。

他希望，他们能并肩站在一起。

吃完饭回来后，天空又飘起了雪。

言昭从冰箱里拿出两瓶啤酒，给言蓁热了一杯可可，和陈淮序一人一个手柄，打起了游戏。

在言昭连着赢下第七局的时候，他察觉到一丝反常。

他转头看了一眼陈淮序，见他神色平静，一点也没有因为输得太惨而神色不甘。

看着倒像是故意输的。

可言昭不觉得状态正常的陈淮序会故意输给他，于是按了按手柄，道："再来一局。"

这局他有意露出破绽。换作以往，这么致命的失误早就被陈淮序抓住，并且不给他还手的机会便彻底摁死，但今天，陈淮序就像瞎了一样没反应。

言昭忍不了了，抬起头瞥了一眼，刚想发问，就发现了不对劲。

压根儿不是故意输，而是陈淮序根本就心不在焉，连言昭在偷看他都没注意到。他按着手柄，表情没什么波动，但眼神一直飘忽，时常落在一个地方，然后看半天才回过神来。

他在看哪儿？

言昭顺着他的视线看过去，发现了趴在一边睡着了的自家妹妹。

言蓁本来坐在一旁看，但一会儿又觉得无聊，抱着靠枕，居然就这么趴着睡着了，身上还披着陈淮序的外套。不知道他什么时候给披上去的。

她睡得很是安稳，乌黑的长睫毛轻颤，被室内的暖意熏得脸颊红扑扑的。

言昭沉默了一会儿，仿佛明白了什么，漫不经心地提高声调叫了一声："言蓁。"

陈淮序的目光立刻向他转了过来。

言蓁被这一声吓醒了，正迷糊间揉了揉眼睛，问："怎么了？"

"影响你两个哥哥打游戏了，回房间去睡。"

"我睡着怎么影响你们了？"言蓁抱怨起来，但确实是困了，打着哈欠，转身回了言昭给她收拾出来的空房间。

于是客厅里只剩下两个人了，游戏画面停滞，快节奏的背景音乐循环着，谁都没有说话。

过了一会儿，言昭开门见山："你认真的？"

陈淮序明白他的意思，道："是。"

"你们这才是第二次见面吧？"言昭头一次觉得有些难以置信，"我理解不了，这不是你的风格。"

这种听起来太过唯心浪漫的一见钟情的故事，很难想象会发生在陈淮序这种从来冷静理智的人身上。

"我自己也理解不了。"

陈淮序觉得自己正被一条具有吸引力的丝线扯着，不受控制地将要踏入一条汹涌的、没有回头路的河流。

言昭往沙发上一靠，仰着头，看着天花板，半天才消化了这个事实，道："我再问一遍，你真的是认真的？"

"是，"他再次回答，"我想和她在一起。"

言昭闻言，脸上却并没有露出如释重负的表情，道："既然你这么认真地和我坦白，那我也要和你说说我的想法。"

他收起了一贯漫不经心的神态，沉沉地吐了一口气，道："你知道我妹一天的开销是多少吗？你知道她穿的衣服，买的包包、首饰，平时吃的东西是什么价位的吗？

"退一万步说，就算蓁蓁真的喜欢上你了，不在乎你有没有钱，愿意为你降低生活质量，或者直接用她自己的钱养活你，但，陈淮序——

"身为一个有自尊心的男人，你能容忍这样的事情吗？

"你是我的好兄弟，我了解你的本性，信任你的人品，我俩知根知底，蓁蓁交给你我绝对放心。但是物质基础是非常现实的问题，我可能要说一句难听的话，就算你毕业以后，哪怕是按照现有规划，在美国找了一份高薪工作，但是这份收入摆在我妈面前，你连她的面都见不了，更别说上门提亲了。

"我为什么突然提到这点，是因为我知道你是个负责任的人，想必你对待感情肯定也不是冲着玩玩去的。既然如此，那我就不可能放任不管。我的妹妹我了解，你别看她没心没肺的，其实嘴硬心软，而且很重感情，我不希望她受到任何伤害，也不想看她受任何委屈。

"抱歉，我今天说的话有点多了。"言昭看着陈淮序一直沉默着，"我没有那个意思，你知道我和你做好兄弟，从来都是真心实意，没有看不起你。相反，我是真的很佩服你，在没有获得家庭任何的支持下，光靠自己走到了今天。如果是我，我扪心自问，我做不到。

"但就因为蓁蓁是我亲妹妹，你是我最好的兄弟，所以我才要把一切都说清楚。你真的想好了吗？如果你想和她在一起，起码现在，对你们两个人来说，问题绝对很多。"

爱情是虚无缥缈的，沉湎于精神世界的满足固然美好，但人终归是活在现实里，再不愿意，也要去面对那些俗气的大事小事。

陈淮序坐在沙发上，良久才说："我出去转转。"

他打开门，却哪儿也没去，只是在门口的台阶处坐下，望着路灯下飘浮坠落的絮絮雪花。

波士顿冬日的雪夜很冷，他有好几次试着点烟，没吸两口，燃起的火光就暗淡下去，被他干脆地扔进了垃圾桶。

言昭说得很委婉，可他知道，他的好兄弟不过是在顾及他的自尊心。

众星捧月、惯受宠爱的大小姐，会看得上一个光是出国读书就已经花光爷爷留下来的全部存款的人吗？

如果他是言昭，他也不会将妹妹交给这种人。

他来波士顿已经是一场豪赌了，可现在，赌注远远不够。

陈淮序在雪夜里坐到了凌晨。

第二天一早，他措辞诚恳地给极力邀请他留任的经理发了一封邮件，放弃了实习转正的名额，等同于放弃了高薪留美的机会。

这是他曾经的终极目标。

做完这一切，他从房间走出来，言蓁也正好出门，两个人的目光对上了，她朝他挥了挥手道："快点，我们去 Tatte 吃 brunch（早午餐）！"

陈淮序跟着她下楼。她突然想起了什么，"哼"了一声道："不对，今天我才不理你。昨天你居然站在言昭那边，把我请你吃的龙虾卷吐出来。"

一天的相处过去后，两个人渐渐熟络起来，言蓁也开始对他展露那些小脾气。

"请人吃饭哪有收回去的道理。"他的唇边有了点笑意，"这样吧，我也请你吃一次，就当扯平了。"

现在还不行。

他没有办法给出她承诺，就不能自私地拽着她陪着他沉沦。

我想要的是你，所以再等等我，蓁蓁。

陈淮序的思绪从相框承载的回忆里挣脱出来，目光也落在了眼前人的身上。

言蓁研究了一下柜子上的小摆件，很快便失去了兴趣，低下头拉开抽屉，惊讶地道："你这里怎么还放着几块手表？"

而且十分眼熟，好像他还经常戴。

陈淮序的声音平静地在头顶响起："你忘了，每年我过生日，你送的都是手表。"

从店里直接邮到他家，牌子永远只有那一个，款式一定是当下的最新款，完全不过脑子的选择，看起来十分敷衍。

每年都换汤不换药，他收到的时候都快气笑了，但还是老老实实地戴上。

她拿出一块表端详起来，哼道："以前我那么讨厌你，能送你礼物就不错了。"

陈淮序捕捉到她话里的漏洞："那现在不讨厌我了吗？"

她被问得哑口无言，但也不想顺他的意，只能将表往他的怀里用力地扔去。

凡事非要问那么清楚干吗！

两个人走出卧室吃饭，言蓁原本以为陈淮序会叫餐厅的外卖，没想到他居然会下厨做菜，而且卖相极佳，看起来就很好吃。

联想到他做的那份详尽的旅游攻略，言蓁越来越觉得，陈淮序这个人看起来很会过日子，还很居家。

"过日子""居家"这几个词凭空在她的脑海里冒出，连她自己都吓了一跳。

"等等。"陈淮序出声打断了她的思绪。

"怎么了？"正吃着的言蓁停住了。

他探手过去，捏住她的下巴，指尖从她的嘴角拂过。随着动作，目光也慢慢地滑过脸颊。

她看着他，棱角清晰的下颌线在逆光中莫名地多了些柔和。

察觉到她的目光，他的手指停在她的脸上，相触的地方好像渐渐地烫了起来。

还是陈淮序先打破了这场无声的对视，他收回手，抽出纸巾擦了擦，道："有一粒饭。"

言蓁死不承认，嘀咕道："你故意的，我怎么可能把饭吃到脸上？"

"嗯，"他重新执起筷子，"你说对了。"

夜晚，游艇在江面上缓缓地前行，船底划开深深的两道水痕。

"你今天怎么了？一直心不在焉的。"陆思楚靠在甲板的栏杆上，转头看着言蓁。

江面上映着游艇闪烁的灯光，言蓁的目光停在湖面上的光晕处许久，才说："今天发生了一点事情，我一直在想……如果一个男人，他一直把你的微信置顶，而且备注还是之前你逼他改掉的，赌约到期了都没有改回来……"

微信备注这件事是陈淮序今天送她回去时，她才发现的。她当时心血来潮说想去吃甜品，他开车不方便，便把手机递给她让她输位置导航。言蓁打着字，顶端突然跳出来微信的提示，她条件反射地去点，点完才发现不礼貌，退出来时看见了微信界面。

只有一个置顶，头像她再熟悉不过了，备注是"公主殿下"。

陈淮序见她久久不动，便问："怎么了？"

"没事。"她急忙地退出微信，把手机放在支架上，"刚刚找地址花了点时间。"

"嗯。"

一路上，言蓁无心再想甜品的事，始终心神不宁。

在陈淮序的卧室里看到照片的那一刻，说不震惊是假的，那张连她不知道随手丢在什么地方的照片，居然都被他珍重地保存至今。

她在感情方面是有点迟钝，但并不傻，这么明显的证据摆在面前，她没有办法联想到第二个原因。

陈淮序喜欢她，而且至少从四年前就开始了。

在意识到这一点后，言蓁的第一反应是逃避，装作若无其事地去做一些别的事情来分散注意力。

没想到她紧接着就发现她每年敷衍地送他的礼物，也被他全都重视地收纳了起来。

再后来，她又发现他的微信备注。

就像多米诺骨牌一样，一个接着一个，她不断地在生活中发现证据，每一个她曾经忽略掉的小细节，在此刻都指向了相同的答案。

而陈淮序从没和她说过。

"我有点不安。"她头一次觉得很无措，弯下腰将头枕在臂弯里，"我不知道他居然那么早就……但我们这些年一直都打打闹闹的，他对我又那么强势……我从没往那方面想过。

"我之前以为他……是想和我调情，又或者是男人天生的征服欲。他只是想征服我，让我服软而已。"

所以她才会和他较劲，始终不肯低头。

从这场游戏开始，陈淮序退让了很多，她能慢慢地察觉到他的感情，但她从没想过他从那么早就开始了。

"我不知道该怎么回应，换句话说，我现在很害怕，我怕我的反应，满足不了他的期待。"

如果你喜欢了一个人很久，那你肯定也会期待他回报给你同样的感情，可言蓁觉得现在的自己好像不太做得到。

她甚至有点害怕他会因此失望。

陆思楚听不下去了，伸出手在她的额头上敲了一下，道："你什么时候开始这么仔细地考虑过别人的感受了？我记得高中有个暗恋你三年的男生，毕业时好不容易鼓起勇气和你表白，你不是照样干脆地拒绝人家了？你那时候考虑过他会难受吗？"

"那我确实不喜欢他啊！"言蓁辩驳，"真的一点感觉都没有。"

"对啊，感情就是自私的，并不是你付出，别人就要喜欢你，就要回应你。面对其他人的喜欢，你想的是拒绝，但面对陈淮序，你没有拒绝他，而是担心你现在爱得不像他那样深，不能同等地回应他，怕他失望。

"连你自己都没有意识到，你怕伤害到他的时候，这种考量本身，就是一种珍视，你对别人都做不到这样，说明你心里的天平已经向他倾斜了。"

"你们在说什么啊？我怎么一个字都听不懂。"应抒一头雾水，"什么微信，什么表白，和陈淮序有什么关系？"

言蓁刚刚一直在倾诉，此刻也反应过来了，问陆思楚："你怎么知道的？"

"我第一次见他那天，在你家。我喝多了，后来看见你们俩在厨房接吻。"陆思楚仰起头喝了一口香槟，"终于能说了，真的是憋死我了。"

应抒"哦哦"了两声，恍然大悟地道："所以在川西遇见他，也是他特意来找你的对不对？"

言蓁没说话，只是双手撑在栏杆上，任由江风吹起她的长发。

而后她突然一顿。

拐角处，她隐约看见一个男人的背影，西装革履，腰背挺拔，很像陈淮序。

捏着杯子的手瞬间收紧，她不自觉地身体前倾，想探身去确认。

"怎么了？"应抒问。

言蓁的目光一直追随着他，直到穿西装的男人回头和人讲话，她才看清了他的脸。

很陌生，并不是陈淮序，只是身形和他相似。加上那边光线昏暗，她一时间看错了而已。

她收回视线，道："没事，认错人了。"

心底里居然出现了一丝失望。

也对，陈淮序怎么可能会出现在这种场合。

应抒看了她失魂落魄的表情一眼，一针见血地道："当你开始不自觉地想见他的时候，你就已经动心了。"

"谁说我想见他了？"言蓁还在嘴硬。

"行，那我们来打个赌，正好就当试试他。"应抒从她的口袋里拿出手机，"现在给他发个消息，说你想见他，看他来不来。"

"别闹。"言蓁想抢回手机，"现在都快 11 点了，他怎么可能会来？"

"好主意！"陆思楚按住言蓁，不顾她的挣扎，朝着应抒说，"那就这样，先说'想他了'，看看他讲情话的水平怎么样，然后再叫他过来，看看他是不是那种只会嘴上说得好听的男人。"

应抒一边坏笑一边打字，言蓁只能眼睁睁地看着她按下"发送"，心提到了嗓子眼儿。

言蓁：想你了。

那头五分钟都没有回复，三个人在夜风中面面相觑。言蓁的心里不知道什么滋味，强撑道："你看吧，我就说太晚了，他肯定睡觉了。"

她正要将手机收进口袋里，微信提示声突然响起，三个人一齐紧张起来，又手忙脚乱地将手机捧起，按亮屏幕。

"快快快，看看他怎么回的。"

游艇里派对欢乐热闹，甲板上空旷寂静。夜风掠过，将她的心也一并拂起。

陈淮序：在哪儿？

陈淮序：我马上来见你。

陈淮序赶到的时候，言蓁正在码头上等他。

码头道路宽阔，细高笔直的路灯立在两旁，将她的身形衬得很是纤细，在地上拖出瘦长的影子。

他走过去，半遮住了照向她的光源。

言蓁眼前一暗，抬起头看去，对上他的目光。

"你真的来了？"

他低下头看着她，道："不是你说想我？"

"我后来不是发微信给你解释了，那是应抒她们的一个小测试而已。"言蓁从椅子上站起身，"都这么晚了，你不用特意过来的。"

他轻轻地挑起眉毛，道："是吗？那你在这儿等谁？"

她的目光游移向一边，道："我看风景。"

他笑了一声，往前一步，伸手将她搂进怀里。

坚实而温暖的怀抱将她裹了起来。风衣上还沾着赶路而来的过程中被冷风吹透的寒凉，在此刻，却好像一点点地被内心的热烫熨平。

言蓁将他的外套拽紧了一些，说："你怎么过来得这么快？你家离这儿挺远的吧。"

他"嗯"了一声道："我从公司过来的。"

"病刚好就开始加班，可真有你的。"她显然对这个答案很是不满，蹙起眉头用力地推开他，冷哼一声，"干脆猝死算了。"

她头也不回地往前面走，陈淮序跟上，将她的手指拢进掌心，反客为主似的掌控着步伐节奏，道："只是今晚比较忙，未来的一周我都会准时准点下班。

"我们的游戏还要继续，蓁蓁。"

轿车拐进言家别墅的院子，并没有如往常一般停在门前，而是绕了一个弯，往车库驶去。

言蓁虽然有些不解，但也没说什么，直到车在车位上停稳，发动机熄火，车厢内瞬间安静了下来。

她没急着下车，靠在座椅上酝酿了一会儿，伸手朝他勾了勾手指，示意他凑过来。

陈淮序以为她要说什么，配合地俯身，侧头，突然间一个吻落在他的脸颊上，触感轻柔。

他有些意外。

"这是今晚的奖励。"

她匆匆地亲完，转身就要开门下车，发现门没解锁，回头看他，道："解锁呀。"

陈淮序摸了摸脸颊，回味了一会儿，轻轻地笑道："是不是有点不够？"

言蓁看着他的眼睛，总觉得那背后藏着什么，好像这个吻只是一个饵，一旦她上钩了，就会被彻底钓起。

她飞快地凑过去，在他的嘴唇上点了一下，道："好了，不许得寸进尺，我要走了。"

"不行，还是不够。"他趁势搂住她，扣着她的后脑勺，唇瓣贴了上去，加深了这个吻。

第二天清晨，崔姨早早地起床，按照一贯的流程，打算先把巧克力带到花园里遛一遛，结果在玄关处发现了一双男人的鞋，和言蓁的挨在一起，看起来就像是一起回来的一样。

难道是言昭？可是他昨晚早就回来了。

崔姨虽然有些疑惑，但也没多想。遛完巧克力回屋，她开始忙活家务，当她抱着干净的被褥路过言蓁紧闭的房门时，听见里面传来男人的声音。

隔着门听不太清楚，崔姨有些犹豫，但还是忍不住敲了敲房门，道："蓁蓁，你怎么了？"

房间内细微的声音顿时消失得无影无踪。

崔姨又站了一会儿，确认再没有任何动静。虽然心里觉得有点古怪，但转念一想，可能是年纪大了，耳朵不好使听错了，于是无奈地摇摇头，继续往前走去。

门内，言蓁见门外再没有动静了，这才松了一口气，放开了捂住陈淮序嘴巴的手。

"差点就被发现了，"她心有余悸，"那我真是跳进黄河都洗不清了。"

"需要洗什么？"陈淮序提醒她，"我们昨晚可不是盖着被子纯聊天。"

言蓁的脸一热，又躲进被子里，道："你好烦呀！"

一切收拾完毕，陈淮序穿戴整齐，准备出门。

言蓁本来想继续睡觉，突然想起要让他躲开崔姨悄悄地走，于是强撑着精神起床，率先跑到门口，确认崔姨买菜去了以后才松了一口气，打电话让陈淮序下楼。

他立在门边，低头看她，道："我走了。"

"嗯。"她打了个哈欠，推他，"你快走吧，崔姨要回来了。"

陈淮序轻轻地挑起眉毛，伸手扣住她的后脑勺，将她往自己的怀里轻轻一带，吻住了她。

"唔……"言蓁没什么力气，挣扎道，"你干吗呀……"

他咬了咬她的嘴唇，道："早安吻，亲完就走。"

她又困又累，也懒得反抗，整个人几乎快倚到他怀里了，索性闭上了眼睛。

两个人在玄关处缠绵，言蓁抱着他，有些飘飘忽忽的，一时间连脚步声都没注意到。

直到一个熟悉的、带着些许散漫的声音响起："嗯……要不然让我先过去，然后你们再继续？"

言昭的声音平淡，却像是一道惊雷猛然劈了下来，撕碎了原本缱绻的暧昧氛围。

言蓁瞬间吓清醒了，身体的反应比脑子还快，拉开大门，想也不想用力地把陈淮序推了出去，然后重重地关上门，转身，紧张地用后背抵住门，动作行云流水，一气呵成。

做完这一切，客厅里霎时寂静，只剩下兄妹两个无言地看着对方。

言蓁的眼神闪躲，支吾道："哥……你怎么在这儿啊？"

言昭觉得有点好笑，问："这是我家，我为什么不能在这里？"

她慢吞吞地"哦"了一声，眼神飘忽不定，显然是还在搜肠刮肚地思考说辞。言昭见状抬起头，用下巴点了点门的方向，懒散地示意道："怎么就把人关门外了？刚刚不是亲得很起劲？"

言蓁听清了他话里的揶揄，脸颊像火般烧了起来，道："没有！我们不是……"

被哥哥撞到自己和他的好朋友大清早地在门口接吻，这种尴尬让她此时恨不能有个地洞钻进去。

"长大了，学会带男人回家了。"言昭似笑非笑地看着她，"什么时候的事？"

言蓁老实答道："有几个月了……"

"为什么一直瞒着我？我是不是说过，交男朋友，第一件事是先告诉我？"

"我们不是你想的那样！"言蓁也不知道该怎么形容她和陈淮序之间的关系，"就……也说不上是男女朋友……"

言昭突然地道："让开。"

她警觉起来，问："你要做什么？"

他漫不经心地道："去揍他。"

她大惊失色，连忙用身体贴住门，急道："不行。"

他真的开始不紧不慢地挽袖子，道："不打？难道我还要感谢他欺骗我妹妹的感情？"

"他没有骗我！"言蓁挡住他的手臂，"是我……是我还没捋清楚，我现在有点乱……"

言蓁从小在娇惯中长大，家庭富有和睦，父母宠爱，哥哥照拂。大小姐不缺钱，不缺爱，没吃过苦，向来把别人对她的好当成理所应当。

她从来没学过要怎么去回应别人的感情，也从没试过把自己也放在一个提供爱恋情绪的位置上，因为她根本不需要。

这也是为什么，她在察觉到陈淮序深重的感情后，第一反应是逃避。

她只想享受，不想给予，可陈淮序不愿意。

他步步为营，他要她的爱，他要她的心。

言蓁打开门，陈淮序正半蹲在门口，随意地顺着巧克力头顶的毛。他白皙的手背上有一片红痕，似乎是刚刚被她推出门时不小心刮伤的，看着有点触目惊心。

听见门响动的声音，他神色平静地转过身来，率先对上言昭的视线。

"你逃过一劫了。"言昭半开玩笑地道，"如果今天是我妈在家，你绝对会脱一层皮。"

全家众星捧月的小公主被一个男人勾走了，还带回家睡了一晚。

陈淮序要经历的考验，在言昭这儿从来只是第一关，还是最简单的一关。

言蓁走过去，不自觉地伸手覆上他受伤的手背，指尖动了动，轻轻地抚摸了两下，而后被他攥进掌心里握着，然后松开。

她忍不住抬起头看了一眼陈淮序，发现他的目光并没有看向她这里。

他不开心了。

言蓁敏锐地察觉到了他的情绪。

"外面冷，你先回去吧。"他拢了拢她的领口，将最上方的睡衣扣子扣起来，遮住了白皙的锁骨，然后抬起手腕看了一眼手表，"要上班了，我先走了。"

说完，他转身跟着言昭往车库走去，言蓁没忍住，跑了几步又拽住他的衣角，道："陈淮序……"

陈淮序回头，轻轻地叹气道："宝宝，我没有生你的气，今天是我冲动了，对不起。"

言蓁没懂，为什么他反而向自己道歉？

她张口还想说什么，却被他按住肩膀转过去："回去吧，好好休息。"

"蹭个车。"

言昭回头看了一眼车库里唯一一辆不属于他家的车，问："你的车不在那儿吗？"

"坏了，开不了。"陈淮序轻描淡写地道。

"你昨天该不会就是用这个借口骗我那个傻妹妹的吧？"

"想象力还挺丰富。"陈淮序问，"有烟吗？"

言昭看了他一眼，打开车门，从车里掏出一包扔给他。

陈淮序低下头看了看没剩几根的烟盒，道："你最近抽得挺凶。"

"烦心事多。"言昭也拿出了一根，向他借了个火，放在嘴边咬着。

两个人站在车边抽烟，烟雾缭绕，缠着纷乱的思绪。

"前几天我和几个 IH 高管闲聊，才知道 IH 被你收购了。"陈淮序突然提起。

言昭弹了弹烟灰，道："嗯，刚收购的。不是什么大事，没和你提。"

"这是要进军新领域了？"陈淮序继续说，"现在收购 IH 不是一个明智的选择，你很亏，这不是你的风格。"

"就是换个股东而已，我不干涉他们的经营模式，以他们的势头，以后我也会赚。"

陈淮序拆穿他找补的说辞："沈辞音在那家公司上班？"

言昭没想到他问得这么直接，深吸一口烟，道："是。"

陈淮序心下了然，便没再问。

两个人沉默着，直到香烟燃尽，一并将烟头扔进垃圾桶里，转身上车。

"你刚刚看到我下楼了，但还是没停，"言昭顿了一会儿，是笃定的语气，"你故意的。"

陈淮序没说话，侧身拉过安全带，在腰际处扣上。

"被赶出去的感觉怎么样？我好像还从没有看你这么狼狈过。"

陈淮序承认，在看见言昭的那一刻，他确实有私心。或许是昨晚和今早两个人之间宛如情侣般的热恋氛围给了他一点信心，让他冲动地做出了决定，想直接试探一下，逼她坦承态度。

可她还是退缩了。

是他太急了，吓到她了。

他终究是人，不是完美的计算机器，偶尔也有情绪化的时刻。尤其是牵扯到言蓁，他根本没有办法始终保持理智和冷静。

"无所谓。"

陈淮序看向窗外，车子缓缓地驶离别墅，他的目光上移，隔着车窗，远远地看见二楼他烂熟于心的位置，紧闭的窗帘被拉起了一角，有人一动不动，正望向这里。

开心、喜悦、失落、嫉妒、狼狈……

认识言蓁以后，这些滋味他全数品尝了个遍。

可那又怎么样，他心甘情愿被她操控。

第十三章
择偶标准

　　言蓁一觉醒来，觉得心里空荡荡的，脑海里满是陈淮序在门外蹲着揉巧克力的落寞背影。

　　她推他出门的动作，显然是往他的心上扎了一刀，把两个人刚刚亲近起来的关系又拉远了。

　　之后一连几天，陈淮序都没有联系她。

　　当初在川西的时候还和她说回来以后要天天见面，结果现在连丢在她家的车都不要了。

　　然而他不找她以后，她这才发现，他们之间所有的交集，全靠他的主动。

　　她出去旅游，他就千里迢迢地跑来找她；两个人一个学习，一个工作，平日里见不到面，他就会在下班后特意开车过来见她；朋友借她的口随手发了一句想他，他明知是玩笑话，却还是立刻赶到……

　　两个人之间的距离有些遥远，但他几乎一个人走完了所有的路程，只为了靠近她。

言蓁盯着微信上陈淮序的头像，看着对话框里他最后的回复，反复纠结着要不要发消息，就连吃早饭的时候都有点心不在焉，被崔姨一语道破："蓁蓁，你最近有点魂不守舍，是遇到什么事了吗？"

言蓁一惊，手指不小心磕在屏幕上，恰好按到"发送"，将对话框里反复斟酌的草稿发了出去。

言蓁：你的车不要了吗？

她慌张地想撤回，可是想起即使撤回了也有记录，被他看见了只会欲盖弥彰，于是索性破罐子破摔，不管了。

陈淮序很快回复：要。

然后又没有下文了，像是在等待着她主动说出接下来的话一样。

言蓁：你自己来取，还是我找人给你送过去？

陈淮序：都可以。

言蓁"哼"了一声，打字道：车洗好了，下午我叫个司机给你送到公司去。

陈淮序：可以，到了以后联系我助理，莫程，13××××××××。

这么公事公办的回复，看来还在闹脾气。

下午，言蓁开着陈淮序的车，来到了和夏楼下。

大楼高耸入云，光滑的玻璃外墙折射着光，穿着西装的人进进出出，俨然是高端的商务办公场所。

她先联系了助理，莫程很快便回复了，说陈淮序正好在楼下咖啡厅见客人，可以直接交给他，于是言蓁停了车，走进了咖啡馆。

此时是上班时间，咖啡馆里人不多，婉转低沉的音乐声如水般流淌，动听的女声娓娓道来，诉说着宁静的午后时分。

言蓁的目光扫视了一圈，很快便发现了陈淮序的身影。

他半靠在沙发上，对面坐着一个年轻女孩，看起来只有十八九岁，低着头，肩膀一动一动的，似乎是在哭。

这是在面试实习生吗？陈淮序那张气死人的嘴，不会是把小女生训哭了吧？

言蓁顿时有点好奇，但她也不想探听别人的隐私，于是打算换个远一点的位置坐下。没想到腿还没迈出去，就听见女孩低低地啜泣道："哥哥……"

她一愣。

陈淮序是独生子，而且认识他这么多年了也从没听说过他有个这么大的亲戚妹妹。

可能是她听错了吧？

女孩断断续续地抽泣着，在安静的咖啡馆里听起来格外可怜，惹人心疼。

"哥哥……如果没有你……我都不知道怎么办……我真的好怕……"

言蓁觉得好像有一盆凉水从头上浇了下来，从里到外让她冷了个彻底。

陈淮序沉默地听着，并没有反驳女孩的称呼。他从桌上抽了几张纸巾递给她，轻轻地叹气道："别哭了，这件事交给我处理，你别担心。"

原来他不止对她这样，对待其他的年轻女孩，他也可以从容地接受别人亲密地叫"哥哥"，甚至低声安慰，展露出和平时完全不一样的体贴。

那他们也会接吻，也会做那种亲密的事吗？

陈淮序也会叫她"宝宝"吗？

言蓁不敢再想下去了。

她觉得自己可真是多此一举，放着司机不用，眼巴巴地亲自跑过来，想借着送车的名义来哄哄他，结果收到这么一份大礼。

还以为有多喜欢她呢，搞了半天，在她这里走不通，转头就去找下家了。

这几天对她这么冷淡，根本不是在闹脾气等她来哄，而是移情别恋，无心应付她了。

心里的酸涩感冒上来，扼住了她的喉咙，让她有点说不出话来。

她发现自己非常在意。

她也变得自私了，自私地希望陈淮序永远只对她一个人好。

"小姐，小姐？"身后响起提醒声。言蓁恍然回头，才发现自己站在过道中央一直不动，挡着别人的路了。

"抱歉。"她应声道，却被一旁的陈淮序不经意间捕捉到了。

他回头，有些意外地道："蓁蓁？"

女孩也一并望过来，言蓁没吭声，冷着脸转头就走。

陈淮序立刻追上，捉住她的手腕。她挣扎了一下，没挣脱开。

言蓁将车钥匙塞到他的手里，语气硬邦邦的："你的车，我走了。"

陈淮序的手收紧，显然是不想放她走，道："你开过来的？"

到底还是在他公司楼下的咖啡厅，来往的指不定就有他的下属，言蓁不想丢面子，闹得难堪，就没有挣扎，低声地道："你放开我。"

女孩看见他们拉扯，站起身，担忧地看过来。言蓁心烦意乱地撇过头，语气酸溜溜的："你不去招待客人，和我拉拉扯扯的干吗？"

没等他回答，她又忍不住低声地怨道："陈淮序，我讨厌你，真的很讨厌你。"

声音里隐隐地带了哭腔。

陈淮序要是再听不出来，就白活这么多年了。

"她是我同母异父的妹妹，来找我是因为妈妈生病了，具体的我等会儿和你慢慢解释。"陈淮序拿出手机呼叫莫程，"先去楼上办公室等我一下，宝宝，我处理好马上就来。"

言蓁没想到会是这个答案，顿时愣住了，半晌才从喉咙里勉强挤出来几个字："可我从来没听说过……"

"因为很久不来往了，暂时没什么说的必要。"

他将车钥匙又塞回她的掌心，道："等我好不好？我和她说句话，让助理送她走，然后马上来找你，五分钟。"

见她一声不吭，他又补充道："相信我。"

唯独对她，他不希望她有任何误解。

"我们公司的办公地点在这栋写字楼的 31 层到 35 层，陈总的办公室在 35 层，我现在直接带您过去。"

电梯里的数字不断地跳动，领着言蓁上楼的女人一边向她介绍，一边忍不住透过身侧的玻璃镜面悄悄地打量着她。

电梯到达 35 层，和夏的 logo 率先映入眼帘，灰黑相间，很有未来的冷酷锋利感，不知道的还以为是什么科技公司。

很陈淮序的风格。

女人走上前刷了卡，玻璃门缓缓地打开，超大平层的办公区域毫无遮挡地展现在眼前。

表情或轻松或严肃的人在缀连的办公桌间穿行，举手投足间都有一股沉稳精英的气质。窗边的沙发旁，三三两两的人聚集在一起开会，茶几上放着咖啡，膝盖上搭着电脑，中英文夹杂的对话声时不时地落入耳朵里。

尽管言蓁没有参与到他们的工作中，但仅仅是看着，就感觉到一种快节奏的压迫感。

"往这边走。"

言蓁一出现，便吸引了不少人的注意力。她能感觉到周边原本的讨论声都小了一点，数不清的探究目光投了过来，让她莫名地生出了一点紧张。

众人注意到办公室里突然出现了一个陌生的年轻美女，吸睛得不得了，还以为是新来的实习生。正要看看是哪个部门有幸迎来这么漂亮的小朋友，就看见她被一路领到了——

陈淮序的办公室。

陈淮序可从来不带实习生，就算是接待客人，也都是会直接领进会客室招待的。

联想到老板平时那张不近女色的冷淡脸，一时间，人群里八卦之心蠢蠢欲动。

言蓁如芒在背，几乎是硬着头皮走进了陈淮序的办公室，直到身后的门关上，恢复了寂静，才缓缓地松了口气。

室内很是宽敞明亮，一整面落地窗，让光线充足地倾洒进来。窗外是林立的高楼，CBD（中心商务区）的繁华一览无余。

深色方正的办公桌棱角分明，桌上的文件虽然很多，但都整整齐齐地摆放归类。电脑屏幕停留在锁屏界面，手边的咖啡还是温热的，看起来像是办公途中被临时叫走的。

言蓁在他的办公室里转了一会儿，凑到门边，用指尖探进百叶窗帘的缝隙里，看了一眼充斥着嘈杂脚步声的办公区域。

看起来就好忙。

陈淮序说到做到，言蓁坐下还没到五分钟，茶水都还烫手，他就出现在了门口。

两个人无声地对视一眼，他反手关上办公室的门，径直走到她的身边坐下。

她还有点不高兴，往一旁挪了挪，有躲避的意思。陈淮序握住她的手腕，解释道："她叫周宛，是我妈妈再婚后生下的女儿，今年马上高考了。前几天我妈妈在家突然晕倒，去医院检查，很可能是癌症。他们家害怕没有能力治疗，所以直接找来了我的公司，想见我一面，求我救救我妈。"

"癌症"这个词太过残酷,言蓁张了张口,想说什么却说不出来。

怪不得那个女孩哭着说没有陈淮序她都不知道该怎么办,怪不得陈淮序说都交给他处理,让她别怕,原来是这样。

她垂下眼睫毛,小声地问:"阿姨她……现在身体怎么样了?"

"这两天给她安排转院,先仔细检查一下,确定病因。"陈淮序倾身去搂她,轻轻地哄着,"还生气吗?"

她没说话,但将脸颊轻轻地贴在了他的肩膀上。

陈淮序想了想,继续开口:"我爸妈在我6岁的时候离婚了。我是他们失败婚姻的产物,他们都不想要我,所以我从小是爷爷带大的。"

这些言蓁倒是听说过。

"那时候爷爷骗我说,爸爸妈妈去外地工作,很快就能回来。只要我听话,成绩好,他们回来就会很开心,然后再也不走了。"他的声音很平静,平静得仿佛不是在叙述自己的故事一般,"我等了四年,后来实在等不下去了,揣着自己攒的零花钱,找了一个周末,偷偷坐车去了外婆家。结果发现妈妈有了新的家庭、新的孩子,她笑得很开心,我从来没见她笑成那样。

"我很震惊,也很痛苦。我想去找爸爸,问问他妈妈为什么不要我们了。爷爷拼命阻拦我,我才知道,原来我爸爸也有了新的家庭,有了新的孩子。

"我就像一个垃圾一样,被彻底遗弃了。无论我做任何努力,我再听话,成绩再好,也永远等不到我的父母回来了。"

言蓁从小就在父母的宠爱中长大,完全无法想象失去这些爱,自己会是什么样子。

她的喉咙发涩,道:"陈淮序……"

"我上高中的时候,爷爷去世了,在这世界上唯一一个关心我的亲人也没有了。"他将她身上的外套裹得紧了些，伸出指尖抹了抹她眼角的泪痕，"其实一开始看见言昭的时候，我很自卑。他生下来就是万众瞩目的继承人，拥有我所没有的一切：父母宠爱，家庭幸福，生活顺心，最重要的是——"

他顿了一下，像是开了个玩笑："他还有一个这么可爱的妹妹。"

言蓁捶了他一下，道："你说什么呢！"

陈淮序将她搂紧了一些，言蓁没有挣扎，手指一点点地轻抚着他的脊背，像是在安慰他。

"是真的，你可能不知道你对我来说意味着什么。

"我从小到大没享受过什么爱，身边的朋友同学都说我是个很冷淡的人，我也觉得自己的人生很无趣，认为不断地给自己制订目标，然后完成，这样机械地重复就是我的宿命，直到遇见了你。

"我经常会想，怎么能有人那么纯粹，那么无忧无虑呢？看见你的时候心情就会变好，和你相处的时候总是很轻松，有时连我自己都意识不到，我和你在一起的时候，总是在笑。"

他平静无波的人生被鲜活的她搅动了，黑白灰的单调世界，因为她的闯入，被抹上了斑斓的色彩。

他的感情从来不是一蹴而就的。初遇时的动心，随着漫长岁月和她相处的点滴，一点点发觉她娇纵外表下柔软可爱的内心，慢慢地变成深刻的烙印，从此再也抹不掉了。

"所以有时候我是真的忍不住逗你，是不是很坏？"

言蓁："……"

她掐他道："你就应该和言昭一起打包被我妈教训。"

言昭少年时很恶劣，也没少逗她。

比如骗小学下课回家的言蓁说，他吃了给她准备的栗子蛋糕，把她弄得愣了好一会儿，在她准备去告状的时候，再端着蛋糕出来，看她又哭又笑的，掐她的脸颊，笑她是"贪吃鬼""娇气爱哭包"。

为此言昭也没少被言母打骂。

陈淮序笑道："我很羡慕你们的家庭氛围。每年一个人过年的时候，虽然我嘴上没说，但其实很渴望也能得到温暖，哪怕只有一点点。

"可后来我想明白了，如果我没有，我就去争取。只要我肯努力，我一定可以得到我想要的。"他的声音很轻，但足够坚定，"也是这个信念，支撑着我一路读完了书，包括后来创立和夏，走到今天。"

言蓁静静地听着，心里却仿佛有海浪在翻涌。

窗外的阳光温暖，将办公室烘得一片暖意。碎金般的光洒进来，连空气中都潜伏着金灿灿的细小尘粒。

她轻声地问："那你现在，得到你想要的了吗？"

"还没有，还差一点。我最想得到的，还没有拥有。"

"宝宝，"他搂紧了她，低声地问，"你要不要我？"

他卸下了所有的伪装和防备，将最真实的心捧给她看。

他问她要不要他，仿佛是在说，如果她不要，那么他就会像小时候那样，再次被当作垃圾，彻底被丢弃在黑暗里，永远也无法解脱。

办公室内很静，静得可以清晰地听见两个人的呼吸声，深浅起伏，交织不歇。

言蓁没有说话，只是用指尖揪紧了他的衣服。

半晌，她才闷闷地开口："你知道吗？你让我想起了巧克力。我第一次见到巧克力的时候，它那么小，缩成一团被人丢在角落里。当时是下雨天，我本来不想管，但它始终跟着我，还在那儿傻乐，最后我把它带回了家。"

陈淮序低低地笑道："毕竟我是它爸爸，它像我也是应该的。"

言蓁听出了他的言外之意，气急地又在他的腰上掐了一把，道："谁允许你当巧克力的爸爸了？"

"我会当一个好爸爸的。"他抵着她的额头，看着她的眼睛，"宝宝，给我一个机会好不好？"

仿佛永远只盛着她一个人的专注眼神，以及与往日截然不同的温柔语气。她发现自己根本没有办法拒绝。

她轻轻地呼吸，抿着嘴唇道："这就是你想问我的问题吗？游戏的。"

"算是。"

"那你到时候再问我一遍，"她坚定地说，"我给你答案。"

"好，"他轻轻地叹气，"我也觉得这个场合不太合适。"

今天完全是情绪所致，让他将心底里的话全盘向她倾诉，而表露心意，本来该在更正式、更浪漫的场景下。

是他一时冲动了。

两个人从办公室出来的时候，天色已经黑了大半。

外面的座椅上空了很多，只剩下零零散散的人还坚守在工位上，保洁阿姨拿着拖把和垃圾袋来回穿梭，窸窸窣窣的声音回响在空旷的楼层里，有一种曲终散场的冷清感。

言蓁跟着陈淮序走进电梯，眼见门要合上了，门外突然传来急促的奔跑声："等一下！"

陈淮序及时伸手按下按钮，阻止了快要合拢的电梯门。

一个男人赶到，臂弯里夹着文件包，上气不接下气地喘道："谢谢谢谢，多谢了——"

话音未落，他抬起头看见电梯里的人，愣怔了一下。

言蓁能明显感觉到，他整个人立刻紧张了起来，脊背绷直，拘谨地踏进了电梯。

在公司的电梯里突然遇见老板，大概就类似言蓁遇见导师，她很能理解他的心情。

"陈总好。"

陈淮序礼貌地回应："晚上好。"

男人挡着电梯门，面露难色地道："抱歉陈总，能不能等一下，后面还有几个同事，大家刚开完会，急着赶班车。"

陈淮序"嗯"了一声，说："没关系，我们不赶时间。"

我们。

男人敏锐地捕捉到了这个词，目光不自觉地移到一旁的言蓁身上。尽管两个人离得很远，看起来像是不认识，但这电梯里只有他们两个人，很难不让人怀疑。

感受到他的目光，言蓁装作若无其事地移开视线。男人也察觉到自己的不礼貌，尴尬地转回身去，咳了两声。

电梯门外很快拥来更多急匆匆的脚步声。他们热闹嘈杂，但在看见陈淮序之后，无一例外，都被按下了静音键。

大家的态度一百八十度大转弯，礼貌地问好，收起那副松散的态度，规规矩矩地踏进了电梯。

人越来越多了，言蓁不断后退，被逼着往角落里去。就在这时，陈淮序伸出手握住她的手腕，将她向自己这边扯，趁人还没挤满前，将她护在了身后。

周围瞬间更静了。

电梯门缓缓地合上，一片寂静。所有人都悄悄地竖起耳朵，有的人明面上握着手机，其实早已分心，目光有意无意地往角落里瞥。

35 楼的电梯，她从没觉得如此漫长过。

一片寂静中，不知道是谁突然点开了微信语音外放，带着惊讶的女声响起："陈淮序带女人来公司了？怪不得我今天还听 35 楼的人说——"

说话声戛然而止，语音被急忙按停。

完完全全的社死现场。

言蓁一时间不知道，是对方更尴尬，还是她这个当事人更尴尬。

"是女朋友。"陈淮序适时地出声，打散了尴尬的氛围。

言蓁一愣。

他握住她的手指，毫不避讳地在众同事面前和她有肢体动作，难得地有了点笑意，道："追了很久才追到。大家多担待我，她脸皮薄，别把她吓跑了。"

一直走到停车场，言蓁才稍微冷静了点。

"谁是你女朋友？"她别过脸去，嘀咕道，"我还没答应你呢。"

刚刚陈淮序说完那番话以后，她能明显感觉到他们看向她的眼神都变了。

羡慕、惊讶、敬佩……

不出意外，明早这个消息就会传遍整个和夏。

"你不用这么早公开啊。"言蓁说，"这样万一我们没成，或者你后悔了，你这名草也可以有别的主人。"

陈淮序贴着她的掌心，和她十指紧扣，道："不会有别人。不论什么时候，我都只会是你的。"

窗外夜色斑斓，轿车汇入车流之中，接连不断地将路边的灯甩在身后。

言昭的电话在这时打了过来："在家吗？我去接你。"

言蓁看了一眼正在开车的陈淮序，回道："怎么了？"

"爸妈今晚的飞机到宁川。上次我提醒过你，你不会忘了吧？"

"今晚？"言蓁大惊，手忙脚乱地开了免提，查看日历，懊恼地道，"完了，我记岔了！"

"没事，现在也来得及。"言昭的声音仍旧是漫不经心的，"我刚下班，待会儿回家接你。"

免提开着，陈淮序自然也能听到声音。他握着方向盘，一边开车一边开口："我现在带蓁蓁去吃饭，地址待会儿发给你，你直接来饭店吧。或者我直接送她去机场也行。"

听见陈淮序的声音，电话那头顿了一下，随后笑道："这才几天？"

言蓁瞬间明白了言昭的意思。

几天前还不肯在他面前承认关系，结果转头两个人就又在一起了。

她侧头看向窗外，捂住了发热的脸。

车子停住了，陈淮序看了一眼手表，道："我们速度要快点，陪你吃点东西垫垫肚子。"

言蓁拉住他的袖子，不让他下车，倾身过去要抱。

陈淮序有点惊讶，但还是自然地伸出手去揽她的腰，将她搂进怀里，侧头亲着她的嘴唇，用指尖摸着她耳后的肌肤，语气亲昵，低低地笑道："怎么这么黏人？"

"这就叫黏？"她蹙起眉头，不满地道，"那你还是赶紧放弃，以后你会被我缠死的。"

"求之不得，"他摸了摸她的后脑勺，又忍不住亲了亲她，"越黏我越好。"

言蓁靠在他的肩膀上，终于说出了心底的担忧："我妈回来了，在我搞定她之前，我们暂时不要见面了，你避一避风头。"

陈淮序："什么？"

言蓁忧愁地补充道："我妈她……不喜欢你这样的，过早暴露，我们都得完蛋。"

说完，她在他的嘴唇上亲了一口，安抚道："听话，不许生气。"

晚上9点半，兄妹俩在宁川机场等来了言父和言母。

言惠女士虽然已年过半百，但保养极为得当，仍能看出年轻时的不俗美貌。身段苗条，步伐不急不缓，俨然一副上位者的气场。

言父段征跟在她的身后，拖着沉重的行李箱，脸上挂着温和的笑容。

"爸、妈！"言蓁冲过去亲昵地抱住了言惠的手臂，"我好想你们！"

"想我？"言惠点她的眉心，唇角含着笑意，"我看你朋友圈，天天游山玩水的，早就忘了我这个妈长什么样了。"

她说完，目光扫到一旁的言昭，表情顿时不悦起来。

言昭笑道："爸、妈。"

"哦，我还当你忘了我这个妈。"言惠冷笑，"我是退休，不是死了，收购IH这种吃力不讨好的愚蠢决定你是怎么做出来的？我在埃及听到这个消息，差点气得和木乃伊一起躺进棺材里。"

言昭懒散地把手插在口袋里，毫不在意地道："妈，您不懂，这叫以小博大。"

"博什么？"

"给您博个儿媳妇回来。"

言惠气笑道："又拿这套来糊弄我，这么多年我早就看透你了，年年骗我说很快就找，结果呢？你今年27岁了，我连个女人的影子都见不到。这次你别想转移话题，收购行为必须给我一个合理的理由。"

段征急忙出来打圆场："好了好了，你们母子俩好久没见面了，不要上上来就讨论公司的事。"

言蓁也跟着应和："对了，妈，你们这次怎么这么早就回来了呀？不是说要等到夏天？"

言惠扫过儿子，将手提包扔给他，回答道："梁家爷爷马上七十大寿，毕竟是你爷爷的故交，交情摆在这里，我不管怎么说都得去参加。"

"哦。"言蓁拖长声音应道。

"我估计这次梁家会想和我提你和梁家儿子的事。我听说他也回国了？"言惠一边说着一边往外面走去。

言蓁停下脚步，言昭在身后拍了拍她的肩膀。

"怎么了？"言惠看着她笑了，"小时候不是天天听你说，你以后要嫁给你的白马王子？"

"那都是小时候不懂事，随口乱说的，妈你怎么还真信啊！而且我年纪还小，我才不——"

"好了好了，"言惠温声地安抚，"和你开玩笑的。你的终身大事这么重要，当然得你自己决定。"

言蓁试探着问："真的我能自己决定？"

言昭拉开车后座，段征和言惠陆续钻了进去。言惠道："你尽管挑，妈妈给你把关。过不了我这关，绝对不行。"

言父言母回来以后，别墅里明显热闹了很多。

言惠懒得参加那些富太太们虚伪的聚会，只是偶尔和朋友出去喝点下午茶，剩余的时间就在家插花、遛狗、做瑜伽，过上了退休的惬意生活。

段征是宁川市博物馆馆长，兼任宁川大学历史系客座教授。言惠把言氏交给言昭之后，段征也提了辞职，陪她一起出国享受生活。但博物馆和大学都不愿意失去他，仍旧保留着他的位置，希望他能随时回去。段征心里过意不去，加上对考古和历史是真的热爱，回宁川以后，天天博物馆、大学两边跑，反倒成了家里除言昭以外最忙碌的人。

言蓁这几天也推了一些朋友的邀请，在家陪着父母，加上论文答辩的日期也定了，她也得收收心，好好地准备。

自那天以后，她和陈淮序就真的没再见面，但每天微信倒是发了不少。虽然大多都是非常没营养的幼稚对话，但乐此不疲。

言蓁：给你看今天我家的午饭，猜猜哪道是我做的？

陈淮序：茄子。

言蓁：为什么？

陈淮序：正常炒出来的茄子不会是这个颜色，你炒焦了。

言蓁：……

言蓁：什么？

言蓁：凭什么炒焦了就是我做的！

陈淮序：我猜错了？

言蓁：没有。

过了一会儿，言蓁：好无聊。你晚饭吃什么？

陈淮序应该是忙去了，半个小时以后才回复：今晚打算吃茄子。

言蓁：……

他又发来一条消息：蓁蓁，今晚能不能视频？

言蓁：什么？

陈淮序：五天没见面了。

言蓁靠在沙发上，握着手机，看着这几个字，唇角不自觉地扬起，都克制不住了。

坐在一旁的言惠瞥了一眼，道："和谁聊天，笑成这样？"

她慌张地关掉微信，随手点开视频软件，故作镇定地道："看视频呢，刚刚看到一个好笑的片段。"

"是吗？"言惠的目光落到她的手指上。刚刚还在飞快地打字，分明就是在聊天。

不过她也没拆穿："明天回学校？"

"嗯，学院要求去听讲座。"

"这周末梁家爷爷寿宴，你记得吧？"

"当然，我会去的。"言蓁缩在沙发上，用脚尖踩着软垫，"梁域都给我打过电话了。"

言惠点了点头，道："记得就好。"

校庆将至，宁川大学早早地就更换了校内的横幅和旗帜，一眼望去整齐划一，将氛围烘托到了极致。

言蓁今天回学校，是因为接到了通知，要求经管学院的毕业生都去听讲座。这种事情在学院太过常见了，往往都是随便找个同学代为签到就了事，但这次学院的态度很坚决，据说是嘉宾非常难请，一定要让学生们都去听。

言蓁一边开宿舍的门，一边无聊地吐槽："什么嘉宾难请，我看就是怕坐不满，到时候场面看起来太难看，所以强制我们参加。"

推开门，宿舍里静悄悄的，她往里面走了几步，一个人也没有。转头看了一眼自己的位置，桌子上摆满了各种不属于她的东西，水乳、面霜、粉底液、镜子……俨然是被当成了堆放物品的地方，就连床上也被放了两床被子，不知道是谁的。

言蓁从入学起就在外面租房，虽然说不常住寝室，但偶尔晚课下迟了，加上第二天还有早课，也是会来住一晚的。现在不经过同意，就这么随意占用她的位置，多多少少让她心里有些不舒服。但她也没发作，走到书架上正准备拿专业书，就听见对床的窗帘后传来一阵笑声。

"蒋宜？"她迟疑着出声。

"哎！"有人应了一声，随后一张脸从帘子后面探了出来，"蓁蓁你回来啦？我看综艺呢。"

蒋宜看了一眼言蓁的位置，也有点心虚，连忙从床上爬下来道："真不好意思啊，这些东西都是她们两个的。因为觉得你也不回来住了，所以……"

言蓁抽出专业书塞到包里，道："没关系。上次志愿者那件事，没问题吧？"

"没问题，我正想说呢，太感谢你帮我忙了，想请你吃饭你又不在，择日不如撞日，就今天吧？咱俩去吃个午饭，正好回来去听讲座。"

言蓁看了一眼另外两个空荡荡的铺位，问："她们不去？"

"不知道，"蒋宜耸耸肩膀，"一个在公司实习，一个忙着出国，都是早出晚归的，我们已经很久不交流了。"

"那我们走吧。"

蒋宜收拾了一下，两个人并肩出了宿舍楼，一路往学校后门走去。后门对面就是商业街，晚上无比热闹，中午就显得有点冷清。

蒋宜带着她走进一家家常菜馆，点了几道菜。言蓁也不挑剔，安安静静地吃，就听见蒋宜突然感叹道："时间过得好快啊，一转眼都四年了，我们居然要毕业了。"

言蓁咽下饭菜，笑了一下，道："你不是保研了？还得再待三年呢。"

"话是这么说，但同学们都分道扬镳了，多少还是有点感伤。虽然我们寝室……"她犹豫了一下，"但终归同学一场，以后不知道什么候还能再见。"

言蓁倒是没什么留恋的，喝了一口饮料，没说话。

蒋宜看着她，想了想还是决定说出口："蓁蓁，其实我一直觉得，你人挺好的，只是不太爱给自己辩解，导致大家对你有点误会。之前有过很多次班级聚餐，有人说要叫你，但总有人反驳说：'人家集团大小姐，能纡尊降贵来这小饭馆？'可是今天我请你来这里，你连眉头都没皱一下，还是吃得很开心。上次当志愿者也是，后来我听说他们让你去倒茶，我真的吓了一跳，因为在我的印象里，你根本不可能做这种事的，但为了帮我，你还是做了。

"所以有时候我就觉得，他们只是没有深入地了解你，凭着对你的印象，就觉得你高高在上，仗着自己家里有钱，长得漂亮，就不把其他人放在眼里。在背后说了很多你的闲话，但你也没计较过。"

"有什么好计较的，都快毕业了。"

"你的心可真大。"蒋宜笑了一下，又叹气道，"我就做不到，总是太在意别人的看法。"

吃完午餐，阳光正好，两个人沿着校园里的林荫路散着步。蒋宜絮絮叨叨地给她说这段时间学校里的八卦，又说今天的讲座一定要早点去，免得占不到位子，听得言蓁很是疑惑："以往就没几次讲座是坐满的吧？更何况这次还是在大礼堂，那些座位绰绰有余，怎么可能占不到位子？"

蒋宜诧异地道："你不知道今天谁来？我听说好多外院的女生都要跑来听讲座的。"

"谁来？"言蓁口袋里的电话响了，她一边拿一边说，"我就收到了通知，说是为了庆祝校庆，学院花大力气请了很多知名企业家举办系列主题讲座，今天是第一场，让大家务必参加。"

说完，她接起电话："喂？"

蒋宜在一旁看着她讲电话，始终没找到回答的机会。

"老师让我送文件过去。"挂了电话，言蓁看向蒋宜，"不然你先去礼堂？我送完过去找你。"

蒋宜点点头，道："那我就先走啦，拜拜。"

言蓁回寝室取了文件，赶往学院楼，坐电梯一路上了行政办公室所在的楼层。

午后的办公楼有些冷清，她听见自己的脚步声清晰地回荡在空旷的走廊上，像是跳跃的音符。

转过一个弯，音符瞬间被更嘈杂响亮的节奏所覆盖打乱。她停下脚步，远远地看见走廊那头出现一群黑压压的身影，将狭窄的过道瞬间挤满。领头的那个好像还是她某门课的教授。

言蓁进也不是，退也不是，只好停下脚步，微微地侧过身，让这些人先过。

纷乱的脚步声越来越近了，断断续续的对话也传进了她的耳朵里——

"这层是我们的行政中心，行政办公室就在这里，也有一个大型的会议厅……"

听起来像是在给什么人介绍。

她垂下头，只希望这些人赶紧过去。

"这个会议厅不是我们今天的演讲地点，带陈总参观完之后我们就出发去大礼堂……"

捕捉到关键词，言蓁下意识地抬起头，恰巧对上了一双漆黑的眼睛。

昨晚隔着屏幕相见的人，此刻正活生生地站在她的面前，侧头和她对视着。

陈淮序微不可察地弯了弯唇角。

然而那一瞬的笑意仿佛只是错觉，言蓁再定睛去看，陈淮序已经转回头，表情平静地被人群簇拥着继续往前面走，很快消失在走廊的尽头。

仿佛只是萍水相逢。

送完文件，言蓁往礼堂赶去。果然如蒋宜所说，明明还有二十分钟才开始，黑压压的人群早已把现场围得水泄不通，连过道上都挤满了人。她去班长处签到，又费了半天劲儿找到蒋宜，在她的身旁坐了下来。

可刚坐下没多久，班长就找了过来，拍了拍她的肩膀，压低了声音在她耳边道："李教授让你过去一趟，后台休息室。"

"我？"言蓁有些不解，"找我干什么？"

"我也不清楚，你赶紧去吧。"

她没法，只能起身，逆着人流往后台走去。

言蓁在休息室门口敲了敲门，站着等了几秒，门从里面打开了，室内的光线瞬间涌出来。她对上一张熟悉的脸。

是上次见过的，陈淮序的助理。

莫程看见言蓁显然也很意外。他看了看她，又转头看了看陈淮序，似乎完全不明白言蓁为什么会在这里。

两个人发愣期间，还是李教授先开了口："是不是言蓁来了？"

言蓁叫了一声"李教授"，向莫程点头示意，从他的身侧进了门。

休息室内摆着两张沙发，此刻正一左一右地坐着陈淮序和李教授。两个人手边都摆着茶杯，想来应该是在聊些什么。

一进门，言蓁就感觉到了陈淮序的视线投到了自己身上，她装作没看见他，往李教授身侧挪了挪，问："您叫我？"

"是啊，"李教授向她招招手，乐呵呵的，"我刚刚和陈总聊天，提到你们言氏。陈总说他和你哥哥是校友，还是很好的朋友，我想着那不是巧么，言总的妹妹正好就在我们经管学院，今天也来听讲座，就把你叫过来聊一聊。你们应该比较熟悉，对吧？"

"不好意思，我今天也是第一次见陈总。"言蓁露出一个微笑，终于看向陈淮序，"以前只听我哥哥提起过，还没有见过。"

李教授愣住了，显然没想到会是这个答案。他有些尴尬地打着圆场："哈哈哈，那看来是我想得太多了，好心办了错事。"

"没关系，既然是第一次见，认识一下也无妨。"陈淮序从沙发上从容地站起身，向她伸出了手，礼貌地道："言小姐你好，我叫陈淮序，以后还请多多指教。"

言蓁没想到陈淮序居然这么快就演了起来，只能装模作样地伸出手，敷衍地握了握，道："你好。"

温热的掌心相触，瞬间激起酥麻的电流。言蓁碰了一下就想收回手，陈淮序也很快松开了，只是在抽离时指尖刻意地轻轻地挠了挠她的掌心。

细微的动作掩在她的手背后，李教授并未发现异样。

言蓁只觉得被挠过的地方像着火一样烧了起来。她慌忙地收回手，贴着衣角用力地蹭了蹭手心，抬起头却看见陈淮序仿佛什么都没发生过一样，平静地坐了回去，转头和李教授继续说着什么。

敲门声再次响起，莫程走过去开了门，一个声音传了进来："李教授，台下那边需要您过去一下。"

"好，来了。"向门外应了一声，李教授顺势站起身，和陈淮序握了握手，"那我就先走一步，不打扰陈总休息了，预祝待会儿的讲座圆满成功。"

陈淮序颔首道："您慢走。"

莫程开门，礼貌地送李教授出去。言蓁也跟在他身后一并向门外走去，眼看就快到门口了，却有一只手比她更快，将休息室的门"啪"地关上，隔绝了门外的一切。

她还没反应过来，一个怀抱就从身后拥了上来，贴着她的脊背将她压在了门边。

刚刚在人前还装作陌生不相识，结果门一关，两个人就缠在了一起。

"还要等多久？"他低下头，贴着她的耳朵问。

"什么？"

陈淮序沉吟道："如果你只是担心你妈妈，其实可以相信我——"

"不行。"言蓁打断了他，"我还没给你名分呢，你就想着去见我妈了？"

"后悔了。"他贴着她的脸颊，轻轻地叹气，"当初定游戏时间，我应该定得再短一点的。"

言蓁心里甜蜜，但没表现出来，问："你今天来讲座，怎么不告诉我？"

明明昨晚两个人才视频过，陈淮序居然只字未提。

"给你个惊喜。"

他欲低下头吻她，言蓁偏过头道："讲座马上就要开始了……"

"就因为快开始了，所以才要抓紧时间。"

他将她转过来，扣着她的后脑勺吻了下去。

许多天没见，陈淮序亲得格外用力。言蓁有些受不住了，推他，却被他压得更紧了。

直到身后的门板被敲响。

"老板，讲座要开始了。"

陈淮序这才慢慢地放开了她，意犹未尽地亲了亲她水润的嘴唇，低声地道："讲座结束以后等我。"

言蓁努力地平复着，道："不行，晚上我要回家的。"

"一起吃个饭都不行？"

"再说吧。"她推了推他的肩膀，"你快去吧，别迟了。"

他没再说话，只是亲昵地蹭了蹭她的鼻尖，整理了一下仪容，随后拉开门出去了。

言蓁在休息室里缓了好一会儿，才起身离开。因为害怕引人注目，她从后门悄悄地溜出礼堂，绕了一个大圈，又去了一趟厕所，耗了不少时间，这才从观众席的侧门走了进去。

在明亮的灯光下，舞台上身形挺拔、西装革履的男人正游刃有余地演讲着，场下时不时地爆发出热烈的掌声。

她弯着腰，迅速地回到了座位上。蒋宜好奇地问："怎么去了这么久？你错过了前面，真的很可惜！"

言蓁坐定，抬起头，恰巧看见陈淮序的目光从她这里扫过。

"没事，去上了个厕所，耽误了一会儿。"

还顺便补了个妆，亲得那么激烈，连口红都被吃没了。

言蓁又看向台上一丝不苟、严肃正经的人。

真是斯文败类。

言蓁坐在座位上，目光随着众人一起投到舞台中央，光束聚集之处。

严格意义上来说，这还是她最近第一次沉下心来，认真仔细地去审视陈淮序。

尽管两个人前不久才那样亲密地接过吻。

一身利落修身的西装，勾勒出肩宽腿长的躯体轮廓。衬衫领口一丝不苟地扣到了顶部，被领带规矩地束缚、紧扣，散发出一股禁欲的疏离感。再往上是一张好看的脸，棱角线条分明，鼻梁高挺，眼眸漆黑深沉，目光不带任何感情地扫过台下，随后淡然地收回。

修长的手指握着话筒，手臂弯曲，袖口处被牵扯着，露出手腕处泛着冷感光泽的手表，平添了几分矜贵。

面对台下黑压压的听众，他表现得十分从容，握着遥控笔，翻动着一张张PPT，不疾不徐地讲述他对于风投行业的见解。

一旦进入他的领域，他散发的魅力简直让人难以移开目光。

演讲持续得并不久，很快就进入到提问环节。

这个活动事先并没有排练，全靠现场同学积极参与。以往言蓁参加的很多讲座里，到了最后的提问环节，大家静默一片，往往都是靠前排一同听讲的教授撑撑场面。

但今天，现场的同学显然很是踊跃，主持人看着一只只举起的手，点都点不过来，难得出了汗。

陈淮序虽然看着高冷，但回答问题很有耐心，甚至在有同学直接问"春招没来得及投和夏，能不能再给一次机会"时，他还认真地回复道："感谢大家对和夏的认可，我也很欢迎各位优秀的同学加入，待会儿结束之后可以把简历发到人事的邮箱，我们会认真地筛选。"

或许是他表现出来的态度很是温和，给了人勇气，一个女生站起来，大胆地问："您刚刚在演讲里提到了很多标准，例如行业标准、市场标准等，我想请问您的择偶标准是什么样的呢？"

全场都愣了一下，但很快大家都心照不宣地笑了起来。全场响起汹涌的掌声，甚至有人吹了吹口哨。

场下全是年轻的大学生，对于八卦显然兴致高涨。

坐在第一排的李教授坐不住了，起身往提问者的方向看了一眼，眉头都快拧成麻花了。

蒋宜惊道："这提问也太大胆了吧。不过好像不是我们院的，不然回去一定会被老李拉去谈心，起码得一个小时。"

话锋一转，她又接着说："不过我也很好奇这个问题，但陈淮序那么聪明，要么回避，要么含糊其词，总不可能在大庭广众之下讲真话吧。"

陈淮序显然对这种问题见怪不怪，并没表现出意外的神色。等掌声平息下来，面对场下无数双探究的眼神，他缓缓地开口："首先谢谢你的提问。

"关于择偶标准，"他停顿了一下，垂下的手随意地插在口袋里，"其实我没有固定的标准，我也认为人不能被所谓的标准框住。随心做自己就好，我会是被她的自我所永恒吸引的那个人。"

他握着话筒，目光准确无误地投向了言蓁，和她的视线在空中无声地交汇。

明明场下的观众那么多，言蓁却莫名地从他的眼神中感觉到，那是只对她一个人说的情话。

一切好像都在此刻静止、远去，模糊成无关紧要的色块，像是电影里的慢镜头，只有他和她定格在这一刻。

他在台上，她在台下。

人海之中，我只看得见你。

陈淮序的目光只在言蓁那里停留了一刻，随后便移开了，再次扫过全场，说了一句"谢谢"，算是结束了这个回答。

没有插科打诨地敷衍过去，也没有真的列举出一二三。他的语气沉稳平静，用阐述理论的语气宣布着他的个人法则，仿佛这是一件理所应当、再正常不过的事情。

大家没想过他会这么认真地回答这个问题，都被震了一下，随后爆发出了更为热烈的掌声。

"天哪！我没想过会是这个答案！他是不是有点太会了？！"

"满分答案了吧……比起那些说要懂事、聪明，给女人定框框架架的男人高出了不知道多少个档次。"

"救命，救命，救命，他刚刚还往我们这边看了！"

周遭沸腾一片，言蓁却无声地低下了头，咬住了吸管。

心跳得好快。

第十四章
直面真心

讲座散场后，乌泱泱的人群汇成几股，往几个出口拥去，礼堂里熙熙攘攘的。

陈淮序和几个教授寒暄了几句，道别，准备离开。

莫程将演讲材料都收拾好，提着公文包站在他的身后。

陈淮序找他要了车钥匙，道："你直接回去吧，今晚不用送我了。"

莫程心下了然，于是点头道："好的，老板。"

他语气镇定，然而脸上一副"我什么都懂"的八卦表情却出卖了他。

陈淮序一眼便看穿了，却也没说什么，只是提醒道："你知道就行了，在公司里别乱说话，流言容易被有心人歪曲，我不想让她被乱猜测。"

莫程的表情顿时也严肃起来，道："明白。"

两个人顺着通道往外面走去，舞台边搭了一张桌子，和他们一起来的运营部职员正在充当人事的职责，线下收集学生们的简历。

莫程要去交代一下，陈淮序便站在不远处等。

身边背对着他的几个学生里，传出议论声——

"刚刚你没看见？老李特意把她叫到后台去，肯定是给她当面引荐啊！她哪儿需要像我们这样累死累活地投简历，准备面试？光是姓'言'就足够拿到任何岗位了。"

"真恼火，平时还高高在上的，看不起谁呢。"

"指不定也不是考进来的，她家里那么有钱，她爸又在历史系当教授，走个后门还不是简简单单的事？"

"肯定是走后门啊，就凭她也考得上宁川大学？除了漂亮一无是处，没了家庭背景还真竞争不过别人。"

"哎呀，话也不能这么说，长这么漂亮也少见，没学历也没事，那个身材，只要她肯，还怕没钱？"

几个男生凑在一块儿，发出猥琐的笑声。

"够了。"

话语一出，周围一静，那几个学生回过头，脸上的表情瞬间变成惊讶，还带了一丝恐慌。

陈淮序平时不笑的时候看起来就很有距离感，更别提此刻了，居高临下，眼皮下压，唇线紧绷。

只有莫程清楚，这是老板生气的征兆。

"在背后嚼人舌根并不是什么好品德。"他的声音很平静，但听起来让人不由自主地感受到压抑的火气，"更何况她还是你们的同学。毫无根据地恶意揣测一个没什么交集的女孩子，仅仅是因为她的家庭背景，就抹杀掉她个人的努力，这种做法十分恶心，我看你们才不配当宁川大学的学生。

"如果对言蓁的高考成绩有任何疑问，可以随时去查。高中三年她的成绩如何，宁川中学想必也有存档。今天李教授叫她也只是因为我和她哥哥是朋友，我们私下里关系很好。她未来不会进和夏任职，更不存在通过任何不正当手段占用资源的行为。

"这几位同学的简历请退回去。"他对着桌边的人开口，又转头看向那几个人，不带任何感情色彩地冰冷陈述，"很抱歉，和夏永远不欢迎连做人都不会的应聘者。"

在几个人震惊又痛苦的面色里，他继续冷冷地开口："刚刚是代表和夏发表见解，现在抛开身份立场，以我个人的私情来讲，很不巧，我在这个行业还算有点人脉，如果你们再在背后编排、意淫言蓁，也就是一个电话的事情，你们几个人的名字会永久出现在行业招聘的黑名单上。"

话语掷地有声，四周彻底陷入沉默中。

陈淮序离开礼堂，走到言蓁指定的地点。是在湖边的小树林，地点看起来很是隐蔽。

言蓁本来坐在长椅上玩手机，见他走近后，将手机收进口袋里，站起身，像风一样扑到了他的怀里。

"你怎么才来？"她的语气娇嗔，"不会是迷路了吧？"

他摸了摸她的脸颊，问："等了很久？"

言蓁仰起头看着他，突然凑过去亲他。

陈淮序措手不及，但身体本能地做出了回应，将她抱紧，低下头加深了这个吻。

两个人在黄昏的小树林里亲了一会儿，言蓁靠在他的肩膀上，有些满足地道："今天讲座时表现得很好，刚刚的是奖励。"

见陈淮序反常地沉默，她又抬起头，仔细观察他的神色。

"你怎么啦？"她摸他的唇角，玩笑地道，"谁欠你的钱了？看起来这么苦大仇深的。"

陈淮序低下头看她，突然问："在学校过得开心吗？"

有些时候，人的恶意往往是莫名其妙的，她什么都没做错，不该承受那些流言蜚语。

"突然问这个干什么？"她玩笑地道，"你不会是听见别人说我坏话了吧？"

见陈淮序不说话，她惊道："不是吧……还真听到了？"

言蓁捏他的脸颊，安慰道："还好啦，我不太在意这些。"

她顿了一下，道："我刚入学的时候，大家还不知道我家是言氏。有个外语学院的男生，家里也挺有钱吧，目中无人，又很自大，追了我蛮久，但我一直没答应。后来有一次我哥开车送我上学，被他看见了，可能是嫉妒，也可能是心理不平衡，他在年级里散播谣言，说我是被包养了，才一直不答应他。"

陈淮序蹙起眉头，抱紧了她，道："我怎么不知道？"

"也不是什么大事啦，这件事我连我哥都没说。"她靠在他的肩头，"之后我特意开了那辆劳斯莱斯去他宿舍楼下，当着众人的面把几万块现金甩在他的脸上，讽刺他是个垃圾，这件事才慢慢平息下来。后来有人扒出我的背景，就再也没有这种声音了。"

见陈淮序始终不怎么开心，她又去扯他的嘴角，道："好啦，你不要把大家都想得那么坏，终究只是极小部分，而且不碰巧地被你遇见而已。学校里的好人也很多呀，比如话剧组的那些，大家都很和谐友爱的。"

"嗯。"他应了一声，捉住她的手指，放在唇边亲了一下，"以后有不开心的事，或者谁在背后说你坏话了，一定要告诉我。"

言蓁抿着唇笑了，骄傲地轻轻地扬起眉毛道："这种事才不要你管，你放心，我从来不吃亏。"

两个人相拥着，落日渐渐地西沉，陈淮序看了一眼手表，问："去吃饭？"

"不行，"言蓁推开了他，"我爸刚刚打电话给我了。他今天也来学校，听说讲座结束了，待会儿要带我一起回家。"

陈淮序闻言挑起眉毛道："那我们下次见面是什么时候？"

言蓁陡然生出一种地下情的刺激感，去牵他的手，道："周末我会去梁家参加宴会，到时候应该可以早点溜。我和我妈说去应抒她家玩，然后我再去偷偷地找你。"

她眨了眨眼睛，道："你觉得怎么样？"

"周末，"陈淮序当然记得这个特殊的时间，"是我们游戏结束的日子。"

"嗯哼。"

"整个晚上都是我的？"

言蓁瞪他，道："你又在想那些乱七八糟的事情。"

陈淮序早就有安排和打算了，他没解释，只是看着她的眼睛，笑道："好，一言为定。"

梁家寿宴的日子如期而至。

作为多年的世交，言家给足了面子，言惠夫妻和言昭、言蓁全部到场，还准备了贵重的贺寿礼物，足以表达诚意。

梁母和梁域站在门口，面带微笑，礼貌地迎接一拨拨客人。

梁父早年意外去世，梁家爷爷身体不好，梁域又多年在国外追逐摄影梦想，因此家里里里外外几乎全靠梁母一个人操持，连言惠都佩服她的毅力。

双方在门口寒暄，梁母看向言昭，客气地笑道："小昭现在都这么大了，听说把公司也打理得特别好，真是优秀。"

话音刚落，她语气一转，怨道："不像我这个不争气的儿子，整天摆弄那个破相机，公司是一点不管。"

梁域脸上的笑容淡了一点。

言惠将手覆在梁母的手上，道："话不能这么说，人各有志，小域在摄影方面很有天分，听蓁蓁说前段时间刚拿了一个世界级的奖项，这可是多少人一辈子都做不到的事情。"

听到言蓁的名字，梁母这才将目光投到她的身上，浅浅地点了点头算是招呼，侧身请他们进去。

言蓁敏感地察觉到，梁母似乎并不喜欢她。

别墅里灯火辉煌，宴会厅被布置得相当精致。据说就连桌布的颜色都是精心挑选，大气又不失庄重。

言惠连连点头道："听说这寿宴是她一手操办的，作为当家的，真是了不起。"

"她"指的自然是梁母。

言蓁回头看了一眼，梁母和梁域仍旧在门口站着。

言家一行首先去拜访了今天的寿星。梁家爷爷梁兴一看见言蓁就很开心，挥手招呼她来身边坐着，然后上下打量，满意地笑道："想当初你爷爷还在的时候，你才这么高，现在一转眼，都是这么大的姑娘了。"

关心完言蓁，他又看向言昭，道："小昭怎么样？还单着哪？要不要爷爷给你介绍几个？"

言昭玩笑地道："哪儿用您操心，我妈比您还急，给我安排的相亲都排到明年去了。"

梁兴哈哈大笑，他因腿脚不便，坐在轮椅上，伸手示意用人道："把东西拿来。"

用人转身，很快便端来一个小盒子。

暗红色的绒布，看起来有些岁月的痕迹。梁兴伸手抚摸了一下，似乎很是留恋，随后才缓缓地打开。

"这是梁域他奶奶留下的东西，不算贵重的翡翠，但寓意好，是去庙里请大师开过光的。"梁兴取出手镯，一弯翠绿，在灯光下闪着剔透的光，"这东西蒙灰太久了，我一直觉得可惜，今天正好蓁蓁来了，除了你我也想不到谁适合戴，送给你，就当是我这个长辈的见面礼。"

梁域奶奶留下的东西，虽然梁兴没明说，但背后的意思再明显不过了。言蓁吓了一跳，不敢接，垂下双手，求助似的看向言惠。

言惠上前一步，伸出手替女儿轻挡回去，笑着说："这么贵重的东西哪能给蓁蓁，她毛手毛脚的，给她买的镯子都不知道磕坏多少个了。您这么喜欢蓁蓁，有这份心，我们就足够感激了。"

梁兴执意要送，言惠四两拨千斤，劝着他把礼物收回去。正巧梁母、梁域也接完客人过来了，梁兴看了一眼，也不再提这件事。

言蓁总算松了口气，趁着宴会的间隙，逃到一旁的小阳台上，偷偷地给陈淮序打电话，小声地抱怨。

"……我这儿还有一会儿呢……好无聊呀，都是长辈，要懂礼貌、讲规矩，不能出差错。"

陈淮序陪她聊了几句，言蓁又问："你待会儿在哪儿等我？"

"我来接你？"

"别！这里人多眼杂，我爸妈他们也在，被发现了不太好。"

"那我在市公园门口等你，梁家离那儿比较近。"陈淮序停顿了一会儿，似乎是在预估时间，"一个小时够吗？"

"够。饭吃得差不多了，待会儿找个理由我就能开溜了。"

"嗯，好，我半个小时后准时出发。"他笑道，"言小姐，期待我们今晚的见面。"

挂了电话，言蓁的唇角不自觉地扬起，心情极好地从窗帘后面钻出来，顺着走廊返回宴会厅。她看见前方有一道虚掩的门，光亮从里面泄出来，将走廊的地砖照亮一片。

"……我就知道……"门里女人的啜泣声断断续续地传出来，"……这么多年他从没看得起过我！从来不认同我！我嫁进来这么久了，到底哪里做得不好？！对待公婆，教育子女，哪项不是尽心尽力，我对梁家从来问心无愧！结果呢！那个镯子藏着这么多年，今天当着这么多人的面给一个小姑娘，给他未来的孙媳妇，却从来不肯给我这个媳妇哪怕一天！"

房间里很安静，只能隐隐地听见沉重的呼吸声。

"妈……"梁域的声音无奈地传来。

"你还敢叫我！"一贯温柔得体的梁母此刻仪态尽失，近乎崩溃道，"你知道我不同意，所以特意去找了你爷爷对不对？！你心里到底有没有我这个妈？你有没有考虑过我的感受？

"这么多年我操持这个家容易吗？！你知不知道你那几个表兄弟全都盯着梁家这块肉，要不是我给你守着，你这个梁家少爷的名头早就名存实亡了！"

梁域说："可我没兴趣，谁爱要谁要。"

梁母似乎是被气得更厉害了，不断地喘息道："你以为我很有兴趣？我很喜欢做这种事情？这一切不都是为了你？你当初说想学摄影，想去追梦，不想经商，我说好，给你几年时间，让你自由地做你想做的。现在奖也拿了，该做的都做了，是不是该回来分担一下妈妈的负担了？"

梁域沉默着。

"好，你不想谈这个，那我们谈别的。"梁母慢慢地稳定了情绪，"先说好，梁家未来的女主人必须知书达理，识得大体，能操持事务，绝对不会是那种被宠坏的、高高在上的公主，甚至在家里要当祖宗一样供起来——"

"妈，"梁域再次打断，"你不要管我。"

这时言蓁听见脚步声，似乎是梁域走出来了。她进也不是，退也不是，恰巧撞上他，有些尴尬地说："不好意思，我不是有意……"

话音未落，一个小的瓷器花瓶从房间里面扔了出来。言蓁大惊失色，下意识地想去拉他，而梁域朝她的方向扑去，揽着她的肩膀扭开了，用背部迎上飞过来的花瓶。

"啪"的一声，瓶子砸在他的身上，发出沉闷的响声，而后落地碎裂。与此同时，两个人一起狼狈地跌落在地板上。梁域的手垫在言蓁的背后，扎进地上的细小碎片里。

言蓁急忙爬起来，梁域也起身，拽着她的手，往走廊另一边走去："先别在这儿。"

两个人一路转过拐角处，他才松开她。言蓁低下头看去，他的手上渗出鲜血，蔓延开来的鲜红色刺眼可怖，将纯白的衬衫袖口都染得脏污一片。

她吓了一跳，连忙扣住梁域的手腕，仔细查看。细小的瓷片扎进肉里，密密麻麻的，看起来疼痛无比。

梁域皱起眉头，挣了一下，想抽回自己的手，故作镇定地道："我没事。"

"不行，流这么多血肯定要处理伤口的，马上去医院。"

言蓁从口袋里掏出手帕，试图擦拭斑驳的血迹。梁域任她动作，看着她的侧脸，面上的不悦情绪一点点地褪去，笑道："蓁蓁，照片都已经洗好了。"

言蓁掏出手机，急道："这都什么时候了你还想着这些？我叫人来。"

梁域叫住她："千万别。今天是我爷爷的寿宴，我又见血了，闹大了不太吉利，老人家就信这些，最好越少人知道越好。"

梁域到底是为了护她才受的伤，言蓁没办法放任不管，咬咬牙道："那我陪你去，伤口一定要处理，失血过多就不好了。"

言家司机李叔一直在门口等着，言蓁带着梁域上车，让李叔送他们去最近的医院，再回来接言惠他们。

李叔从内后视镜看了后座一眼，道："好的，小姐。"

车辆在夜晚的路上奔驰，很快就到了医院。梁域的手受伤不方便，言蓁便忙前忙后地替他挂号，陪他包扎，折腾了好一阵才终于搞定了一切。

医院的消毒水气味弥漫，惨白的灯光从头顶垂落，两个人坐在走廊的长椅上，一时沉默无语。

"对不起。"梁域突然开口了，声音很低，"很抱歉，让你看见我们家的笑话了。"

他没了往日的温柔笑意，露出难得的低沉情绪，言蓁有些不忍心，道："没事的。"

"我是个很没担当的男人吧？"他看着自己被纱布缠着的手心，"为了追逐自己的梦想，让身边亲近的人受伤。"

"可是人就活一遭，如果有条件，当然是为自己而活才最快乐。"言蓁说，"我并不是劝你去做什么，也没那个立场。只是站在朋友的角度，不论你怎么选择，我都希望你能一直开心。"

她的话沉重地敲击在他的心上。

梁域深吸了一口气，鼓足了勇气似的开口："蓁蓁。"

他轻轻地握住了她的手腕。因为失血，脸颊略显苍白，灯光下的他显得有些脆弱。言蓁记忆里永远温柔的笑容，此刻也变成了疲倦苦涩。

"能不能留下来，陪我说一说话？"

言蓁愣了一下，手心里握着的手机恰好在此时振动。微信的提示音响起。

差点忘了，陈淮序还在等她。

在听到梁域的话后，言蓁的脑海里瞬间浮现了陈淮序一个人站在公园门口的孤单身影。

不能让他等，这是她的第一反应。

可梁域要怎么办呢？他受了伤，现在情绪又明显不对。毕竟这么多年的情谊，她不能把他扔在这儿不管。

梁域坐在一边，看着她面露犹豫之色，心下有些许失望，但也不想强迫她，于是收回手腕，温声地道："时候不早了，我们回去吧。"

"没关系的，"言蓁发完微信，反过来安慰他，"再坐一会儿吧，陪你聊聊天。正好等人来接我们，你的手不方便，待会儿送你回家。"

梁域闻言，放松了身体，向后面缓缓地靠去，脊背磕在塑料椅背的边缘上，硌得有些难受，但远比不上内心的苦闷。

他就这样仰着头看着天花板发着呆，时间缓缓地流逝，他突然开口："对不起。"

又是一句道歉。

"爷爷今天要送你镯子，我不知情。"他很是疲倦，"如果知道，我一定拦着他。

"我爷爷很爱我，我妈妈也很爱我，但他们……有时候我夹在中间，都不知道该怎么办。"

他想说些什么，努力解释，可越说越觉得无力，连他自己都厌烦的环境，怎么可能要求别人去接受？

或许执意出国追梦，也是他的一种逃避。

言蓁将手边的纸杯递给他，里面盛满热水，热气蒸腾。梁域说了一声"谢谢"，接过来，低头轻轻地吹了吹，很快目光又落回她的脸上。

"我的工作室已经完全筹备好了，很快就能正式开始运转。"他像是自言自语，又像是说给她听，"我现在在业内也算是小有名气，已经有很多大单来找我，未来只要我保持作品质量，维护口碑，能赚的不会少。"

言蓁点点头，拍了拍他的肩膀，鼓励他道："加油！"

梁域顺势按住她搭在肩膀上的手，有些动容地凝视着她，道："蓁蓁，我想……"

手机突然响起，言蓁看了一眼，朝梁域开口："人来了，我去接他。"

说着她起身，背影很快消失在拐角处。

没走几步，言蓁迎面撞上匆匆赶来的陈淮序。男人蹙着眉头，唇线绷得很紧，表情明显不佳。

"生病了？还是受伤了？"他快步走到她的面前，伸出手扣住她的肩膀，声音略沉，语气急切，"怎么突然来了医院？言昭呢？他没照顾你吗？"

"不是我啦……"言蓁的声音小了下去，向他简单地解释。

听清了事情的缘由，陈淮序紧蹙的眉心这才一点点地舒展开来，不以为意地道："手划破了而已，男人哪有那么脆弱。"

"话不能这么说，你不是也发过烧吗？"

他紧紧地盯着她，不悦地扬起眉毛道："我和他能一样吗？"

言蓁"哼"了一声，没说什么，拽着他往回走。

梁域在椅子上坐着，没一会儿就看见言蓁和一个男人一起走来。

他起初以为是言昭，可等看清脸之后，才发现是一个陌生但又有点熟悉的男人。似乎在哪儿见过。

"这位是陈淮序，是我的……朋友。你的手不太方便，正好他在附近，就让他过来接我们，顺便送你回去。"言蓁简单地介绍，"这是梁域。"

梁域右手受伤了，只能伸出左手，道："陈先生，你好。"

陈淮序礼貌地回应："梁先生好。"

"陈先生看着有点眼熟。"梁域看着他的脸，皱起眉头思考，像突然抓住了什么，"我们是不是在川西见过？这是第二次见？"

"严格意义上来说，算是第三次。"陈淮序不紧不慢地道，"之前和梁先生通过一次电话，不过你可能不知道是我。"

梁域的表情充满惊讶，恍然间明白了什么，不由自主地转头看了一眼言蓁，死死地抿着嘴唇，垂着的左手慢慢地收紧，指尖陷进掌心里。

言蓁稀里糊涂的，问："你们居然见过吗？"

两个男人都没回答，站在走廊里，凝滞的气氛很是古怪。

僵持间，她的肚子发出"咕噜"的饥饿声，羞得她瞬间捂住了，一副"你们什么都没听见"的尴尬表情。

陈淮序问："宴会上没吃？"

"那个时候不是很饿……现在就……"

"是我招待不周了。"梁域藏起了情绪，挤出一个笑容，"现在去吃吧？我请客。"

言蓁看看陈淮序，又看看梁域，刚想张口说些什么，就听见陈淮序主动应道："走吧。"

三个人走到车边，陈淮序自然地拉开副驾驶位的车门，示意言蓁坐进去。

完全是把梁域当客人的行为。

梁域没说什么，单独坐进了后座，说："蓁蓁很喜欢吃云街那家的点心。"

"她晚上不吃这些，觉得腻，"陈淮序握着方向盘，目光直视前方，"一般会吃点清淡的。"

两人交锋，选择权最后落到了言蓁的手里。

"都行，"她浑然不觉，滑着手机，"随便找一家垫垫肚子就好。"

吃饭的过程也很是煎熬。

三个人坐在小包厢里，没什么交流地吃饭。陈淮序不爱说话，梁域也没什么兴致，直到言蓁主动提出买单，陈淮序将卡递给她，道："用我的吧，密码你知道的。"

梁域笑道："说好我来的。"

"没事的，不用心疼他的钱。"言蓁出来得急，就带了个手机，此刻也没客气，接过陈淮序的卡，"你们在这里等我。"

她推门出去，包厢里只剩下两个人了。

两个人互相看了一眼，又坐回座位上。

门很快推开了，服务员探出头道："这里有一个同城送，请问哪位是言蓁小姐……"

"给我吧。"

"我来。"

两个声音同时响起，服务员提着袋子，有些愣愣地看着两个帅哥不约而同地站起了身。

"梁先生的手受伤了，还是休息为好，我来代劳吧。"陈淮序走过去。

梁域顿时无言，退后一步，又坐了回去。

门再次合上了。

"陈先生似乎对我很有敌意。"

"梁先生何必明知故问？"

梁域沉默了一会儿，道："她没承认你。"

陈淮序反问："需要承认吗？"

两个人之间亲密自然的相处氛围已经说明了一切，连银行卡密码都了如指掌，那不是第三个人可以随意插得进去的。

不知不觉中，她居然已经如此依赖另一个男人，让他侵入自己的生活到这个地步。

梁域沉沉地吐气道："说实话，我很不服气。"

当陈淮序说那天早上接电话的男人是他的时候，他就有一种失败的预感。言蓁今晚在医院，有事情第一个想到的是他，甚至不是哥哥言昭，就能够说明很多问题。

明明已经确定了答案，可为什么今晚他执意要跟着来呢？究其原因，还是因为他不甘心。

他原本以为，凭着他们多年细水长流的真挚感情，他徐徐图之，一定能打动她，可没想到，早已有人捷足先登。

"人活在世上，并不是事事顺心。梁先生明白这点，会想开很多。"

梁域扯出一个讽刺的笑容，道："你这是在用胜利者的姿态教育我？"

"你错了，我从来不觉得这是胜利，她也不是什么奖品。"陈淮序平静地阐述，"我很需要她，而她选择了我，就这么简单。"

梁域顿觉颓然，瘫在椅子上，缠着纱布的右手握紧，慢慢地渗出鲜红的血迹。

陈淮序瞥了一眼，道："你没必要和自己较劲，这么做也换不回来什么。倒不如说，曾经我也是嫉妒你的一方。"

梁域猛然抬起头。

"她上高中的时候我才遇见她。而你，很早便参与了她的人生，拥有了和她的回忆，那是我永远也无法触及的地方。"陈淮序说，"你曾经是她少女时代心目中的王子，那份憧憬让我很是嫉妒，我甚至要付出更甚于你百倍的努力，去获得她的好感，直到获取她的心。"

梁域听完后，脖颈像是被抽掉了骨头一样，又塌了下去。

"如果我没有出国……"

"那又怎么样？"陈淮序轻描淡写，"结果也不会改变。"

"就算没有我，你们就能长久？浪漫不能当饭吃，你真的考虑好一切了吗？"陈淮序看向他受伤的手，毫不留情地指出，"男人最重要的就是责任和担当，你面对家庭问题只会逃避，又怎么忍心让她和你一起被蹉跎？你这是爱吗？不，你只是单纯地想满足自己罢了。"

爱一个人，应该在察觉到自己没能力给她足够的幸福时学会克制，而不是拽着她陪自己一起沉沦。

梁域顿时哑口无言，没什么底气地反驳道："你不过比我年长几岁……"

"这是我 22 岁就懂得的道理。"陈淮序冷静地道。

包厢里气氛沉闷，窗帘被微风轻轻地拂起，又垂落下去。梁域盯着窗外看了一会儿，才慢慢地开口道："今晚我本来准备表白的。

"宴会结束之后，带她去我的工作室。我布置了很久，拍了川西的日出，拍了她的照片，尽我所能地营造浪漫，可没想到——"

一个镯子引发的事故，彻底地毁了这一切。

陈淮序没说话。

"不过这样也好，她心里早已做出了选择，这样也省得我丢脸，以后再也没法面对她。"

陈淮序看着梁域，仿佛看到了几年前彷徨的自己。

说实话梁域并没做错什么，对待言蓁温柔耐心、彬彬有礼，始终呵护着她的纯粹。

可感情就是这样不讲道理且自私，不会因为谁可怜就眷顾谁，也没有一丝退让的可能性。

言蓁在此时推门进来，手上拿着小票，一眼看到桌子上的袋子，问："送来了呀？这高跟鞋穿得我脚疼，就让人送了一双低跟鞋过来换。"

梁域别过头，轻轻地吸了吸鼻子，起身笑道："蓁蓁，我该走了。"

"好，那就让陈淮序先送你回去——"

"不用了，我刚刚联系了家里，马上有车来接我了。"

言蓁看向他的手，惊道："怎么又出血了？你要注意点伤口。"

"小伤，不碍事的。"他走过来，揉了揉她的头发，"蓁蓁，再见。"

这一声，是对自己过往感情的道别。

"再见。"言蓁挥了挥手，"好好养伤，摄影师的手很重要的。"

他笑着点头，身影很快便消失在门口。

梁域走后，言蓁回头，看向站在一边的陈淮序，朝他暗示性地眨了眨眼睛。

陈淮序轻轻地挑起眉毛。

她指着袋子道："我要先换鞋。"

"嗯，所以？"

她坐在椅子上，用脚尖蹭了蹭他的小腿，撒娇似的道："你替我换嘛。"

陈淮序弯下腰，握住她乱动的小腿，唇角微弯，道："言小姐，这样不太好吧？"

言蓁怎么也没想到他居然会拒绝，抿着嘴唇道："哪里不好了！"

他看了一眼一旁的鞋盒，慢条斯理地道："朋友之间，这样的举动是不是太逾矩了？"

朋友……

原来还在记恨刚刚她在梁域面前介绍他只是朋友的事。

"你怎么这么小心眼？"她的脚尖在他的腿上又踩了踩，耍赖道，"我不管，我要你给我穿。"

陈淮序看似妥协，单膝跪地，握着她的腿，将她的脚搭在自己的膝盖上。

他并没直接替她穿鞋，而是用指尖在她细瘦的脚踝处轻轻地抚动，转而又去摩挲她的小腿，动作慢悠悠的，撩拨似的："我有什么好处？"

言蓁双手撑着椅子，低下头看着他，反问道："你想要什么好处？"

他俯身在她的膝盖处吻了一下，抬起眸子看她，道："今晚听我的。"

那目光实在太有侵略性了，言蓁慌张躲开，耳朵发烫，脚尖用力地抵了抵他的腿，娇嗔道："快点穿。"

这是答应了。

陈淮序却还没动作，用另一只手点了点自己的嘴唇，道："先付定金。"

"你好烦呀……"言蓁嘴上嗔怪，但还是倾身过去，用手钩住他的脖子。

她含住他的嘴唇。陈淮序就着跪地的姿势，轻轻地仰起头，伸出手搂住她的背，加深了这个吻。

热烈又缠绵的亲吻，呼吸起伏交错，慢慢地回荡在这一方安静的小包厢里。

包厢的门突然被打开了，一声惊慌的道歉传来："对不起，对不起，这么久都没动静，我以为包厢里的顾客都走了。对不起两位——"

门很快又合上了，言蓁抬起头，只来得及看见服务员的一丝衣角。

美好被撞破了，言蓁的脸很快便烧了起来。

"没脸见人了！"她将头埋进他的怀里，急道，"都怪你。"

"嗯，都怪我。"陈淮序笑着应答，摸了摸她的后脑勺，安抚道，"替你穿鞋，该走了。"

言蓁的手指缠着他的衣角，心"怦怦"地跳，问："回家吗？"

"不急，先带你去几个地方。"

陈淮序驱车带她来到了一个地方。

是一栋老式居民楼，看起来年份很久了，阴森森地立在夜色下，剥落的墙漆像是丑陋的疤痕，深浅斑驳。

陈淮序用手机打着光，牵着她上了楼。

楼里空空荡荡的，言蓁的鞋跟声敲击在台阶上，回荡起一股令人心慌的声响。

陈淮序停在一扇门前，用钥匙打开，老旧的门被推动，簌簌的灰尘落了下来。粉尘迷眼，她忍不住往后面退了一步。

屋内显然是很久没有人住过了，家具都用白布盖着，借着手机的光，她勉强能看清客厅的构造。

言蓁有些惊讶地道："我们来这里做什么？"

"马上你就知道了。"他伸手揽住她的肩膀，带着她往其中一个卧室走去。

卧室的门被推开了，借着光，她一眼看见了挂在衣架上的蓝白校服。

言昭高中时，穿的就是这种校服。

她有些愣怔，问："这是什么？"

"这是我的房间。18 岁之前我就住在这里。"

言蓁抬起眼睛看了一圈周围，嘴唇动了动，没说话。

"你那是什么表情？"陈淮序笑着捏了捏她的脸颊，"这栋房子是九几年建的，所以有点老旧，但除此之外没有任何缺点。马上要拆迁了，这是市中心地段，你猜拆迁款能有多少？"

言蓁的眼神立刻变了，道："你要发财了，陈老板。"

"还行吧，还差不少。"

"差什么？"

陈淮序揽着她的腰，用玩笑的口吻说道："想娶公主，这点钱还是差远了，得再努力工作。"

"你说什么呢！"言蓁瞪他，"我有钱，我才不在乎你有多少。"

说完她才意识到不对，怎么就默认他嘴里的"公主"是她了呢。

她立刻闭上了嘴巴，扭过头不看他。借着窗外不甚清晰的月色，他隐约地看到了她微红的脸颊。

"可是我在乎。"陈淮序结束了这个话题，"到这边来。"

言蓁跟着他往卧室里走，绕过床，看见他拉开了书桌的抽屉。

陈淮序翻找了一会儿，从里面拿出一个信封。

"这是什么？"她不禁有些好奇。

"我高中时留下来的。"他用纸巾擦了擦上面的灰尘，"我本来想让这些东西和这栋楼一起被埋葬，可仔细想了想，还是有点仪式感比较好。"

他将信封递给言蓁。她接过来，一边拆一边问："里面是什么？"

"情书。"

言蓁的手顿住了，心里不知道涌起一股什么滋味，有些生气地丢还给他，道："你高中时写的情书，给我看干什么！"

总不能是来向她炫耀他曾经是有多喜欢那个女孩吧？

"你拆开看就知道了。"陈淮序又递给她，"当时班级里有人追女孩，求我代笔写情书。我写完拿给他看了，然后他再也没来找过我。"

言蓁没想到会是这种答案，手指从信封里抽出纸张，扬起眉毛，有些幸灾乐祸地道："你该不会是写作文水平太差，被嫌弃了吧？"

陈淮序替她打光，她低着头，很快就明白了为什么那个男生会不了了之。

这根本不能称之为情书。虽然陈淮序的字看起来赏心悦目，但一细读内容，会发现他是在一条条地论证爱情是不存在的东西。

透过这张纸，她仿佛能看到十年前的陈淮序，正坐在她面前的这张书桌前，面无表情地发表他对于爱情的悲观言论。

"高中时的我，由于家庭的原因，不相信爱情，不相信婚姻，认为人与人之间的感情脆弱无比。那个时候我非常狂妄，也非常悲观，坚定地认为自己绝不可能被这么虚无缥缈的东西所俘获。"

她在低头看信，他在看她。

"可是后来，时间证明，是我错了。"

他从口袋里拿出打火机，轻轻一擦，跳跃的火苗在黑暗里燃得热烈。

"蓁蓁，"他将打火机递给她，"替我烧了这封'情书'。"

他带着她，来和曾经那个年轻迷茫、固执且找不到方向的自己道别。

他最终还是，遇见了他的爱情。

两个人走出居民楼，夜色很静，陈淮序带着她洗了手，又抱着她在楼下亲了一会儿，才带着她上车。

言蓁的脸颊红扑扑的，嘴唇上全是湿润的水意，问他："我们还要去哪儿吗？"

"最后一个地方，也是最开始的地方。"

轿车在黑夜里疾驰，左拐右拐，最后开进一片空地。

两旁的路灯在地面上投下一片清亮的光，也将面前的景象照清楚了。

很高的铁丝网，围着篮球场。记忆被唤起，言蓁的心跳逐渐加速，道："这是……"

陈淮序牵着她的手走进篮球场，道："我们第一次见面，就在这里。五年前，7月23日。"

"所以你的密码……"她突然明白过来。

610723。

61是她的生日，0723是初遇的日子。

"其实在见你之前，我听言昭提起过你。"陈淮序像是回忆起了什么，笑着说，"他说他有个亲妹妹，在家就是混世小魔王，很难缠，很磨人。"

言蓁不可思议地道："言昭他居然这样说我！"

"是啊，所以我先入为主，觉得你是个很不好相处的女孩。"

他扣紧了她的手指，道："可是那天我第一次见你，你躲在言昭的背后，看起来很乖，和我想象中的完全不一样。最重要的是，你看着我，然后脸红了。

"那一瞬间我觉得自己好像被击中了。"陈淮序笑道，"很奇妙吧，我到现在也很难描述那种感觉，总之就是，很想认识你，没办法控制自己看场边的你，所以那天比赛打得很差，最后被派去买水了。"

一切都串起来了。

言蓁戳他的腰，故作矜持地道："原来对我是一见钟情？"

"是，"他承认，"很心动。"

两个人牵着手，在空无一人的夜色里慢慢地并肩走着，直到他停下脚步。

陈淮序松开她的手，转身，面对面地看着她。

言蓁察觉到突如其来的紧张氛围，有些不安地低下头，发红的脸颊被灯光染上一层细碎的白亮。

他伸出手，轻轻地抵住她的下巴，将她的脸颊抬起，看那双漂亮的眼睛。

他的表情很是郑重，她的心脏仿佛被攥住了一般，疯狂地跳动，几乎快从嗓子眼儿里跳出来。

言蓁手心冒汗，从脸颊到耳朵全烫得不行。

四周寂静无声，在月色下，他看着她，黑眸里盛着光："言蓁，我爱你。"

陈淮序的掌心贴着她的脸颊，指尖停在她的耳后。

言蓁隐约地感觉到，他的手指很轻微地在颤抖着。

他在紧张。

向来对什么都游刃有余的男人，在人生中最重要的时刻，表现出难得的生涩。

他往前一步，鞋底在塑胶地面上摩擦出刺耳的声响。那声响传到她的耳朵里，很快又被他的呼吸声所覆盖。

他离得很近，近到言蓁能看清他眼角下方那颗很淡的痣，还有低垂的眼睫毛。

"宝宝，你这里，"他用手贴着她的胸口，感受着细腻肌肤下心脏温热有力的跳动，慢慢地问，"有我吗？"

游戏最终，他不过寻求一个答案。

言蓁看着他，手心覆上他的手。

"说实话，其实我本来是打算让你输的。"她说，"你赢了太多次，永远都那么胜券在握，我真的很想看看你失败的表情。

"可是后来我发现，这种事情是没办法违背心意的。喜欢就是喜欢，不喜欢就是不喜欢，如果撒谎的话，是对真心的不尊重。"

夜风缓缓地吹拂，言蓁捉住他的手，放到唇边，亲了亲他的手心，又贴在自己的脸颊上，红唇轻轻地张合："喜欢。"

没等他反应过来，她又去拉他另一只手，抿了抿嘴唇，声音很娇弱："淮序哥哥，亲亲我。"

陈淮序低下头，定定地看了她数秒，伸出手将她搂进怀里，紧紧地抱住，用力地吻了上去。

他们在这里相遇，这里是一切故事的开端。

而今天他们重回这里，故事终将会迎来最圆满的结局。

言蓁觉得自己今天的心情很是不一样。心像是棉花糖一样柔软，被他亲过之后就软绵绵地化掉了，只留下回味无穷的甜味。

从篮球场离开后，陈淮序带她回家。在电梯里他还保持着基本的公众礼仪，等到家门打开，关上，屋子里只剩下他们两个人时，他转身将她抵在门边，急切地吻了下去。

陈淮序抱着她从玄关进了客厅，直接压在了沙发上。

第二天，言蓁醒来，迷糊间看见陈淮序正看着自己，像是醒了很久但又不愿意吵醒她。她蹙起眉头，还有些疲累，埋进他的怀里，哼唧着发着起床气。

两个人在被窝里抱着，肌肤相贴，没一会儿就吻到了一起。

"再睡会儿。"她抱着他，迷糊着打了个哈欠，"你不许起床，陪我一起睡。"

"好，"他亲她的鼻尖，"我陪着你。"

在温暖安稳的怀抱里，言蓁的回笼觉睡得很是香甜，直到电话铃声响起，将她从美梦中又拉了回来。

陈淮序起身，看了一眼来电人，将手机递给了言蓁。

她窝在他的怀里，懒懒地接起："喂？"

言昭的声音在电话那头响起："你在哪儿？"

反正都确认关系了，言蓁也不扭捏了，道："在陈淮序家啊。"

"我就猜到是这样，"言昭慢悠悠地道，"可你是不是忘了什么？"

她还没意识到："嗯？"

"昨晚你突然从宴会上消失，连理由都没给爸妈编一个，彻夜未归，你猜猜妈现在什么反应？"

言蓁这下彻底惊醒了。

她立刻从床上爬起来，急道："妈什么反应？她没打电话给我啊。"

"那是因为你的好哥哥，我，很好心地帮你编了个理由，说你去朋友家了。"言昭说，"所以现在我打电话给你串供，省得待会儿露馅。"

她感动极了，道："哥哥你最好了！"

"我也这么觉得。"言昭笑道，"电话给陈淮序。"

陈淮序坐起身，从她手里接过手机。

言昭开门见山："我妈可没那么好糊弄，你明白我的意思吧？"

陈淮序低下头看了一眼言蓁，捏了捏她的耳垂，又将她搂进怀里，道："嗯，我明白。"

言母接受言昭这个理由，只不过是不想让言蓁难堪，并不代表她真的不知道女儿去哪儿了。

无论如何，都到了必须面对的时刻了。

言昭挂了电话，转身，看见楼梯处的言惠正居高临下地看着他，眉眼间带着不悦。

"你来一趟。"

言惠朝书房走去，言昭将手机塞进口袋里，跟着踏上了楼梯。

偌大的书房里，言昭平日办公的书桌此刻被言惠征用。她坐在椅子上，向后面靠着椅背，桌上放着一个纯色牛皮纸文件袋，封面上什么也没有。

言昭倚坐在桌边，拿起文件袋，用指尖拨开袋口，往里面看了一眼，道："太有效率了吧，这就把人的底细给查清楚了？"

言惠冷笑一声，道："还没和你算账。你妹妹稀里糊涂的就算了，你这个做哥哥的都不拦着点？能让自己的好朋友对亲妹妹下手？"

"他们自由恋爱，这我怎么拦？再说，您不是挺喜欢陈淮序的吗？还夸他年轻有为来着。"

"那是两码事。"言惠敲了敲桌子，"他很出色，头脑也很聪明，能力上确实没话说，但这并不代表他会是个好伴侣。他这种人，不适合蓁蓁，你懂吗？"

"没女朋友，不懂。"

"你越来越会糊弄我了，"言惠绕过书桌，抬起手揪言昭的耳朵，"迟早被你气死。"

言昭低着头，任由母亲揪着自己的耳朵，道："您有什么可操心的？我和陈淮序认识也有十年了，他的人品怎么样我可看得一清二楚，这么多年了他没有过别人，就喜欢蓁蓁。现在也算事业有成，这还不够您的标准？"

言惠松开了手，拧起眉毛道："那又怎么样？身家配得上她，喜欢她，这不是最基本的？"

言母对女婿的要求确实严格。

言昭想了想，问："您对您未来儿媳也这么要求吗？"

言惠白了他一眼，道："就你这性格，不打光棍我就谢天谢地了。"

她转身回到椅子边坐下，将文件夹里的资料抽出，一张张地翻阅起来。

言昭双手撑在桌边，问："那您现在怎么打算？同意吗？"

言惠连头也不抬，道："哪有那么简单。"

言昭同意，唇边带笑道："确实，该给他点苦头吃。"

言蓁回了家，言惠并没问什么，依旧如往常一样，这让她悄悄地松了口气，以为这件事糊弄过去了。可陈淮序却在一周后提出了要上门拜访的请求。

言蓁当时正在吃饭，差点被呛到，不可思议地看向他，道："我们这才交往一个星期呢，你就要见家长了？"

"只是拜访一下。"

言母知道他们俩那晚的事，虽然没过问，但并不是将这件事翻篇或是默许。

这是对陈淮序的第一个考验。如果他也跟着装糊涂，势必会在她的心里留下更不好的印象。

言蓁抽过纸巾擦了擦唇角，有些犹豫地道："可我还没和我妈吹耳边风呢……"

"不用，对我有点信心，宝宝。"陈淮序看着她有些苦恼的神色，笑道，"交给我吧。"

天色渐晚，言蓁坐在花园里的摇椅上，心神不宁地看着手机。

今天是陈淮序来拜访的日子。言惠听说的时候，并没有什么反应，这让言蓁的心里更加没底了，不知道自己的妈妈究竟是什么态度。

院外传来引擎声，她立刻从摇椅上跳下来，蹲在腿边的巧克力也跟着她一起往门口奔去。

言蓁直直地扑到从车上下来的男人怀里。

言惠透过客厅的窗户看到这幅景象，摇着头，叹了口气。

陈淮序抱住扑过来的言蓁，亲了亲她的额头，松开她道："我拿个东西。"

他绕到后备厢，取出两个礼盒，和她并肩往花园里走去。

客厅里一片亮堂，言父言母还有言昭全数到场，围坐在沙发边，颇有一种三堂会审的架势。

陈淮序礼貌地打了招呼，将带来的礼物送上。崔姨斟了茶水，他道谢，腰背挺直，不卑不亢。

言惠一直审视着他，不紧不慢地端起茶水，轻轻地吹了一口，半晌才开口道："大家的时间都很宝贵，那我也就不绕弯子了，我先说我的结论，我不同意你们在一起。"

话一出口，言蓁愣了一下，随后蹙起眉头道："妈……"

陈淮序似乎并不意外言惠的反应，道："我理解，您对我有顾虑很正常，但还请您给我一个机会，证明我对蓁蓁的决心。"

言惠没说话。

陈淮序拿出一沓文件，一份份地展示。

"这是和夏的企业分析报告书，由第三方中立机构出具，当然仅供参考。您本身就在行业内，应该也有您自己的判断。和夏是一个正处于飞速上升期的公司，未来不敢说能发展到什么地步，但绝对不会比现阶段差。事业非常稳定，负担得起蓁蓁所有的开支。

"这是我本人的教育背景和家庭背景。我从小父母离异，由爷爷带大，爷爷在我高中时去世了。目前父亲在某市当领导，母亲曾经是歌星，均已多年没有来往。除了前段时间母亲生病，我安排了医院，并支付了全部医药费，还了她生我的恩情。

"这是我的个人资产明细……"

他十分冷静地叙述着，事无巨细。言惠始终一言不发，但言昭分明从母亲的神情里，看出了一丝满意。

商业上的谈判，多数都留有底牌，虚与委蛇。但陈淮序抛开所有，拿出十足的诚意，将个人资产都交代得彻底，很难不让人对他产生信赖感。

言蓁也很好奇，捡起桌上的纸张，一行行地看着。

"这是请律师草拟的股份转让协议，结婚以后，我名下的和夏股份，将会有一部分转赠给蓁蓁。"

她被"结婚"这两个字弄得愣怔住了，反应过来时，用力抿着嘴唇压抑雀跃的情绪，低头掰着手指，一时没算出来这小部分的股份值多少钱。

言蓁抬起头看了一眼言昭，他那表情分明写着"笨蛋妹妹赚到了"。

陈淮序继续说："同时，和夏会以蓁蓁的名义，成立一只全新的投资基金，用于除了生物和科技以外新行业领域的投资。"

他有条有理地一项项叙述，那架势，不像上门拜访，反而像是上门提亲。

言惠听完，侧头看了一眼丈夫，问："你说呢？"

段征正对着光把玩着陈淮序送来的古董瓷器，笑眯眯地道："小陈不错，不错，挺好的。"

言惠眼看没用的丈夫瞬间倒戈，只好自己上，拿起文件随手翻了翻，又放下，仍旧无动于衷地道："陈先生确实很有诚意，但说实话，钱和股份这些东西，对蓁蓁来说顶多算是锦上添花。她自己有言氏的股份，哪怕什么都不做，都会有言家一半的财产。我挑女婿，这不过是最基础的一方面。

"既然陈先生这么诚挚，那我也不妨直说。我确实很欣赏你，从商业角度来看，从白手起家到今天这个地步，很了不起。我非常认可你所取得的成就和展现出来的个人能力。你绝对是一个十分优秀出色的人才，足以与蓁蓁相配。"

她的话语急转直下："可谈恋爱不讲这些，讲的是包容、责任和情绪价值。我工作了这么多年，接触过无数像你这样的商业精英。他们在事业上大获成功，但极少有人能在家庭里也如鱼得水。精英大部分都是利己主义的，私人感情对他们来说不值一提。说个例子，前些年合作过的一个公司，我和其中的一个高管见过几次面，那时候他刚新婚，非常幸福，逢人就夸他的妻子多么贤惠温柔。可没过两三年，他就出轨了，为了第三者和妻子离婚。原因让人很难想通，仅仅是因为他工作拼搏，非常忙碌，而他的妻子全职在家，让他产生了一种厌弃感，转身和自己的女下属搞在一起了。更别提在这个行业内，有钱男人养小三，实在是太普遍不过了。

"很不可思议吧，但事实上很多人就是这样的。在不同的阶段，他们有不同的目标，唯一不变的是，他们最爱自己。"言惠喝了一口茶，继续说，"蓁蓁从小是在我们全家人的宠爱下长大的，她什么性格我最清楚。也许今天你很喜欢她，能容忍她的娇气，让她黏着你，愿意哄着她，能为她特意千里迢迢、不辞辛苦地飞去川西，转让股份，甚至为她成立一只基金。可是未来呢？陈先生的事业现在正处于上升期，你未来只会更加忙碌，工作会消磨掉你的耐心，而蓁蓁始终是那样，要人陪，要人哄，要精心呵护，你会发现她给不了你在事业上想要的那种共鸣，还需要你耗费大量的精力去提供情绪价值，在这种情况下，你还能一如既往地爱她吗？"

言惠的话连番地往外抛。

"我说了这么多，就是想问你对她有几分真心，这颗真心又能持续多久？你把她摆在什么位置，会为了你的事业委屈她吗？"

言蓁抿着嘴唇，看了陈淮序一眼。

"我作为蓁蓁的母亲，希望的是女儿幸福。她很单纯，没什么心眼、手段，在你之前也没谈过恋爱，所以我更要把关。这是关乎她后半辈子幸福的事情，希望陈先生能理解我作为母亲的良苦用心。

"不是你不够好，而是你们不合适。"言惠总结陈词，"如果你们只是谈个恋爱，体验爱情的美好，那我不会干涉，蓁蓁在这段时间内一定能做最幸福的人。可如果你们的目标是婚姻，那就会有很多的问题。"

话语落地，室内一片寂静。

陈淮序静静地听完，回复道："伯母，首先我想说，您用错了一个词。我对蓁蓁的性格和脾气，绝不是容忍。她很好，哪里都好，各方面我都很喜欢，是您无法想象的喜欢。我知道您担心我不过是一时兴起，又或者是更爱自己，真心有限。我不知道该怎么向您证明，但我想说，和她认识的这几年里，我对她的爱意从没消减过，从今往后，我只会一天比一天更爱她。

"其次，关于您说的事业问题。我并不会为了事业而委屈她。这个因果是颠倒的，从来都是因为有她，我才有动力去发展我的事业。"

言蓁听得耳朵发烫，想去抱他蹭他亲他，但碍于父母和哥哥都在场，只能克制地坐在原地。

言惠的神色看不出喜怒，但刚开始的那股威压淡了许多。

她看着陈淮序，不说话，许久才没头没尾地来了一句："和夏今年的年度预测应该出了吧？你们今年的业绩目标是提高多少个百分点？"

这算是牵扯到商业机密了，但陈淮序相信言家的人品，答道："30。"

"60。"言惠的语气不容置疑，"今年做出60个百分点的增长给我看。"

业绩增长预测向来都是通过精确模型计算的，言惠上来就将要求翻倍，无异于是在给陈淮序出难题。

言蓁很急，刚想辩驳，就被旁边的言昭捂住嘴巴。言昭低声地在她的耳边解释："你放心，妈经商这么多年，心里有数。"

言昭说完又弹了一下她的额头，道："小没良心的，还没嫁呢就胳膊肘往外拐，委屈你男人了？"

两个人交头接耳间，陈淮序从容地应下："没问题。"

"与此同时，这一年我不希望蓁蓁在这段感情里委屈一秒。如果有一项做不到，我不会松口。"

一年的时间，言惠给他规定了极高的业绩标准。为了完成，他必定会忙得脚不沾地。同时，她又要求他认真地和言蓁谈恋爱，不准顾此失彼。

这是对他极大的考验。

言惠终于露出了笑容，道："如果陈先生觉得为难，大可以不接受我这项条件。"

"一定，"陈淮序转头看向言蓁，"我一定会做到。"

"还有，"言惠补充道，"蓁蓁年纪还小，自己还是个孩子，陈先生明白我的意思吧？"

言下之意是敲打他，不准让言蓁在这个时候怀孕。

陈淮序颔首道："明白，这个不用您说，我也舍不得。"

沉重的家庭会面终于结束了，言家一行将陈淮序送到别墅门口。言惠看了一眼言昭，道："你这个当哥哥的，就没什么想说的？"

"我没什么问题，就只有一个要求，"言昭挑起眉毛笑道，"叫声'哥'来听听吧？"

最后陈淮序叫没叫，言蓁不得而知。她等在车边，将自己给他的礼物往他车上放。

"这是什么？"陈淮序问。

"我做的小饼干。"两个人站在花园门口，见四下无人，言蓁终于可以抱他了，黏人地把头往他的怀里埋，"这次绝对没有烤焦！"

他"嗯"了一声，低下头亲她的发顶，又捧起她的脸颊，一下又一下地吻她的嘴唇。

她钩着他的手指，抬起眸子看着他，道："今天感觉怎么样，会不会觉得我妈太过分了？"

"没有，比我想象中的好很多。"陈淮序和她十指相扣，"我原本以为会受到更大的阻力，但伯母还是对我手下留情了。"

"我怎么觉得你是在逞强。"言蓁有点不信，"一年都过去一个季度了，指标能完成吗？"

他不疾不徐地道："如果连这点都做不到的话，那我确实也不配娶你。"

言蓁"哼"了一声，傲娇道："你想得美。谁要嫁给你？"

"那好吧，是我要嫁给你。"陈淮序一边笑一边捧着她的脸颊，低下头加深了这个缠绵的吻。

情人间的爱意与低喃被吹散在夜风中。他们紧密相拥，共同迎接崭新的黎明。

一转眼到了五月，宁川的春天渐渐地迎来了尾声。早夏的蝉鸣零星，绿叶茂密浓郁，被微风吹出"沙沙"的声响。

言蓁今天论文答辩，被安排在倒数第二个。幸好陈淮序陪她模拟练习过，他冷着脸挑她论文中的刺，十分不留情面，冷酷程度令人发指，以至于今天刁钻提问的教授们，在她眼里都和蔼可亲起来，顺利通过显然不成问题。

她迎着夕阳走出校门，陈淮序早在门口等着她。身高腿长，面容英俊，十分惹人注目，回头率极高。

言蓁快步走过去，牵起他的手。

"礼物收到了吗？"

"嗯？"

"我从川西给你寄回来的明信片啊。"言蓁当时确实没给陈淮序买礼物，而是选了一张明信片，在背面写了几句话，投到了邮箱里。

这都快一个月了，应该快寄到了。

"还没有，今天回去我再翻一下信箱。"

"好吧，那就再等等。"

今天是约会的日子，言蓁没让陈淮序开车，两个人从学校出发，一起坐了地铁，牵手散步、逛街吃饭，是茫茫人海中微不足道的一对小情侣。

虽然没有什么特别的地方，但对于他们来说，每刻都在心动，每刻都很特别。

宁川的夜晚很是热闹。霓虹灯五彩斑斓地闪烁，将黑漆漆的夜幕都染得明亮起来。

街边人来人往，车水马龙。

言蓁想去逛夜市，陈淮序便陪她一起。她好奇心重，这个也要看，那个也想尝，但大多都是尝几口就不想吃了，新鲜感来得快，去得也快，弄得陈淮序哭笑不得，却也心甘情愿地跟在她的身后替她收拾残局。

从夜市出来，两个人漫步在步行道上。不远处的江风凉凉地吹来，她的发丝起伏，丝丝缕缕地缠在他搂着她肩膀的指尖上。

言蓁有点嘴馋，在路边买了一个冰激凌。陈淮序付钱的时候，她远远地看见露天座位的游览车，连忙兴奋地拽他的袖子，道："陈淮序！我想坐那个！"

于是两个人又急急忙忙地往车站赶，买票上了车，径直坐在了最后一排。

游览车在路上慢慢地行驶，言蓁靠在陈淮序的怀里，惬意地看着路边的广告牌在眼前一一闪过。

她正舔着冰激凌，就看见陈淮序从口袋里摸出了一个东西，仔细打量着。

"这是什么？"

好像有点眼熟。

"刚刚在夜市买东西的时候老板送的。"他看着这根朴素的红绳，想起刚刚热情的老板硬是要塞给他。说是保姻缘的，一定能把他们俩牵在一起，一辈子走下去。

陈淮序向来不信这些，可不知怎么的，还是把绳子装进了口袋里。

此刻，他低着头看着那根绳子，想了想，捻起两端往她的脖子上绕。

言蓁一愣，看着他把红绳系在她的脖子上，不解地问："你这是干什么？这不是挂脖子上的吧？"

陈淮序抽出纸巾，抹掉她唇边沾上的冰激凌，轻轻地笑道："有个礼物想送给你，但是现在没带在身上，先将就一下。"

她"哦"了一声，低下头看了看脖子上的红绳，道："怎么又送我礼物？你这些天送了我多少东西了。"

陈淮序见她居然抱怨，便有些不悦地轻轻弹了一下她的额头，道："钱多，烧得慌，可以吗？"

她用空着的手捂住额头，蹙起眉头娇嗔地瞪他。

她的脸颊红扑扑的，在夜色里格外迷离勾人。

他垂下眸子看着她，心动得无以复加，忍不住低下头吻她。

言蓁措手不及，手忙脚乱地惊呼："你别……这么多人呢！冰激凌还没吃完……要化啦！唔……你……嗯……"

前排有人注意到动静，回过头，发出惊叹声，很快一车的人的目光都投向最后一排。大家心照不宣地笑着，甚至有人鼓掌起哄，要他们亲得再久一点。

微凉的夜风里，他们在游览车上，在众人的目光下相拥接吻。冰激凌在口中化开，甜腻地渗入唇舌之中，也慢慢地渗进心脏里。

每一次心跳都震得身体发麻，情不自禁地渴望与对方有更多的交缠。

一吻结束，陈淮序抱着她，问："毕业旅行，想去哪儿玩？"

言蓁想了想，道："快夏天了，想去海边。"

"好。"

她靠在他的肩头，道："学校的毕业典礼好像在下个月月底，到时候我爸妈肯定要来，你要来吗？"

"来。"他答道，"这么重要的时刻，我怎么能不来？"

言蓁很开心，在他的侧脸上亲了一口，故意说："到时候穿得帅点，别让我在同学面前丢脸。"

他笑道："遵命。"

从今往后，她人生中的每个重要日子，都会有他的参与。

最终毕业旅行地点定在了欧洲。

言蓁完全不用做任何事情，陈淮序将一切都安排得妥当。从旅游线路，到出行酒店，一切都有条不紊。

中世纪风格的建筑，夕阳下静谧的湖畔，童话般梦幻的小镇……

两个人远离一切，在异国他乡的街头自由地牵手行走，毫不掩饰热恋中的亲密。

晚上，两个人洗完澡，窝在酒店的沙发上。言蓁躺在他的怀里，看着手机，回顾着一天的行程，挑挑拣拣，打算选几张满意的风景照发到朋友圈。

陈淮序用下巴抵着她的发顶，陪着她一张张地翻看，突然看见了什么，手指点了一下屏幕，道："还特意拍了我？"

照片里是他的侧脸。他正专注地看着博物馆墙上的画。

"很好看，"言蓁抬起头看他，"长了一张很会骗人的脸。"

他低下头，而她抬着头，目光相触，谁也没舍得移开。心意相通，几乎不需要再说什么，两个人慢慢地就吻到了一起。

第二天，两个人吃完早饭，坐着当地特色的游览车，来到了一个宁静祥和的小镇。

远处蓝顶白墙的建筑，狭小街道旁彩色的涂鸦和油画，各家各户在门口、阳台上精心培育的花，海边成群扑棱着翅膀的鸽子……阳光从头顶落下，一切都美得像画。

小镇靠海，两个人沿着石头路，慢慢地逛到了海边。

无尽的天空和延伸的海水在天际相接。阳光热烈，碧蓝的海面波光粼粼，像是被洒上了一层碎金。

他们手牵着手走在沙滩上，海风迎面而来，将她的裙角吹起。言蓁伸手按着遮阳的草帽，将陈淮序的手又握紧了一些。

"喜欢这里吗？"他问。

"喜欢。"她说，"不只喜欢这里，更喜欢和你一起。"

说完，她松开他的手，往海边跑了几步。冰凉的海水漫过脚踝，温柔地拍打着肌肤。

陈淮序看着她，笑道："我也很喜欢你。"

无法用言语表达的喜欢。

他朝她走近两步，低声地道："闭上眼睛。"

言蓁有些不解，眨了眨眼睛，但还是听话地慢慢地闭上了眼睛。

脖子上一凉，像是有金属材质的细链缠上来，在胸口处垂下一块，冰凉坚硬，好像是宝石。

陈淮序在她的颈后将项链系好，又绕回她面前，道："睁开眼睛，宝宝。"

言蓁睁开眼睛，低下头去看，透蓝的宝石在阳光下折射着剔透的光，美得不可思议。

是上次她和应抒在珠宝店见过的，那条设计主题为"爱情女神"的项链。

"很漂亮，很适合你，"陈淮序看着项链，露出满意的神色，"比我想象的还要美。"

他将她被风吹乱的发丝别到耳边，道："生日快乐，我的公主。"

言蓁咬着嘴唇道："你从早上起来就没什么反应，我还以为你忘了。"

"怎么可能忘？"他轻轻地摸她的脸颊，"接下来还准备了很多惊喜，一定不会让你失望。"

她低下头，爱不释手地摸着宝石，问："这条项链，你早就买了，对不对？"

他有些意外她居然知道这件事，点头道："是，很早就想送给你。"

言蓁的唇角忍不住扬起，又低下头看着项链，眼里不自觉地蒙上一层水雾："你好烦，我要被你弄哭了。"

陈淮序笑着将她搂进怀里，贴着她的耳畔，轻声地道："我爱你。"

永恒不变的动人情话，只对她讲述。

他的爱情女神。

他的阿芙洛狄忒。

两个人在海边相拥，接吻，亲密地说着情人间的甜言蜜语，随后继续往前面走去。

依偎的身影逐渐变小，直到彻底消失，而海边浪潮依旧。

过去的日子里，陈淮序有时候会觉得，她像是来去自如的潮水，而他是岸边等待的沙。一颗心在克制自我、年复一年的等待里，被烈日灼得滚烫。

幸运的是，爱情的引力终于带来她的眷顾，潮水拥抱海岸，他如愿以偿。

—— 正文完 ——

9月初，宁川大学入学的第一天，言蓁对一个叫陈淮序的男人一见钟情了。

事情的起源很简单。

言蓁的哥哥言昭在宁川大学读研究生，眼看妹妹即将成为大学新生，他在言母的叮嘱下承担起了照顾妹妹的责任。在开学当天，叫了一个室友一起帮言蓁搬行李。

那个室友就是陈淮序。

他个子很高，穿着黑色的T恤长裤，挺拔地站在那里。眉眼漂亮，但神色很是冷淡，不爱讲话，偶尔"嗯"一声回复言昭，连眼神都没怎么分给言蓁过。

可就是这样，在宿舍楼下枝叶略黄的树旁，周围的新生们汗流浃背地搬着东西上下楼，在毫无浪漫氛围的情况下，言蓁的心却瞬间被击中，失控地狂跳，连开口问候都慢了半拍。

察觉到自己的失态，她立刻侧身，藏起自己过于赤裸的目光，低下头摸了摸脸颊，滚烫一片。

夏末热意仍存。她住在三楼，两个男生拎着她沉重的行李箱爬宿舍楼梯，T恤被汗水打湿，从背后洇出大片深色的印记。

言蓁空手跟在一旁，愣愣地看着陈淮序的侧脸，还有他被汗浸得微湿的黑发发尾，脸红地抿了抿嘴唇，道："不然我来帮忙吧？"

"不用，"陈淮序简短地回答，将行李箱换了一只手，"很热，你不用跟着爬楼，在寝室里等就好。"

面对心动的人，刚开始总是手足无措的。言蓁跟在他的身边，也找不到什么话题，只好悻悻地回到寝室，绞尽脑汁地思索着待会儿要怎么开口。

等到他们搬运结束，她终于想好了说辞，拿出擦汗的纸巾递给言昭和陈淮序，道："辛苦了，我请你们去喝杯咖啡？"

"谢谢，但我就不去了。"陈淮序礼貌地回答，朝言昭开口，"我回宿舍洗澡换件衣服，待会儿要去一趟导师的办公室。"

言昭点头，陈淮序便转身往门外走。言蓁不想让他这么早就离开，便下意识地叫住了他。他的脚步顿住了，微微侧头，如墨的黑眸沉静地看过来。

她心跳得更快了。

言蓁握着手机，紧张得手心都是汗。她走上前去，清了清嗓子，试图找了个理由："加个微信吧，等你有空了我单独请你，好好感谢一下。"

陈淮序的目光从她发红的耳朵上扫过，又看了一眼言昭，后者耸了耸肩膀，一副不知情的样子。他想了想，决定还是说清楚，不要给人无谓的期待比较好："不用，举手之劳。"

说完，他利落地转身，很快便消失在言蓁的视线里。

言昭拖过来一张椅子，散漫地坐下。寝室过道逼仄，他一双长腿无处安放，只能跷着。他随手拿起言蓁带过来的小玩偶，细细地把玩。

他抬起头，见妹妹还立在原地，呆呆地看着陈淮序离去的方向，前倾身体，轻轻地拽了一下她的发尾，道："傻了？"

出神的言蓁被这一下唤回了意识，转过头，开门见山地道："哥，他有女朋友吗？"

言昭觉得有点好笑，回道："你才见他第一面，除了他的名字什么都不知道，你就想追他？"

"是啊，"言蓁理直气壮，"有什么问题吗？"

言昭将小玩偶放回桌上，慢慢地道："他倒是没有女朋友。"

言蓁的眼睛顿时一亮。

"但是，我劝你还是早点死心。追他的女生不在少数，没一个成功的。"言昭打量了一下她，"你应该也不是他喜欢的款。"

言蓁从小到大，想要的东西还没有失手过，听见言昭的话，心里那股不服气的劲儿瞬间涌上来。

"我决定了，我要把陈淮序追到手。"她扬起下巴，缓慢且清晰地宣告，"你就等着看吧。"

刚入学是最忙的。各种典礼、活动、讲座，言蓁忙得晕头转向，终于在两个星期后再次如愿见到了陈淮序。

这次是为了庆祝商赛拿奖，言昭和陈淮序出门吃饭，顺便叫上了言蓁和不同专业的朋友路敬宣。

时近傍晚，四个人走出校门，迎着昏黄的天光往商业街散步而去。

言蓁今天光是打扮就花了一个小时，穿了一条露肩收腰的白色连衣裙，踩着小高跟鞋。因为过于郑重，甚至被舍友调侃是去约会的。

也没什么差别，她有些开心地想。

虽然只有四个人，但言昭还是订了一个包厢。言蓁挑了陈淮序旁边的位子，护着裙角慢慢坐下。

她喷了香水，香味并不浓，很淡很清新，在周身的空气里慢慢地散开。一时间，陈淮序的鼻子里全是她的香味。

他向来不太喜欢沾染陌生的气味，这次却没说什么，只扶着转盘，将菜单转到言蓁面前，绅士地道："你来点。"

言蓁接过，低下头翻着菜单，状似无意地问大家有什么忌口，随后在心里记下陈淮序的偏好。

她发誓，她对言昭都没这么殷勤过。

服务员先拿来两瓶酒，言蓁也跟着要喝一点的。陈淮序起身，往她的高脚杯里倒了一点，递到她的面前。

言蓁正专注地看着菜单，伸出手去接，却在无意间碰到他修长的手指。

她愣了一下。

相碰的肌肤生起酥麻的电流，顺着指尖一路流淌，迅速地蔓延全身。

她像触电般缩了回来，连耳朵都红了，指尖仿佛残留着他肌肤的触感，火一样热，反复炙烤着她的理智。

她将手藏在桌子下面，用掌心覆上刚刚碰到他的那一小块肌肤，转而开始后悔了。

要是能再停留一会儿就好了。

饭局途中，陈淮序起身去厕所。

路敬宣注意到言蓁的目光一直黏着陈淮序的背影，端起酒杯送到嘴边，玩笑地道："他身上有钱吗？一直盯着他看。"

言蓁十分直白地道："我要追他。"

"噗——"正在喝酒的路敬宣一口喷了出来。

言昭嫌弃地挪着椅子往旁边移，抽出几张纸巾扔给他，道："能不能有点出息？"

路敬宣抹了抹嘴巴，不可思议地道："妹妹你喝多了吧？你们才见几面？"

"今天是第二面。"言蓁诚实地答道。

路敬宣苦口婆心地道："哥哥劝你一句，陈淮序这狗男人没有心，你别被他这张脸给骗了，多少漂亮妹妹被他这冰块气哭过。咱们什么好男人得不到，他不值得。"

"我不一样。"言蓁反驳道。

"哪里不一样？"

言蓁支吾了半天，没说出个所以然来，有些着急地拍着桌子站了起来，抬高声量："你信不信，一个月。给我一个月，我一定拿下陈淮序！"

言昭没说话，只望着她笑。

"是吗？"身后一个冷淡的声音响起。言蓁惊吓地回头，就看见陈淮序不知道什么回来了，出现在身后。

他神色平静地看着她："那我拭目以待。"

心里话被本人听到了，言蓁干脆破罐子破摔，毫不遮掩地开始追人行动。

周一公共课，教室里的同学敏锐地察觉到，陈淮序身边坐了一个从没见过的美女。

周围窃窃私语，言蓁却毫不在意。

陈淮序问："从哪儿弄来的我的课表？"

"不是你的，是我哥的。"言蓁狡黠地笑道，"只是他恰好告诉了我，有哪些课他是和你一起上的。"

"那正好，"他将桌子上的本子推到她面前，平静地道，"既然你是他妹妹，这节课的笔记你替他记。"

"啊？"言蓁一时没反应过来，张望了一圈，"我哥呢？"

"翘课，约会去了。"陈淮序淡淡地瞥了她一眼，"他是你哥，你都不关心他来不来？"

言蓁嘀咕起来："我才不关心他，我是为了你来的啊。"

陈淮序只当没听见，从包里抽出电脑，打开，屏幕里映出他好看的脸。

这时突然窜过来一个男生，钩住他的脖子，一边看向言蓁，一边问他："什么情况？女朋友？"

"言昭妹妹。"

"哦。"男生恍然。那点八卦之心刚刚消除，就听见言蓁认真地开口："现在还不是女朋友，但我会努力的。"

声音不大，但足够让教室都安静下来。

大家全震住了。

"我……"男生震惊，及时止住了到嘴边的脏话，"美女猛啊。"

上课铃声适时地响起，教授进了教室。众人纷纷收回目光，安心准备上课。

言蓁根本听不懂研究生的课，握着笔一个字没写，只偷偷地看陈淮序认真听课的侧脸。

他捕捉到她不安分又灼热的视线，用指尖轻轻地在笔记本上叩了叩，示意她记笔记。

很快，言蓁写了一张字条递过来。

他扫了一眼，上面写了三个字：听不懂。

还附赠了一个哭泣的可爱表情。

陈淮序的目光扫向字条的创作者，发现她正用同样可怜巴巴的眼神看着他。

漂亮的眼睛闪着点点碎光，红唇微抿，脸颊白皙柔软。

难怪教室里男生的目光几乎全黏在她的身上。

陈淮序收回视线，握着笔，拔掉笔盖，又重新按合。

"啪嗒啪嗒"的清脆声响，不知道是在掩饰谁被扰乱的思绪。

等到下课，言蓁迅速地冲出了教室，五分钟以后又回来了。陈淮序酝酿了许久，再次耐心地道："言蓁，你的时间很宝贵，不应该浪费在这种事情上——"

"给你！"她轻轻地喘息，额角还挂了些汗珠，眼神却是亮的，"早上太困了，我刚刚在快下课的时候下单了两杯咖啡，这杯是你的。"

陈淮序的话被她堵了回去。

言蓁毫无察觉，从袋子里继续往外面拿，道："早餐吃了吗？我刚刚买了点面包，不知道你喜欢哪种，都是按我的口味买的，你一定会喜欢！"

见他一言不发地用冷淡的目光看着自己，她动作渐缓，疑惑地问道："怎么了？"

"没什么。"陈淮序感觉到一种捶到棉花上的无力感，"吃过早餐了。"

"哦……"她的尾音拖长，声音变低，带着显而易见的失落，"那咖啡你喝吗？"

那语气……她像是被雨淋湿的小猫。

他没拒绝，只说了一句："放那儿吧。"

失落一扫而空，言蓁立刻高兴起来，扬起眉毛道："你要是喜欢的话，我天天给你买。"

"不用，"他很是无情，"这种无意义的事情，你没必要再做。更何况你不喜欢上早课，刚刚一直在打瞌睡。"

"虽然我不喜欢上早课，可我喜欢你啊。"言蓁想也不想，脱口而出，然后理直气壮地道，"就是因为想着能见到你，我才起得来。"

话语掷地有声，周围瞬间再次陷入沉默。

陈淮序抬起眸子看着她，久久没有说话。

直到第二节课的上课铃声响起，他才坐直了身体，仍旧像无事发生一般看向讲台，平静的声音尽管夹杂在嘈杂里，还是被言蓁捕捉到了。

他低声地说了两个字："是吗？"

之后的一周多时间，言蓁几乎是隔一天来一次。

研究生的课大多被安排在晚上，恰巧和她的专业课错开了。只要有空，她就赶过来陪陈淮序上课，风雨无阻。

他开始还劝，到后来完全放弃了，俨然是习惯了身边黏着的小尾巴，毫无波澜地接受着身边同学各种打量的目光。

反正她也就是一时兴起，迟早会坚持不住的。

陈淮序这样想着。

窗外天色漆黑，教室四周静悄悄的，只有他的手指在键盘上敲击的声音响起。

言蓁有些犯困，趴在桌子上，脸颊被压得扁扁的，小声地问他："9点了，教学楼都要清场了，你什么时候结束啊？"

"你累了可以先走。"

"不。"她有些固执，"最近有社团搞活动，有一条回宿舍的路上装了特别漂亮的彩灯，想和你一起走。"

"然后呢？"

"嗯？"

陈淮序停下动作，转头看她，侧脸被灯光照得线条分明："一起走了，然后呢？"

言蓁对上他的目光，心跳超快，脸颊泛红，道："你不觉得浪漫吗？

在那种场景下，也许你会喜欢上我也说不定呢。"

"不会。"陈淮序关上电脑，塞到包里，利落地起身，又回头看了她一眼，"走不走？"

"去哪儿？"言蓁愣愣地站起来。

"看彩灯，"他背着包，迈开长腿往门外走去，头也不回，"打碎你没有科学依据的幻想。"

言蓁所说的，其实是一条种了两排树的小径。枝干上缠满了各种颜色的小灯泡，远远地看去，五彩缤纷，像是童话里的场景。

很漂亮，在没有那么多人的情况下。

短短一条路，挤满了来往的学生，拍照的、散步的，热闹极了，完全没有言蓁想象中那种令人心动的夜晚静谧氛围。

陈淮序见她停下脚步，满脸沮丧，问："走不走？"

"走！"她强行振作起来，"来都来了。"

彩灯闪烁，在头顶缀连，如斑斓的星河。

两个人走在路上，始终保持着一拳的距离，一言不发。周围人声鼎沸，欢声笑语不断，却好像融化不了他们之间的冰冷。

言蓁的注意力不怎么集中，恍惚间被迎面而来的人撞了一下，身体不稳，撞在了陈淮序的身上。

等她反应过来时，立刻道歉："我不是故意的，刚刚被人撞了一下。"

陈淮序说："别看我，看路。"

她眨了眨眼睛，道："你怎么知道我在看你？"

他收回了目光，便不再说话了。言蓁却好像发现了新大陆一样兴奋，刚刚的郁结荡然无存。

两个人的距离被这一下猛地拉近，她没再退开，挨着他的肩膀，伸出手悄悄拽住了他的袖子。

陈淮序的脚步停了。

"人太多了，我怕和你走散了。"她咬了咬嘴唇，有些拘谨地撒娇道，"就让我牵一会儿嘛…"

陈淮序冷静地道："这是一条小路，还不至于到走散的地步。"

言蓁无理取闹地道："我不管，你不让我牵我就不让你走。"

陈淮序："……"

他妥协了，任由她拽着袖子，两个人继续往前面走去。

可对言蓁来说，这只是一个开始。

没走几步，她松开他的袖口，探下去握住了他的手。

手心相贴，陌生的温热触感传来，陈淮序蹙起眉头，刚想挣脱，却发现整个手臂都被她抱住了。

"有好多人在看，"她说，"给我点面子，别推开我，不然我明天没脸见人了。"

俊男美女的组合很是引人注目。陈淮序扫视一圈，的确有不少目光投过来，好奇两个人之间的关系。

他动了动嘴唇，看了一眼前方小径的尽头，没再拒绝。

"我好喜欢你呀。"言蓁满足地抱着他的手臂，脸颊贴着他的肩膀，"要是你能抱抱我，再亲亲我就好了。"

陈淮序沉默了一会儿，将手臂抽了出来，对上她故作委屈的目光，伸出手抵住她的额头，在夜色里轻轻地说："言蓁，不准得寸进尺。"

周末的图书馆人满为患。

陈淮序坐在靠窗的位置上，敲着键盘，听见身旁传来懒散的脚步声，抬起眼睛，一抹粉色的衣角撞入眼帘中。

他抬起手腕看了一眼时间，上午 10 点半。

昨晚言蓁问他周末计划，他诚实地回答要泡图书馆，她便吵着也要来，拜托他替她占个座。

座位是占了，人却姗姗来迟。

言蓁在他对面坐下，轻轻地打了个哈欠。显然是才起床没多久，眉眼倦懒。

陈淮序伸出手将给她占座的书收回去。

言蓁看了他一眼，低下头发了一条微信给他：哥哥今天穿得好帅！好喜欢！

她只是喜欢自己这张脸罢了。陈淮序面无表情地想。

中午，图书馆陆陆续续地有人离开去吃午饭，平静严肃的氛围出现些许松动。言蓁早上没吃饭，此时也感觉到了饥饿，在微信里对陈淮序狂轰滥炸，终于磨得他认命了，关了电脑陪她去吃饭。

两个人走出图书馆，阳光正好。门口聚集了一堆人，乌泱泱地围着几张桌子。遮阳伞旁立着宣传用的易拉宝，他们走近一看，原来是有学生在举办公益义卖活动，卖一些猫猫狗狗的简易周边，所得钱款全部用来救助校园内的流浪小动物。

言蓁好奇地停下来看，陈淮序便也停住了。

"我们也买一些吧，支持一下。"她说。

反正是做公益，陈淮序没什么意见，在桌子上看了一圈，目光不自觉地落在一个粉色的猫咪发夹上。

摆摊的学生注意到他的视线，笑着将那个发夹拿起道："帅哥很会挑啊，这个发夹的颜色和你女朋友裙子的颜色一模一样。"

他这才反应过来，自己刚刚脑子里想的，居然是言蓁。

爱撒娇，很黏人，带了点傲气和娇纵，生气起来就像炸毛的小猫一样。尤其是她今天还穿了一条粉色裙子。

"是吗？"言蓁看了看自己的裙子，大方地道，"你们库存还有多少，我全要了。"

陈淮序本来想澄清，可注意力全被她带偏了，说："就算是要多买做公益，也可以买点别的种类，没必要就买这一种，又不是做批发。"

"不，我就要这个，全部，"言蓁的声音轻快，"因为是你挑的。"

陈淮序："……"

售卖的学生看向陈淮序的眼神变了变，好像在说他连送礼物都抠抠搜搜的，还要女方自己掏钱。

他认命了，拿出手机："麻烦打包一下，多少钱？"

吃完饭，陈淮序想回图书馆，言蓁却不愿意，以"消食"为由，拉着他到图书馆旁的人工湖边散步。

午后的秋风很是舒适，陈淮序看着她飘扬的发丝，停下了脚步。

"言蓁，我有话和你说。"

"嗯？"

"通过这段时间的相处，你应该知道我是一个什么样的人。我对自己人生的每个阶段都有计划，要一个目标一个目标地去实现，从不会为谁停留，也不会为谁轻易更改。"他顿了一下，"而谈恋爱，花精力去维持一段随时有可能结束的感情关系，一开始并不在我的规划范围之内。"

言蓁"哦"了一声。

但如果是你，也许我可以试试。

可话刚要说出口，又被他咽了回去。

承诺不能轻易地、不负责任地给出，否则是对她的不尊重，也是对自己原则的违背。

这段时间和她相处，他发现自己确实被她一点点地拉低了底线，整天被她缠着也没觉得烦躁，甚至她故作可怜，撒娇说自己穿高跟鞋脚疼走不动时，他也会妥协地骑自行车载她，就算她从后面抱着自己的腰，也没赶她下车。

以往任何一个女生追他，他从来都礼貌地拒绝，始终和对方保持距离，从没有这样纵容过。

陈淮序觉得，自己需要一点时间好好地思考，然后给她一个肯定的、郑重的、负责任的答案。

"但其实……"

"我知道了。"

两个人几乎同时开口，陈淮序有些惊讶地看着她。言蓁说："其实，今天我是来认输的。"

陈淮序："什么？"

她叹了口气，道："那天我哥找我聊了聊，我觉得他说的真的很有道理。我虽然对你一见钟情，很喜欢你的脸，但仔细一想，我们俩的性格天差地别，就算在一起也不会幸福的。"

她扬了扬手里的袋子，道："这段时间打扰你了。这个，就当是纪念品，我会好好珍藏的。"

追人实在太累了，而她向来三分钟热度，热情和耐心一旦耗尽，就会毫不留恋地放弃。

反正男生那么多，总能遇到下一个令她动心的人。

当天晚上，陈淮序一夜没睡。

他躺在床上，翻来覆去许久，始终没想明白，打开手机盯着屏幕出神，不知不觉间已经点击搜索：

轻易放弃一段感情，是什么心理？

高赞回答：说明也没那么喜欢。

被这几个字戳痛了，陈淮序冷着脸按灭屏幕，压抑着情绪翻身下床，走到寝室另一边，掀开了言昭的被子。

身上一凉，沉睡中的言昭吓了一跳，等睁开眼睛看清床头站着的人时差点气晕，便大少爷脾气发作："陈淮序，大半夜不睡觉你梦游？！"

陈淮序揪着他的领子将他从床上拽了下来，道："你和言蓁都说了什么？"

对上那张冷脸，言昭莫名其妙地道："你发什么疯？"

"要么陪我喝酒，要么揍你一顿，你自己选。"

言昭踹了他一脚，道："滚。"

"好，那我现在给沈辞音发消息，告诉她你很多次去找她，都是翘课去的。"

沈辞音在隔壁学校，对他们的课表并不清楚，往往三言两语就被言昭糊弄过去了。但她这个人向来认真，如果知道言昭找她是翘课去的，肯定不会再允许他这么做了。

言昭唯一的弱点就是沈辞音，他怎么也没想到好兄弟会背叛他，便立刻从陈淮序手上抢下手机，道："拿酒去。"

自那以后，言蓁真的就再没出现过了。

本科和研究生院不仅教学楼不在一块儿，就连宿舍都离得很远，常用的食堂也不是同一个。

她就像是彻底从他的世界里消失了一样。

他已经很久没见过她了。

明明这是他期望的结果，可是等她真的不来了之后，他又觉得哪里不对劲。

上课的时候没有人无聊地在他笔记本的角落里画画；没有人用那种又娇又懒的语气和他撒娇，叫他的名字；没有人费尽心机地去牵他的手，偷亲他……

说好了一个月把他追到手，结果现在才过去二十天，她就丧失热情，放弃不干了。

她来去自如，喜欢得热烈，抽离得干脆，反倒将他留在这段关系中，怎么都走不出来。

那些甜言蜜语，果然都是骗他的。

陈淮序面无表情地想着，直到思绪被同学拉回："说起来，最近没见到言蓁啊？她不都一直跟着你？怎么？不追你了？"

嘈杂的食堂，周围人潮汹涌。

"人家那是及时止损。那么漂亮的妹妹，根本不缺人追，天天对着这冰块脸谁受得了，要我我也放弃。"

"也是。"同学幽幽地叹息，"唉，陈淮序的少女心屠杀名单上又多了一个无辜的名字。"

陈淮序一声不吭，听见一声惊叹："说曹操曹操到，那是不是言蓁啊？"

众人转头，看见一个纤细靓丽的身影和一个男生并肩走进了食堂。

言蓁长得实在是漂亮，在人群中一眼就能注意到。此刻她正笑着和身边的男生说着什么，看起来关系很是和谐。

"那男的我知道，也是大一的好像，还是个混血儿。体育贼厉害，在社团里见过几次。"

男生和言蓁共同停在了一个窗口前，他说了些什么，言蓁被逗得直笑，眉眼弯弯的，漂亮的眼睛里闪着点点碎光。

"你别说，俊男美女，还挺配的啊。"

"啪"！清脆的声音传来。

讨论止住，对面的同学目光扫过来。陈淮序面无表情地放下筷子，端着餐盘起身。

"哎哎哎，你去哪儿？"

"吃饱了，走了。"

"饱了？"同学难以置信地看着他几乎粒米未动的餐盘，"你一口没吃你告诉我饱了？"

陈淮序没再说话，冷着脸转身，明显心情很差。

只留下几个同学面面相觑。

言蓁没想到居然会在图书馆遇见陈淮序。

他一如既往，神色专注，靠在椅背上，手指随意地搭在键盘上，似乎是在思索着什么。

似乎是察觉到有人在看着自己，他下意识地转头，便撞上了言蓁的视线。

只一秒，一贯冷淡的目光瞬间灼热起来。

言蓁慌忙扭头，恰好 Alex 端着两杯咖啡走到桌边，将其中一杯放在她的面前，道："给，你的最爱。"

言蓁朝他微笑道："谢谢。"

"没关系，我的荣幸。"Alex 在她的对面坐下，有些腼腆地挠了挠头，"这段时间小组作业真是麻烦你了。"

两个人在选修课上被教授分到一组，要求根据指定的课题写报告。因为他们都对这个方向没什么研究，所以约定了一起找资料讨论，在图书馆一待就是一天，中途只会一起去食堂吃个饭。

Alex 偶尔腼腆，但大部分时候很是健谈幽默，很快就和言蓁熟悉起来。

两个人安静地自习了一会儿，言蓁起身去厕所。

等她出来，却看见了不远处靠墙站着的陈淮序，不知道他在那儿等了多久。

注意到她，他的目光直直地投了过来。言蓁装作没看见，从他的面前缓步走过时，礼貌地打招呼："学长，好巧。"

和他陌生到这种地步，连"淮序哥哥"都不喊了。

巨大的失落感袭来，陈淮序直起身，突然攥住了她的手腕。

言蓁有些吃惊，下一秒整个人被他拉着，跟跄着往一旁走去。

图书馆内氛围安静，言蓁怕闹大了惹人注目，跟在他的身后，轻轻地掰他的手，小声地恼道："你要去哪儿啊？"

陈淮序带着她进了安全通道，空荡荡的楼梯间一片寂静，只有他们两个人。

四目相对，彼此无言。

言蓁说："没什么事的话，我就先走了。"

"你和他，"陈淮序顿了一会儿，似乎是很不情愿地问出了这句话，"在一起了吗？"

言蓁惊讶于他的猜测，但很快反应过来，扬起眉毛道："我为什么要告诉你？"

陈淮序见她没否认，声音冷了下来，只说了四个字："和他分手。"

"你这人好奇怪，凭什么管我谈恋爱？"言蓁毫不示弱地看着他。

"你说你喜欢我，"他看着她，"都是假的吗？"

"是啊，我曾经是很喜欢你，可是我都说了嘛，我们不合适。"

"是吗？"他又往前面走了一步，将她逼到墙角，将她笼罩在自己的怀里。

他低下头看着她，道："不试一试怎么知道不合适？"

言蓁试图躲开他，却被他抓着。

陈淮序低下头在她的嘴唇上落下一吻。

她怎么也没想到陈淮序会做这种事，愣了一下，咬着嘴唇推他道："你干吗？你要流氓！"

"礼尚往来，"陈淮序平静地说，"你不是也对我做过？"

她的脸颊很快烧了起来，道："你……你没醉？"

上次在 KTV，言蓁拜托言昭把陈淮序灌醉，然后把其他人都赶出去，在包厢的角落里偷偷亲了他。

触感温热，陈淮序睁开眼睛，黑沉的眸子因为酒意染了几分迷离。

言蓁被他突如其来的目光吓了一跳，心虚地想要逃离，却发现他没什么动静，只是静静地看着她。

胆子大了起来，她凑过去，又亲了一下。

他的眼睫毛颤了颤，呼吸仍旧平稳。

她跨坐在他的腿上，抓住他的手环在自己的腰上，捧着他的脸，再次亲了下去。

仗着他喝醉了为所欲为，甚至有几分占他便宜的意思。

言蓁觉得自己这种做法很不道德，可那又怎么样，他拒绝她，她就停手。如果他真的生气了，那就再道歉好了。

陈淮序垂下眸子看着她，呼吸起伏，没一会儿，慢慢地掌握了主动权。

那天两个人在包厢里亲了快十分钟。

最后出来的时候，言蓁一脸满足，连脚步都是飘的。

后来没人再提，她以为他那天是彻底喝醉了。

可没想到他居然记得。

"我酒量没那么差，大多数时候是装给他们看的。"

在被言蓁抛弃的这段时间，陈淮序反复回味那个缠绵的吻，每次都会想，他当时到底为什么没有推开她。

明明没醉，他却用醉了来催眠自己。他的内心其实早就沉沦了，只是借由酒意彻底抒发而已。

他早就已经对她动心了，只是自己不肯承认。

他又要吻过来，言蓁躲闪道："你……你……你怎么变成这样了！"

"说明你还不够了解我。"

他骨子里本质就是一个强势的人，无论外表再怎么无动于衷，内心那点掌控欲都无法磨灭。

他对外向来表现得平静冷淡，不过是因为很多事情都与他无关。

可言蓁不同。他想拥有她。

吻再度袭来，言蓁故意刺激他道："陈淮序，你在亲别人的女朋友。"

他闻言更生气了，捏了捏她的后颈，用掌心托着她的后脑勺，迫使她仰起头。

他的学习能力是真的很强，上次还很生疏，今天才第二次，就……言蓁恍恍惚惚地想。

直到手机的振动声打破了这场缠绵的吻。

言蓁从口袋里拿出来看了一眼，Alex 的名字映入眼帘，估计是看她去了太久，关切地问候一下。

陈淮序垂下眸子看她滑掉通话，微信回复了一句，手指停在她的耳垂上，低声地问："什么时候分手？今天下午行不行？"

言蓁瞪了他一眼道："你看看你，道德败坏，居然想插足别人的感情。"

他没说话。

她"哼"了一声，还记仇着："反正谈恋爱也不在你现阶段的规划范围内，就算我分手了又怎么样？"

"如果我说，我愿意为了你改变呢？"

言蓁移开目光，从他的手中抽回手，道："你愿意改变，我就一定要接受吗？"

"不，"他松开了对她的桎梏，"你有选择的权利。"

虽然他嘴上退让，可她分明从他的眼里看到了势在必得。

局势完全扭转过来了。

如果说之前是言蓁整天在围着陈淮序转，那么现在就是陈淮序时不时地出现在她的身边，也不死缠烂打，但存在感十分强烈。

四下无人的时候，她偶尔去缠他，主动吻他。两个人难舍难分的时候，她又逗他没有名分。

他不高兴了，她就再去亲他，哄他，承诺他一定会尽快和 Alex 分手。

陈淮序隐隐地感觉到了不对劲。

一天晚上，言昭握着手机，朝陈淮序晃了晃，道："蓁蓁在本科宿舍楼旁边那个操场上夜跑，要我去陪她，不然你……"

陈淮序一句话没说，起身套上外套，将拉链拉到顶部，转身出了门。

操场上很是热闹，三三两两地聚集成团。陈淮序在人群中穿行，终于找到了言蓁。

她正做着准备活动，和 Alex 有说有笑。

见到是陈淮序，而不是言昭，言蓁毫不意外，将他扯过来，对着他们介绍："这位是我哥哥的朋友，也是研究生，陈淮序。"

她又对着陈淮序说："这是我同学 Alex。"

是"同学"，而不是"男朋友"。

这段时间，陈淮序一直在言蓁的身边，也渐渐地发现 Alex 出现的次数少之又少。就算见到，他们之间也很是客气，一点也没有情侣间的亲密。

他被爱情冲昏了头脑，变得失去了基本的判断能力，直到今晚才有空去捋清楚事情的真相。

Alex 根本就不是她男朋友。

他当时误解了，她便顺势而为，看他这段时间吃醋生气。

言蓁得意地看着他，像是高傲的小猫翘起尾巴，漂亮的眼睛里满是狡黠。

所以，这一切全都是故意的。

故意放弃追他，看他吃醋，看他失控，等他忍不住主动去找她。

她成功了，他被她玩弄于股掌之中，整颗心被她攥在了手心，任由她拿捏。

Alex 有事先走了，陈淮序看着她许久，突然笑出了声音。

言蓁不明所以，戳了戳他的脸颊道："气急败坏了？"

他握住她的指尖，放在唇边亲了一下。

"言蓁，"他缓缓地说，"我喜欢你。"

操场上夜跑的人很多。主席台上放着音乐，缭绕在夜空之中。

言蓁微红的耳朵掩在漆黑的夜色里，她抱着双臂，道："我耳朵不太好使，没听见你刚刚说了什么。"

陈淮序闻言，转身走上主席台，向控制音响的人要了话筒。

音乐声戛然而止，操场上的人脚步缓了缓，疑惑的目光纷纷投了过去。

秋夜的风带着凉意，缓缓地吹拂起他的发丝。

言蓁本意是想听陈淮序多说几遍，没想到他居然这么大胆。

他这个人向来不爱社交，不爱热闹，不爱抛头露面，此刻却为了她，被众人的目光所包围。

她站在台下，抬起头看他，心仿佛要从胸腔里跳出来。

"很抱歉，耽误大家一分钟时间，"好听的声音从音响里缓缓地传出，"我有一句话想说，想请在场的同学替我做个见证。"

操场上的人渐渐围了过来。

陈淮序低下头，在人群中，只专注地看着她，道："言蓁，我喜欢你。"

清晨，言蓁是被窗外的雨声吵醒的。

淋漓的雨珠坠下，从没关严实的窗缝中飘了进来。

室内昏暗。她迷糊地睁开眼睛，身边的人已经起身了，背对着她坐在床边，轻手轻脚地穿衣服，衬衫下的肌肉线条若隐若现。

她看了一会儿，从被窝里抬起脚，踩在他的后腰上。

陈淮序的动作停了下来，回头看她，道："醒了？"

"嗯。"她懒散地打了个哈欠，像游鱼一样从被窝里钻出来，从背后抱住他，撒娇道，"今天又不工作，怎么起这么早？"

他侧头亲了亲她的额头，道："习惯了。"

言蓁靠在他的肩上，手指探进衬衫里，满足地摸他手感极好的腹肌。

陈淮序说："还早，再睡会儿，待会儿我叫你。"

"睡不着了，你再陪陪我嘛。"

十分平淡的一个周末，下雨的早晨，没有任何安排的一天，很适合两个人在家漫无目的地厮磨。

他侧身，将她搂进怀里，贴着她的嘴唇吻了下来。

吃过午饭，外面的雨声仍旧不歇。落地窗外，天色灰蒙蒙一片。

两个人依偎着靠在窗前的沙发上，听着簌簌的雨声，彼此安静无言，却从无声处体会到了无尽的满足。

陈淮序用一只手搂着言蓁，另一只手将平板电脑搭在膝盖上，指尖缓慢地滑动，翻着一条条国内外的财经新闻。她靠着他的肩膀玩手机，困意渐渐地袭来，乌黑浓密的眼睫毛扇动了几下，然后用命令般的语气道："我困了，哄我睡觉。"

陈淮序瞥了她一眼，问："言蓁，你几岁了？"

"你哄不哄？"公主脾气又犯了。

他开口道："你闭上眼睛吧。"

言蓁心满意足地闭上眼睛，等待着他的下文。

陈淮序的声音平淡地钻进她的耳朵里："金融杠杆，简单来说就是……"

这不是她写毕业论文时的选题吗？

言蓁一个激灵，道："你念什么呢！"

怎么会有念专业课哄人睡觉的人啊？！而且她都毕业了！

她还没起身，就被他按了下去，手指轻轻地盖在她的眼睛上，继续念道："金融杠杆的高低……"

眼前一片漆黑，耳畔只有他平淡的声音。虽然很不想承认，但催眠效果确实极好，言蓁闭上眼睛，没一会儿就睡着了。

察觉到身边躺着的人呼吸逐渐变得平缓，陈淮序慢慢地松开了捂着她眼睛的手，低下头看着她的睡颜，凝视了许久，忍不住弯了弯唇角。

不过言蓁睡得并不久，很快便醒来了。

陈淮序仍旧维持着之前的姿势，手臂搂着她，一动不动。

她贴上去亲他的下巴，又在他的唇角吻了两下，突然想起了什么，问："明信片送到了吗？"

"很早就送到了，在书房里。"陈淮序说，"你说不许看，我就还没看。"

言蓁起身，踩着拖鞋去书房翻出来，又跑回客厅，看见陈淮序正在慢慢地活动胳膊。应该是刚刚被她压麻了。

都这样了还不肯叫醒她。

言蓁在他的身边坐下，道："你看。"

她向他展示着明信片的正面，是川西夜晚美丽的银河，被相机定格在了这一方纸张之中。

看完正面，她却迟迟没有翻动，而是问他："要不要猜猜我在背面写了什么？"

陈淮序沉吟道："嗯……祝我工作顺利？"

以言蓁每年送他生日礼物的那个敷衍劲儿，他猜当时以他们的关系，百分之八十是客套话。

她没说话，只是将明信片翻过来，空白的纸上，字迹清秀：

To：陈淮序

星星很好看，如果有机会的话，下次一起看吧。

From：言蓁

陈淮序神色微怔，抬起眸子看向言蓁。

她抿着嘴唇道："没骗你，是我的真心话。"

当时言蓁握着笔，对着这张空白的明信片思索了许久，最终写下了这句话。

篝火旁的相遇，车里一大袋的甜点，浪漫的星空之下，无边旷野里，她第一次产生了很强烈的想法。

也许就是从那一刻起，她的心境发生了变化，愿意尝试着卸下口是心非的伪装，诚实地袒露自己。

在小镇集市上挑选纪念品时，她兜兜转转，不知道该给陈淮序买什么，最后想送他一片星空。

虽然没有亲眼看见那么震撼，但她想和他做个约定。

有机会的话，一起去看吧。

就我们两个。

客厅寂静，两个人的呼吸声起伏交错。

言蓁问他："这个礼物，你喜欢吗？"

他垂下眸子看着那张明信片，又抬起头看她微红的脸颊，缓慢而清晰地开口："谢谢宝宝，我很喜欢。"

她的真心，是无价之宝。

他有幸获得，简直是这个世界上最幸运的人。

言蓁扑到他的怀里，道："不准得意忘形，你要继续对我好，特别特别好，知道吗？"

他吻她的额头，道："这不是承诺，这是本能。"

"很可惜，今天下雨了，"陈淮序看向窗外，不禁有些遗憾，"不然今晚带你去看星星。"

"以后日子多着呢，"她畅想着，"我还想和你一起去看极光。"

"嗯，"他笑了，声音温柔，"我们来日方长。"

往后余生，他们还有很长的时间，一起看星星，一起做任何事情。

往后的每一天，都是他们崭新的幸福未来。

言蓁和陈淮序在一起之后迎来的第一个除夕，并没有想象中那么轻松惬意，其乐融融。

灯火通明的言家别墅，第二次正式登门拜访的陈淮序站在客厅里，礼貌地向言父言母问了好。

段征笑眯眯地拍了拍他的肩膀，一脸的欣赏，俨然把人当成自家女婿，问他打麻将的水平怎么样。言惠只淡淡地点头回应，仍旧叫人看不透心思。

本该热闹的晚上，言蓁却紧张不安。

言惠的目光上下扫视着陈淮序，许久她才转身，叫陈淮序和她一起去楼上书房。

这是要单独和他说话的意思。

陈淮序听从了，言蓁想跟着进去，却被言惠阻止："怕我吃了他？"

她撒娇道："妈……"

言惠佯怒，屈起手指敲女儿的额头，有些恨铁不成钢地道："妈这是为你好。娘家强势一点，这样他以后才不敢欺负你。"

言蓁捂着额头，"哦"了一声。陈淮序回头，朝她轻轻地点头让她放心，随后书房的门缓缓地关上，彻底隔绝了两个人的谈话。

言蓁回到客厅，电视里放着春晚的预热节目。她虽然盯着屏幕，但心思始终在二楼的书房里。

言惠当初提的业绩要求，陈淮序不仅圆满地完成了，还超出了很多。这段时间言蓁和他住在一起，亲眼见证了他付出了多少心血。而且哪怕工作再忙碌，他也从没忽视过她的感受，在她身上用尽心思，没让她委屈过。

这下妈妈应该满意了吧。

言蓁正靠在沙发上出神，眼前突然出现一只漂亮的手，轻佻地打了个响指："无聊？无聊就过来帮忙。"

"我才不。"言蓁抱紧抱枕，"每年都是这样，叫我去厨房帮忙，结果最后嫌我笨手笨脚的，还把我赶出来。"

言昭站在她的身后，垂着头看着她笑道："陈淮序那么会做饭，你和他住在一起这么久，就没学到一点？"

提起这个，言蓁的眼睛一亮，道："那我还是会的。"

半个小时后，言昭忍无可忍，把言蓁从厨房里扔了出来。

"这东西也就陈淮序能下得去嘴。"

"是你太挑了！"言蓁气恼，"爸爸也说好吃的！"

段征宠溺女儿的程度也丝毫不轻，道："确实很好吃。"

"行，"言昭举手投降，"你们人多，我是食物链底层，我认输。"

三个人在厨房笑闹时，楼梯上传来脚步声。言蓁连忙探出头去看，言惠正端庄地走下楼梯，神色比进书房之前缓和不少。

陈淮序紧随其后，步伐不紧不慢。

她走上前去，想问问他结果怎么样，但又不想在言惠面前表现得太急切，于是强装镇定，慢慢地走到陈淮序的身边。

言惠早就一眼看穿了，只丢下一句"马上要吃年夜饭了"，说完她从他们身边走过，给两人留出独处的空间。

见妈妈走远后，言蓁着急地扯他的衣角，问："怎么样？"

陈淮序从口袋里拿出一个厚厚的红包。她愣了一下，道："这是？"

"伯母给的。"他将她搂进怀里，用下巴抵着她的发顶，声音里带了笑意。

女儿带男朋友上门，作为父母，包个红包做见面礼是宁川约定俗成的规矩。而言惠愿意做这种事情，起码说明她认可陈淮序了。

巨大的喜悦淹没了言蓁，她看了看红包，抬起头问："你们都聊了些什么？"

"就一些工作上的事，还有一些家常。"陈淮序说，"没有为难我，你放心。"

她在他的下巴上亲了一口，道："我就知道你可以的，老公好棒。"

他低下头，捧住她的脸颊，准确无误地吻了下去。

言惠和他聊的当然没有这么简单，这一年他确实做得很好，但这只是一个开始，言惠要求他用全部身家担保，给出承诺，永不背叛言蓁，永不辜负她的感情。

但言蓁不必知道这些，因为不会有那一天。

热闹地吃完年夜饭，言蓁牵着陈淮序上楼，走进了一个房间里。

陈淮序这才知道，原来她有个专门的房间堆放别人送的礼物。

言蓁翻找了一会儿，将几个盒子抱在怀里，道："我全都找出来了，过去几年你送我的生日礼物。"

她有些心虚，但又试图找补："每年收到的礼物都很多，根本不可能一件件地拆。而且那时候我讨厌你，也没想过你会送我什么好东西。"

"没关系，现在拆也不迟。"

月光清冷地洒在阳台上，藤椅轻轻地摇晃，陈淮序将言蓁搂在怀里，陪她拆礼物。

"这是我们认识之后，你过的第一个生日。"陈淮序回忆，"送礼物之前，我向言昭打听了一下，才知道你每年生日，都会收到很多贵重的礼物。"

"当时我的事业都还没起步，根本送不起那些东西，想来想去，就送了这个。"

言蓁翻了翻，道："这是……照片？"

"嗯。"他解释道，"你那次来波士顿，因为天气原因，很多想去的地方都没去，后来回国后也没再来，我就想替你记录一下。"

他一个人带着相机，在闲暇的时候将她曾经计划过的地方都去了一遍。试图在最好的天气，拍摄下最美的风景。

每张照片的背后，都手写着拍摄日期和时间，甚至精确到秒，下方还有英文地址。

为了这一册相片，前前后后，他准备了好几个月。

陈淮序又说："幸好你没有拆。"

那个时候的他正处于迷茫又犹豫的阶段，害怕见惯奢侈品的她看到自己送出如此廉价的礼物，更害怕她因此认定他的感情同样廉价。

可那时候他能给的只有一颗微不足道的真心。

言蓁低下头，一张张认真地翻着，还在中间的夹层里翻出一张贺卡。

陈淮序将她搂紧了一些，接过贺卡，道："我念给你听。"

他缓缓地开口："言蓁，首先祝你生日快乐。

"这个生日对你而言，注定是特殊的。你在这一天迈入成年，开启了人生新的阶段。写下这封贺卡的时候，波士顿正迎来春天，窗外的樱花开得很漂亮，很灿烂。"

夜色空明，四周寂静无声，只有他如水的声音低沉地流淌。

"希望你能如这盛放的花一样璀璨。愿你永远恣意、自由，享受自己的人生，掌握自己的未来。"

他念完贺卡，折起，低声地补了一句当时没有写进去的话："而我永远爱你。"

摆在面前的这份生日礼物，不仅仅见证了她的成长，也见证了他这些年的蜕变。

言蓁静静地听着，将头靠在他的肩膀上，手臂圈紧他的腰，道："我也爱你。"

月色如水，两个人在阳台上相拥。

远处其他别墅里的笑声模糊地飘过来，是除夕夜里独一份的热闹。

陈淮序抱着她，将这几年的生日贺卡一张张念给她听，温柔又浪漫地陪她回顾这六年的时光。

虽然幸福迟来了六年，可他从不后悔。

因为当下的他们，在最合适的时机，成了最相配的彼此。

两个人重温完回忆，刚下楼就被拽过去开了一桌麻将。

言蓁向来输得最惨，本来不愿意玩，但今年有陈淮序替她出场，于是高兴地搬了个凳子坐在他的身边，贴着他的耳朵小声地说："我爸妈，你不能赢的。"

"嗯。"这点规矩，他这个做女婿的还是懂的。

言蓁又瞥了一眼坐在一旁的言昭，道："我哥你随便赢，反正你俩也玩过很多次了。"

这话被当事人听见了，言昭似笑非笑地看过来，道："小叛徒。"

言蓁悄悄地吐了一下舌头，连忙往陈淮序的身后躲。

电视里春晚节目欢声笑语不断，麻将桌前也热闹一片。

午夜时分来临了。

"要倒数了！"言蓁看了一眼手机，从椅子上站起来，拉着陈淮序，"我们出去！"

宁川市内禁放爆竹，但言家别墅在偏离市中心的山上，因此逢年过节都能看到有人放烟花。

一家人从室内走出，屋外的雪已经停了，白花花的一片，将夜空映得发亮。

言昭拎着一串鞭炮扔在院子里，将打火机递给言蓁。她自然是不敢，连忙摇头，于是这打火机就被递到了陈淮序手里。

他微怔。

"开门红，去吧。"言昭拍了拍他的背，"既然家里多了一个新成员，今年就让你来做。"

陈淮序回头，言父言母都看着他笑，早早地捂起耳朵的言蓁也朝他眨了眨眼睛。

一瞬间，他体会到强烈的"家"的感觉。

陈淮序半蹲下身子，用手笼着火苗，俯身点燃引信。

三，二，一——

钟声响起，新年来临的一瞬间，无数的烟花从四周升腾而起。

火树银花，缤纷绚烂。

言蓁捂着耳朵，在嘈杂热闹的夜色中开心地朝他喊："陈淮序，新年快乐！"

烟花绽放，余烬如流星一样坠落，陈淮序的目光慢慢地落在她的脸颊上，再也无法移开。

他笑着俯下身拥抱她，道："蓁蓁，新年快乐。"

是旧日的结束，是新年的开始。

而他从此能紧紧拥抱挚爱，胜过千言万语。

番外四
充电

陈淮序刚回国创业的那段时间，日子实在是算不上好过。

导师和师兄师姐们的人脉帮了他许多，让他不至于真的从零做起。但一切都刚起步，没人能打包票未来是什么样子。

团队的人来了又走。走的大多是怀疑公司未来前景和他个人能力的人，他完全理解。但那些加入和留下来的人，更让他觉得肩上的担子沉重。

义无反顾的信任，赌上黄金年龄的拼搏，像金子一样珍贵，他不愿意辜负。

期望和重压全在他的身上，逼得他喘不过气来。

这天晚上，他刚结束一场漫长又疲惫的会议。离开公司，他开车回到小区门口，却没进去，而是在便利店里买了两瓶啤酒，在附近的公园里找了一个台阶坐下。

事业刚起步，他小赚了一些，在同龄人看来已经算是出类拔萃，但只有他自己知道，这点规模远远不够。

初冬天气寒冷，夜风刺骨，公园里空旷无人，落叶积在地上，卷起一阵阵旋涡。

他屈起指节打开易拉罐，仰起头灌了一口啤酒，出神似的看向远方。

低矮的公园围墙外高楼林立，热闹繁华，灯红酒绿，像是另一个世界。

"陈淮序？"熟悉的声音响起。

他回过神来，循声望去，言蓁站在楼梯下，正抬起头望着他。

"我远远地就觉得那个背影像你……没想到还真是……"她下半张脸埋在围巾里，只露出一双漂亮的眼睛，此刻里面写满了惊讶，"你怎么在这儿？"

他放下啤酒，也有些意外，道："我也想问，你怎么在这儿？"

"和同学在附近吃饭，刚结束，等李叔来接我，随便逛逛。"

"你的男同学们没抢着送你回家？"

她瞪他，道："说什么呢！我才不要他们送我。"

他的手指弹了弹罐身，发出清脆的响声，轻轻地笑道："我都送你多少回了。"

"你这什么语气？"她蹙起眉头，不满极了，"说得好像我强迫你似的。"

他放下易拉罐，指侧沾了点湿润，被他轻轻地摩擦掉。

"当然不是，服务公主是我的荣幸。"

能让他心甘情愿当司机的，世界上也就她一个。

"又来，能不能正经点？"言蓁对他的发言见怪不怪，走上楼梯，"你家不就在旁边？不回去在这儿吹什么冷风？"

陈淮序回答："我也随便逛逛。"

言蓁看见他身侧的易拉罐，抿了抿嘴唇，拆着长裙试图在他身边坐下。

两个人见面的次数很少，但也不妨碍言蓁从言昭的嘴里听闻他最近的消息，言蓁知道他这段时间的压力到底有多大。

黎明前的黑暗总是难熬的。

她很少看见他这么落寞的背影，一个人坐在台阶上喝着酒，孤单清冷，有一种说不出的酸涩滋味。

陈淮序怕她漂亮的裙子弄脏了，便制止道：“地上脏，而且很冷，你还是去路边的店里等吧。”

“你能坐，我有什么不能坐的？”

见她坚持，他便也没再阻拦，想脱外套给她垫上。她没要，而是利落地坐了下来。

两个人并肩坐着，一时间气氛陡然怪异起来。

沉默了一会儿，言蓁端详着他的神色，语气有点紧张：“你不会想不开吧？”

他被逗笑了，道：“我有什么想不开的。”

她踌躇了一会儿，试探着问：“你是不是……公司遇到了点问题？”

“不是，你别想太多。”

言蓁嘀咕：“嘴硬。”

陈淮序看她耳朵泛红，叹气道：“坐这儿很冷。李叔到哪儿了？我送你去路边。”

“不要你送。”她抱着膝盖，指尖在鞋面上轻点，然后侧过脸看他，“多关心关心你自己吧，穿得这么少还在这儿挨冻。”

像是为了证明她的说法，言蓁伸出手去握他放在膝盖上的手，嘴上念叨：“你看，我的手肯定比你的热——”

话语戛然而止，她摸到他温热的手，并不比她的凉。

尴尬顿生，她急忙地缩回手，头侧向另一边，小声地道：“身体还挺好。”

柔软的手贴上来片刻便分离了，他看着她的后脑勺，下意识地想伸出手去触碰她，又克制地停在半空中，垂下去拿起易拉罐，又喝了一口酒。

最后他只是笑着说："言小姐，男女授受不亲。"

言蓁像是被踩了尾巴，立刻转过头，有些羞恼地瞪他，道："我……我不是那个意思！你这人怎么这样！好心当成驴肝肺。"

她拎着包站起身，道："不管你了。"

然而这样好像也不够解气，她摘下围巾，系在他的脖子上，打了个结，还不忘拽了一下，道："勒死你算了。"

裸露的颈脖被缠绕住，暖意漫上来，隔绝了寒风。他抬起头，言蓁已经快步跑下楼梯。

瘦弱的背影停下，言蓁似乎是在犹豫什么，磨磨蹭蹭了许久，才下定决心，回头冲陈淮序喊："早点回家！喝醉了可没人帮你收尸！"

他举起易拉罐朝她晃了晃，道："喝完就回去。"

言蓁的背影渐渐地消失在夜色里，他静静地看着，唇边露出了一丝笑意。

第二天，陈淮序一大清早就到了公司，下属看着他的状态，有些惊讶："老板你今天特别精神啊，昨天的方案想到解决办法了？"

"还没有。"他顿了一会儿，"但昨晚有人帮我充了会儿电，现在状态还不错？待会儿我们开个会再讨论一下。"

"什么电池效果这么强劲？"

陈淮序缓步向前走去："秘密。"

6月底,炎炎夏日,宁川大学本科生毕业典礼如期而至。

体育馆内人满为患,空调的冷气都吹不散拥挤人潮产生的燥热。更别提大家还穿着学士服,不太透气的布料裹在身上,像是一件盔甲。

台上大屏幕正在细数这届本科生的回忆,音乐声都掩盖不了台下此起彼伏的碎碎念。

"太热了,这个学士服能不能先脱一会儿?"

"学校挺贴心,每个座位都送了一个小风扇,可我怎么觉得吹的都是热风?"

"什么时候结束啊……"

"怎么都要毕业了?我不想毕业,呜呜……"

周围躁动不安,言蓁坐在椅子上,低着头给言昭发消息。

言蓁:到了没有?

言昭:还在路上。

言蓁:三十分钟前你也说在路上!

言昭：反正你还没结束，来得及。

言蓁：爸妈一早就到了，怎么你就这么不上心？这可是你亲妹妹特别重要的日子！

为了凸显愤怒，她一连发了几个生气的表情。

言昭：绿灯了，不聊了，保证准时出现。

她关掉微信，小声地吐槽一句："不靠谱。"

漫长的典礼终于结束了，学生们四散着拥出场馆，整个校园都变成了拍照打卡的地方。校门、体育馆、图书馆……大家在盛夏的日光下，努力留存最后一丝关于校园的回忆。

言惠和段征也来到言蓁的身边，陪她一起拍照。

而言昭，果真如他所说，踩着点在她面前出现了。

他拨了拨她的学士帽，道："穿这么多，不热吗？"

"别乱动，头发要弄乱了。"她扶着帽子，"热啊，但也没办法。"

周围有同学经过，偷偷地瞄了言昭几眼，好奇地问了句："男朋友啊？"

"不是，是哥哥。"

言昭问："你正牌男朋友呢？"

"应该到了吧？我也不知道，他都不回我消息。"

"跑了吧，"他漫不经心地调侃，"发现公主太难伺候，忍受不了了。"

言蓁顿时有些恼怒，伸手掐他，道："你才难伺候呢！"

兄妹俩打打闹闹的，最后被看不下去的言惠出手制止："好了，不闹了，我们快拍照。蓁蓁太热，抓紧时间。"

拍完家庭合照，言蓁还是记仇，和言昭"算账"，要他请吃冰激凌。两个人推推打打，一路进了便利店。言惠和段征站在树荫下，翻看刚刚拍的相片。

"女儿也大了。"她惆怅地叹息道，"我还记得她那么小一点的样子，一转眼，都大学毕业了。"

段征拍了拍她的肩膀，道："总要长大的。他们有自己的人生，我们也只是见证者而已。"

言惠伤感地落泪了，抹了抹眼角，伏在段征的肩头。

兄妹俩正好买冰激凌回来，就看见了这一幕。

"爸，你不会惹妈生气了吧？"

"我哪敢惹你妈妈。"段征笑着摇头，"是她觉得你俩都长大了，不需要妈妈了，便觉得有点有点伤感。"

言蓁反驳："怎么会呢！妈妈我永远陪着你！言昭不听话，总惹您生气，不需要他，有我就够了。"

被点名的某人敲了敲她的后脑勺。言蓁吃痛，言昭挑起眉毛道："小没良心的，你吃的是谁买的冰激凌？这就开始骨肉相残了？"

言蓁护着冰激凌不让他碰，躲到段征的身后，道："爸爸救我！"

"永远陪着我？"言惠挑刺，"那你今晚是回家，还是去陪陈淮序？"

言蓁信誓旦旦地道："只要您想，今晚我让他和我一起来陪您。"

言惠闻言失笑了，伸手点她的鼻尖，道："小机灵鬼。"

过了一会儿，言蓁要去和同学合照。段征带着母子俩去茶餐厅休息。

班级的人在草坪上三三两两地合影，言蓁抽空，躲到一旁的树荫下，给陈淮序打了个电话。

"你来了吗？怎么都不回我微信？"

"刚刚在开车，不方便。到了以后给你打电话，你没接。"

言蓁这才注意到手机上的未接来电。

"你现在在哪儿？"

"嗯……"陈淮序轻笑一声，"我好像迷路了。"

"迷路？"她有点惊讶，"你来过我们学校呀？怎么会迷路？不然你把定位发我，我去找你？"

"我也不知道我在哪儿，就看到了很多穿学士服的，还看到了……"

陈淮序刻意停顿了一下，道："一个美女。"

"美女？"言蓁闻言蹙起眉头，有点不高兴了，"哪个美女？你要是敢看别人我们就分——"

含着笑意的声音在身后响起："美女小姐，回头。"

言蓁一时间分不清这声音是电话里的还是现实中的，愣愣地转过身去。

她的男朋友正站在几步远的地方，举着手机贴在耳边，笑着看向她。

惊喜顿生，言蓁本来想扑过去，可刚抬起腿又硬生生地克制住了，端着矜持的架子缓缓地走到他的面前，装模作样地问："哪位？"

陈淮序也陪她演戏："想和同学认识一下，不知道可不可以加个微信？"

她将发丝捋到耳朵后面，道："对不起，我有男朋友了。"

"是吗？那他可真是幸运，有一个这么漂亮的女朋友。"

"我也很幸运。"她抬起头看他的眼睛，"他特别好。"

陈淮序的语调上扬："我也很好，你考虑考虑我？"

她故作思考，道："我要和我男朋友商量一下，看他能不能接受你。"

两个人你来我往，睁着眼睛说瞎话。最后还是言蓁没忍住，先笑了场，扑进陈淮序的怀里。

他搂住她，祝贺道："毕业快乐。"

属于你的绚烂人生才刚刚开始。

两个人腻了一会儿，陈淮序看向周围合照的毕业生，问道："我们什么时候一起拍照？"

"我很抢手的。"她推开他，指了指不远处，示意自己和同学还没拍完，故意说，"想和我拍照的话，要排队哦。"

陈淮序在她的嘴唇上亲了一口，低声地问："男朋友有没有优先插队的特权？"

"没有。你只能垫底，最后一个。"

他轻轻地挑起眉毛，显然是对这个答案不太满意。

阳光倾洒，树影斑驳，远处传来蝉鸣声响。

言蓁抱着他的腰，仰起头缓缓地说："但是，我之后的所有时间，全是你的。

"是只有你才有的特权。"

言蓁觉得自己最近有点懒惰。

之前住在家里的时候，因为每天要遛精力旺盛的巧克力，所以还算是有一点运动量的。自从搬到陈淮序家里，什么都不用她操心，卡路里消耗值直线下降，导致她最近胖了两斤！

她虽然追求漂亮身材，但并不会很严格地保持体重，胖了两斤在她的接受范围之内。可这是一个危险的信号，意味着如果她不做点什么，也许体重会越涨越离谱。

言蓁忧愁了很久，在晚上睡觉前，她一脸郑重地对陈淮序说："明早你起床运动的时候，记得叫上我。"

陈淮序靠在床头，闻言有些意外，道："你要和我一起？"

"嗯，"她埋进他的怀里，抱着他的腰抱怨，"最近体重涨了一点。"

她试图推卸责任："都怪你，菜做得那么好吃。而且我吃夜宵的时候你从来都不阻止我！"

"重了？"罪魁祸首陈淮序起身，在惊呼声里将他的公主抱起，轻松地掐了两下，"我怎么不觉得。"

"你这能试出来什么！"她捶他的肩膀，晃荡着双腿，"总之我要运动！"

他将她放回床上。言蓁挨过去黏着他，道："你明天必须带着我。"

他没直接答应，而是问："你能起得来？"

言蓁觉得自己被看扁了，很不服气，道："我当然起得来，你不要小看我。"

他的唇角弯了弯，应道："嗯，那我明早叫你。"

自己的运动计划即将要实施了，言蓁的心情不免愉悦。她钻进被窝里，盖好被子，朝陈淮序开口："老公晚安，早点睡哦。"

男人看了一眼时间，问："现在就睡？"

她眨了眨眼睛，道："不然呢？"

陈淮序将手机放到床头柜上，转身把人从被子里扒了出来。

言蓁拽着被角不肯松手，却已经被亲得有点迷糊了，小声地道："明天还要早起呢……"

"所以我们要抓紧时间，宝宝。"

第二天清晨，陈淮序一如既往地关掉闹钟，起身时想到了什么，折回去亲了亲正在熟睡的人的脸颊，很轻地问："要起床吗？"

言蓁昏昏沉沉的，连眼睛都睁不开，道："好困。"

陈淮序毫不意外，说："那我就……"

"不行，我得起来。"她搂住他的脖子，借力从床上坐起，强撑着伏在他的肩头，打了个哈欠，"快点把我抱起来，我要离床远点。"

陈淮序："……"

天蒙蒙亮，路两旁的植被绿油油的，扑面而来的空气里夹杂着露水干净清爽的气味。

陈淮序陪着言蓁慢跑了一会儿。她有点力不从心，停下脚步，找了一张长椅坐下来，喘息不止："跑不动了。"

陈淮序看了一眼手表，夸赞道："不错，坚持得比我想象的要久。"

她没好气地瞪了他一眼，道："你继续跑吧，待会儿我自己回家。"

他自然是不同意，道："我们一起出的门，怎么能让你一个人回去？"

"可我好累哦，"她伸出手扯他的衣角，试图撒娇，"淮序哥哥，你背我回去吧。"

他站在她的面前，低下头看着她，轻轻地扬起眉毛，仿佛是在说："你确定？"

言蓁迎上他的目光，故作可怜，抓着他的衣角又晃了晃。

陈淮序有些无奈，转过身去，示意她上来："来。"

她跳上他的背，抱紧他的脖子，往那张俊脸上亲了一口，道："老公最好了！"

最终增加运动量的变成了陈淮序。

今天天气不错，早上晨跑的人不少，纷纷投来好奇探究的目光。言蓁的脸皮有点薄，头埋在他的肩膀上，小声地说："不然你还是放我下来吧。"

"害羞了？"

"当然不是。"她嘴硬不承认，找了个体贴的理由，"我这不是关心你嘛，怕你背不动我。"

"连老婆都背不动，算什么男人？"

她轻哼道："谁是你老婆，别乱喊，我们还没领证呢。"

陈淮序将她往上托了托，轻轻地"嗯"了一声，道："那刚刚是谁叫我老公？"

"你听错了。"

"是吗？"

陈淮序慢慢地直起身，作势要将言蓁丢下去。因身体失衡，她吓了一跳，死搂着他的脖子不放，最后才发现是虚惊一场，恨恨地咬了他一口，道："坏心眼。"

两个人一边闹着一边继续前进。言蓁顿了一会儿又问："陈淮序，你会一直背着我吗？"

"只要你想，我活多久，背你多久。"

"你要背我到 99 岁啊？"

"那我努努力，争取活到 104 岁。"

"吹牛，"言蓁被逗笑了，戳他的脸颊，"到时候你都变成老爷爷了，哪能背得动我？"

她开始想象，道："到时候，我们就是连路都走不动的老头儿、老太太，特别老的那种，老到……说不定哪天突然就长睡不醒了。"

"这样也挺好，"陈淮序忍不住微笑，"起码在人生的尽头，我们依旧在一起。"

太阳缓缓地升起，逐渐点亮朦胧的天色。跑道洒上璀璨的金光，延伸到远方。

他背着她，慢慢地向前走去。

这一生有你陪我度过，何其有幸。

番外七
求婚

又迎来一年的夏日。

两个人趁着周末，飞去H市，去看很著名的海边烟火演出。

每年夏天，这里适合欣赏烟花的地方早就被预订一空了，而陈淮序非常神通广大地包下了以"看烟花"为卖点的大热餐厅一整晚。

餐厅离沙滩不远，楼上有个视野广阔的露台，可以将海岸边的景色尽收眼底。

傍晚时分，夕阳已沉没到海平线以下，天光昏沉朦胧，隐约可见一轮圆月高悬在天际。

言蓁扫了一眼空旷的餐厅，惊讶于陈淮序的大手笔，道："我以为你就订个位子，怎么全包下来了？"

他切着牛排，从容地回复："不喜欢被人围观。"

她没品出这话背后的深意，想也不想地回道："吃个饭谁会来围观？我们又不是明星。"

服务员在这时走过来，替他们斟了红酒，言蓁随口问："烟花演出还有多久开始？"

"8 点开始，8 点半结束。"服务员看了一眼墙壁上的钟，"还有二十分钟就开始了。"

"只有半个小时？"

"对，只有半个小时。"

"半个小时……"她想了想，提议道，"那结束得还挺早的，我们到时候可以去沙滩边走走。"

"都可以。"

言蓁察觉到他的状态，问："你今晚有点心不在焉，在想什么？"

他似乎是回想起了什么，微笑着道："我在想我们之前也一起放过烟花，除夕。"

"在我家放的那次？不过那场烟花可没法和今晚的相比。"

陈淮序的目光投向远处，道："是吗？可是在我眼里都一样。"

重要的并不是所看见的景色，而是身边陪伴着的人。

因为有她，一切才有意义。

指针指向 8 点半，海面上突然升腾起一簇烟火，在夜色里炸开了，而后缓缓地坠落。

海滩上的游客爆发出欢呼声。

言蓁也被吸引住了，起身走到栏杆边。陈淮序紧跟着，从身后轻轻地抱住了她。

一簇、两簇……成排的烟花热烈地撕亮天际的一角，落下明亮的光辉。

看着看着，他们交换了一个浅浅的吻。

她点了点他的嘴唇，道："原来你说的怕围观，是指这个？"

"算是，"他没有正面回答，而是说，"接着看吧。"

烟花表演逐渐进入尾声，言蓁看了一下时间，有些遗憾地道："还有一分钟就结束了。"

陈淮序问她:"要不要许个愿?"

"许愿?"

"嗯,就当是留个纪念。"

虽然猜不透让她许愿的用意,但总归没什么坏处,她应下来:"也行,我们一起。"

她双手合十,闭上眼睛,想了想,认真地说:"希望言蓁和陈淮序永远相爱,永远幸福。"

陈淮序在一旁笑道:"不是都说,愿望说出来的话就不灵了吗?"

她才不信,"哼"了一声道:"可我已经说出来了,你会让它不灵吗?"

烟花落幕,周围重新归于平静。

许久没等到回复,言蓁有些疑惑,刚想睁开眼睛,温热的掌心就覆了上来。

"别睁开眼睛,先听我说。"

他说得格外郑重,让她的呼吸都微微地凝滞了一瞬。

"其实,我并不算是一个幸运的人。

"我没有美满的家庭,没有体会过被爱的滋味,甚至在爷爷走后,我丧失了人生的目标。那时候对我来说,在哪里都一样,不管是国外还是国内,不管是读书还是工作,没有什么东西是非得到不可的,也没有什么是不能放弃的。

"可在这不幸之中,我又是幸运的,因为我遇见了你。

"就像是始终缺失的人找到了契合的另一半,我觉得自己在这个过程中也逐渐变得完整。我第一次,很努力地想去获得一样东西,为此我赌上了很多。现在说这些,可能有些马后炮,但如果时光倒流,再来一次,我依旧会选择这么做。我从来没有后悔过。

"如果说，今晚之前，我的目标是希望言蓁能爱我。那么在今晚之后，我希望你能赋予我新的人生意义。"

他顿了顿，道："蓁蓁，我很想和你共度余生。"

他松开了手。言蓁慢慢地睁开眼睛，愣在了原地。

陈淮序半跪在地上，手心里捧着一方丝绒盒子，缓缓地打开，镶嵌着钻石的戒指在夜色里十分夺目。

完全出乎她的意料。

言蓁捂住了自己的嘴巴，连指尖都在发颤，害怕发出什么丢脸的声音。

四周很静，静得她能听见自己急促的喘息声，还有树丛中掩着的蝉鸣。

陈淮序抬起眸子看着她，缓慢又认真地问："蓁蓁，你愿意嫁给我吗？"

晚风吹过。

他的话音刚落，平静的海面上突然又升起了璀璨的烟花，毫无预兆。

本来以为表演都结束了的观众们惊喜无比，发出震天的欢呼，言蓁的心里也掀起惊涛骇浪。

烟花绚烂，甚至比刚刚的还要盛大，簇拥着绽放，拼成一串字母：Marry me。

他在这样的璀璨里，向她求婚。

纵然已经做好了心理准备，知道这一天会在某刻降临，也暗暗地设想过会是什么样的场景，但真的等到这一刻，言蓁还是有些招架不住，眼眶瞬间湿润了。

"我愿意。"她流泪不止，捂住了眼睛，将右手递出去，反复地道，"我愿意。"

还有谁能这样爱着我，还有谁值得我这样爱？

除了陈淮序，没有第二个选择。

第二波烟花也熄灭了，沙滩上不明真相的观众又等了许久，确认什么都没有了，这才真的散去了。

言蓁抱着陈淮序，慢慢地止了泪水，问："烟花是你安排的？"

"嗯。"

"时间掐得还挺准。"

他笑道："练习了很久。让你闭上眼睛也是因为我很紧张。"

她举起手，看着无名指上的戒指，将他抱紧了一些，声音还带着些许闷哑："陈淮序，我答应嫁给你了，你一辈子都不许反悔。"

他牵起她的手，和她拉钩，拇指合在一起道："我才舍不得反悔。"

岁岁年年，朝朝暮暮，我会一直爱你，直到永恒。

—— 全文完 ——

图书在版编目（CIP）数据

潮沙 / 唯雾著 . —— 成都：四川文艺出版社，
2024.4

ISBN 978-7-5411-6899-4

Ⅰ . ①潮… Ⅱ . ①唯… Ⅲ . ①长篇小说－中国－当代
Ⅳ . ① I247.5

中国国家版本馆 CIP 数据核字 (2024) 第 037149 号

CHAO SHA

潮沙

唯雾 著

出 品 人	谭清洁
出版统筹	刘运东
特约监制	王兰颖　代琳琳
责任编辑	叶竹君
选题策划	代琳琳
特约编辑	王晓荣　李 晶
营销编辑	刘玉瑶
封面设计	吴思龙@4666啊
责任校对	段 敏

出版发行	四川文艺出版社（成都市锦江区三色路238号）
网 址	www.scwys.com
电 话	010-85526620

印 刷	天津旭丰源印刷有限公司		
成品尺寸	145mm×210mm	开 本	32开
印 张	11.25	字 数	290千字
版 次	2024年4月第一版	印 次	2024年4月第一次印刷
书 号	ISBN 978-7-5411-6899-4		
定 价	42.80元		